護她一心，生死與共。

護心

BACK FROM THE BRINK

上卷

九鷺非香 著

護心

目錄

楔子

雁回被趕出辰星山的那一天，場面被她弄得有點難看。

其實她是打算安安靜靜地走，不想鬧事的，但這世間事，總不那麼容易讓人如願。

當雁回看著這些年她用過的碗筷、睡過的被子，還有抄過的經書被師姊子月用草席裹了，一腳踹下三千長階「乒乒乓乓」滾遠時，她其實還不怎麼生氣的。

她只在心裡嘆息，這子月師姊和她鬥了這麼多年，怎麼腦子還是那麼不好用……那些東西她既然留下了，肯定就是些廢品，子月拿些廢品出氣，真是白費力氣。

子月站在山門前，像一隻打了勝仗的狒狒，得意洋洋地拿鼻孔看她。

雁回打了個哈欠，擺了擺手：「妳開心就好。」她轉身就走。

子月一聲冷哼：「站住，還沒完呢！」說著她忽然又丟了個東西出來，一根玉簪，擦過雁回身邊，落在石階上，霎時一聲脆響，碎成了幾段，然後「叮叮咚咚」滾得不見了蹤影。

雁回一愣，腳步頓住，她彎腰撿起了蹦得離她最近的一小截玉簪。

她怎麼會記不得這個東西……

「當年丟的時候看妳急得那樣，別人不知道，我卻是知道這簪子是誰的東西。」子月嘴角的笑容挾帶著滿滿的嫌棄與厭惡。「妳那點心思，還以為沒人看得出來嗎？這些年看著妳，就讓人覺得噁心死了。」

雁回靜靜地握著碎玉立了一會兒，倏爾一勾唇角，笑了：「師姊，煩您噁心了這麼多年，卻是今日拿了它在我面前摔斷了，怎麼，您是想讓我難過嗎？」

不等子月說話，雁回的神色倏爾又冷了下去：「可惜，時至今日，我已不難過，但恭喜妳，成功地讓我生氣了。」

雁回一邊擼袖子一邊走向子月：「過來，讓我們好好談一談。」

子月嚥了下口水：「站住，不准靠近我。」

雁回哪裡理她。

子月神色開始變得難看：「妳再靠近我，我就叫人了，到時會有人看到碎簪子的啊！」

「妳以為我還會怕人知道嗎？」雁回冷笑，雙手指骨捏出了「啪啪」的響聲：「我還真就想不通了，我都要走的人了妳招惹我幹麼？」

子月下意識地後退，手摸上劍柄：「雁回，山門後可是有很多守門弟子的啊，妳休想對我動手。」

雁回沒有劍，她的劍早在師父逐她出門的那刻就被收掉了，但這並不妨礙她收拾子月。

本來在他們這一輩當中，她應當算是最出色的弟子。

雁回冷笑，笑得滿不在意：「好啊，妳讓他們出來啊。」

子月見面前雁回還在步步逼近，她一邊抖著手拔劍出鞘，一邊往身後喊：

「救……救命啊！雁回這個被逐的叛徒要殺人啦！」
身後山門打開，幾個弟子急切地要從裡面出來，雁回單手帥氣地一抬，只打了一個響指，山門門口登時燒起一堵火牆，生生將那幾人逼了回去。
「哎呀師姊！這個太燙了！」
「頭髮……我頭髮燒起來了！」
「滅火啊！」
「她修為比我們高，這火我滅不了！」
山門再次關上，裡面雞飛狗跳的聲音被阻斷。
雁回站到子月面前，子月已靠上山壁，退無可退，瞪大眼看著她：「妳別仗著妳法術比我們高幾分就可以欺負人！告訴妳，師父們回頭知曉了山門的動靜，一定饒不了妳！」
雁回一笑，右邊微微翹起的小虎牙露了出來，顯得有幾分邪惡：「今天我還就欺負人了，看他們怎麼饒不了我。」雁回一伸手，子月連忙提劍砍她，招式又急又亂，不過兩招，雁回就將她手上的劍給打掉了，一把揪住她的衣領，將她提了起來。雁回五指一屈，地上子月的劍被她握在了手裡。
雁回手中長劍挽了個花，「錚」的一聲貼著子月的肩頭，穿過她的衣裳插進了石壁之中：「知道我脾氣不好，還天天自己找死。」
子月嚇得花容失色。

雁回的態度看起來像是在和子月開玩笑一樣吊兒郎當的，但子月卻覺得一陣陣殺氣撲面而來，把她嚇得手腳發軟，滿耳朵裡都是雁回的聲音：「師姊，欺負了我這麼多年，妳現在是不是該給我道個歉咯？」

「這麼多年妳有乖乖地被我欺負嗎！」

雁回拔了劍又是「錚」的一聲，劍尖插在了子月脖子旁邊，一絲絲涼意滲進子月頸項之中，子月驚聲大叫，雁回聲音還是那麼漫不經心：「自己本事不高，還怨被欺負的人不配合呀，師姊真不乖。」

子月嚇得直哭：「嗚嗚，師父，大師兄！雁回又動手打人了！」

雁回再次拔劍，這次插在了子月耳邊，劍刃摩擦石壁穿進去的聲音子月聽得清清楚楚，這下不用雁回說話，子月便嘶聲道：「道道道，我道歉！對不起！對不起！」

雁回這才鬆了手，任由子月癱軟摔坐在地上，嚇得一抽一抽地哭。雁回扔了劍嘆息：「讓我安安靜靜地走，都不行嗎？看妳這自找的。」

她揉了揉手腕，回頭瞥了眼還燒著火牆的山門，正打算撤掉火焰，然而便在這時，山門那方冰雪法陣忽然一閃，火焰霎時被壓了下去。

山門前白光一閃，但見白衣仙人面目沉凝地立在山門之前，寬大的衣袍被山風吹得極為飄逸。

子月大聲哭著爬了起來，跌跌撞撞地跑到那人身邊，委屈地哭著告狀。

仙人目光一轉落在雁回身上。

觸及他寒涼的目光，雁回知道，他在無聲地斥責她的任性妄為。

雁回以前最怕他露出這樣的神色，但如今，又有什麼關係呢？反正，他也不再是她師父了。

雁回撇了撇嘴：「凌霄道長，我已非辰星山人，還望道長約束好手下弟子，莫要再找我麻煩。」雁回擺了擺手。「別過。」她一扭頭，衣袂輕揚，一步一步踏下青石長階，背對巨大的山門，逆著自天邊吹來的清風，向著山下俗世而行。

孑然一身，並無留戀。

第一章 驅妖遇險

離開師門十來天，讓雁回最難過的有兩件事：一是從此以後再也沒法每天蹭到張大胖子做的大鍋飯；二是窮。

雁回打小便知道窮的可怕，後來被凌霄收為徒弟之後，辰星山每月打發她一兩月銀，像按時吃的定心丸，將她那顆怕窮的心定了下來。

但雁回被驅逐之際，這些年存在辰星山庫房裡的銀子盡數被扣，她淨身出山，師門連把劍也沒留給她。於是下山之後的雁回幾乎是窮神附體，連買個包子的錢都沒有。

可現在事情有了轉機，在山下友人的指點下，雁回找到了賺錢的法子——江湖俠義榜。

雁回去瞅榜單的時候，恰好碰見一個富豪之家張貼了一個榜首任務：尋回被百年蛇妖搶走的傳家寶，賞八十八兩……金！

八十八兩金！

夠買好幾個張大胖子屯在院子裡給她一天十二個時辰做飯吃了好吧！雁回眼睛都看綠了，自是想也沒想就將榜揭了下來。

一百年的蛇妖算個什麼？想她當年初遇前任師父時，還輔助他殺過一千多年的藤精呢！

雁回找友人借錢買了把桃木劍，就趕到銅鑼山裡準備殺妖取膽了，她本覺得這是個極簡單的任務，但——

說好的妖氣沖天殺人不眨眼的巨型蛇妖呢！倒是出來啊！來嚇嚇她啊！

她在這山裡逛了七、八天了，連個聰明點的猴子都沒瞅見一隻，可見此山靈氣貧瘠，雁回覺得但凡那蛇妖有點腦子，都不會待在這個地方修煉。

雁回找得幾乎絕望，眼瞅著又到中午，肚子又餓了，她一屁股坐在一棵大樹的根上，狠狠嘆了一聲氣。此時此刻，她最想念的人，莫過於張大胖子。

雁回正嘆息之際，忽覺屁股下的「樹根」動了動。她一愣，低頭一看，這才發現自己坐著的哪裡是樹根，這分明就是布滿了鱗片的蛇皮！

妖氣在身後瀰漫開來，雁回轉頭，但見身後水桶粗的蛇妖正用一雙猩紅的眼睛盯著她吐芯子。

雁回立即彈起來，剛拔了身後的桃木劍，那蛇妖尾巴便往她身上一纏，張口就對她咬。雁回不避不躲，在桃木劍上拈了個咒，一劍捅進蛇妖嘴裡。

可蛇妖嘴之大，竟然一口把整把劍吞了進去！

要不是雁回胳膊縮回得快，只怕現在連胳膊也沒了。

雁回大怒：「你倒不客氣，這劍可是我借錢買的！」

蛇妖哪聽雁回廢話，只將雁回纏了一圈又一圈，渾身的肌肉都在使力，意圖把雁回活生生地擠死。

雁回痛失桃木劍，非常悲憤，也不躲蛇妖，拚出一身靈氣和蛇妖硬碰硬。只聽她一聲低喝，周身靈力爆出，生生將蛇妖震開。

蛇妖受了重創，在地上胡亂轉了兩圈找了個方向要跑。雁回飛身上前，撲到蛇妖背上，兩條腿死死夾住蛇妖的七寸，抱住蛇妖的腦袋，手上聚積靈力在蛇妖腦門上狠狠抽了兩巴掌：「把劍給我吐出來！」

蛇妖吃痛，仰起了頭，意圖將雁回甩下去，卻沒成功，反而讓氣惱的雁回又狠狠抽了兩下，蛇妖咽喉動了兩下，終於「喀」的一聲，將雁回的桃木劍吐了出來。雁回身形一滾，撿起地上的桃木劍，蛇妖趁機要跑，哪想雁回動作極快，她迅猛地一回身，桃木劍便精準地刺透蛇妖的鱗片，將蛇妖尾巴釘死在地裡。

蛇妖仰天痛嘯，聲音驚飛了山中群鳥。

雁回這才舒了口氣，站直了身體，拍了拍衣裳，邁著得意的步子走到蜷成一團的蛇妖面前，俯視著蛇妖：「怎麼樣，服不服？」

蛇妖痛得渾身顫抖。

雁回在蛇妖面前蹲下：「老實和你交代吧，我和你也沒什麼仇，不想對你下殺手。你可是偷了周家的傳家寶？還回來，我就放你走。」

「妳想要什麼？」蛇妖倏爾開了口，是個意外好聽的男聲：「周家給妳錢讓妳來找寶物？我願給妳三倍錢財……」

什……什麼！

妖怪竟還知道賄賂一說！

而且……三倍啊！可以買好幾打張大胖子了呀！

雁回幾乎是在這一刻就毫不猶豫地動搖了！

她呆住，並不是在思考要不要答應蛇妖的條件，而是在琢磨周家賞錢乘以三到底有多少，然而在她用她可憐的算術能力算出個所以然之前，那蛇妖卻是等不及了。

他倏爾身形一動，那條被雁回釘死的尾巴竟是拚著被一分為二的痛楚，猛地向雁回抽打過來。

雁回滿腦子都是黃金寶寶在爬，這時只覺耳邊風聲呼嘯而，緊接著她腦袋一痛，被狠狠地抽在地上。

她爬起來，一臉的血，還沒站穩，蛇妖猛地撲了過來，一口咬在她的脖子上！

雁回感覺到了毒牙咬破肩頸的痛楚，緊接著她半個身體都沒了知覺：「就不能好好做生意嗎！」雁回咬牙，指尖法力一凝，火焰登時繞著蛇妖全身燒了起來。

「小丫頭竟會馭火之術！」烈火炙熱，將蛇妖燒得仰天長嘯。

雁回倒在地上，恨得牙癢：「不識貨，本姑娘豈會用那些低等法術？」跟著她話音一落，蛇妖渾身的火焰燒得更強，牠痛楚更甚，當即不敢再纏著雁回，帶著一身靈火倉皇而逃，很快便在樹林中消失了蹤影。

做人果然不該貪……三倍賞錢沒了，現在連原來的賞錢可能也拿不到了……

雁回心頭一陣血恨，她捂住肩膀，以法力凝住肩頭的血，但這卻無法阻止那蛇妖的毒在她身體裡面到處亂竄。不一會兒，雁回便覺得心跳加快，快得像疾馳而來的馬蹄，讓她渾身處在一種難忍的躁熱之中。

她感到極其口渴，甚至連毒素會不會因為運動而擴散也顧不得了，急急地往前走，欲尋找水源。

雁回自幼修的是火系的法術，從小身體比別人熱一些，忍受熱的能力也比別人強許多，但這次卻和以往的熱不同。即便是前段時間被關在焰火洞受罰時，她也沒有感覺到身體有這般炙熱的痛苦。

不知跌跌撞撞地走了多久，雁回終於看見前面有一條小河在歡樂地奔騰。一瞬間的希望讓她身體好像又有了力量似的，她迫不及待地撲上前去，卻忘了河邊石頭都是長了青苔的，滑得不行，她腳一歪，一頭滾進了河裡。

冰涼的水沒有緩解她體內的躁熱，她把腦袋浮出水面喘氣，卻覺得她的眼睛已被體內的灼熱燒得迷迷糊糊、看不清東西了。

腦子越來越糊塗。她好似看見很多年前師父把她帶回辰星山的模樣。

她下意識地摸著自己的頸項，抓住了脖子上的一個吊墜，那吊墜正是那日她離開辰星山時，撿起來的玉簪殘玉。

恍恍惚惚間，雁回好像看見那個纖塵不染的仙人，用自己的簪子幫她綰好了披散的頭髮，她好像聽見他還在自己耳邊說，從此以後，他做了她師父，她就不用再害怕被人欺辱，不用再忍饑挨餓，不用再顛沛流離。

可看看她現在這樣……

活似被人抽得一臉癸水般，狼狽不堪……

在浮浮沉沉之間，雁回浮現了無數想法，但這些想法被終結在幾句帶著鄉音的對話當中：

「這是個女人啊！」

「打哪兒來的啊？咋在河裡？」

「不知道，被水從山裡面沖出來的。咱把她叉起來吧，拿去賣了。」

「哎對，拿去給蕭家婆子的傻孫兒做媳婦兒正好咧！」

「對對對……」

等……等等！

什麼傻孫兒！什麼做媳婦！什麼對對對！

不要隨便幫人做決定啊！

可不等雁回有所反對，岸上的人一棍子叉下來，捅錯地方，直接戳到她腦袋上，將她給生生戳暈了過去，然後，她就什麼都不知道了……

雁回再次醒來的時候，看見的是一個有點漏光的屋頂。她動了動，發現胳膊和腿都被綁著。

好笑，拿這種普通的繩子就想綁她？當她這些年在仙門吃的都是屎嗎？

雁回不屑地哼了一聲，手上一用力……

然後她呆了。

難……難道這些年她在仙門吃的真的都是屎嗎？

她竟然沒掙掉！

她使了更大的勁兒，連腳趾頭都抓緊了，但……還是沒掙掉……

雁回大驚，連忙往體內一探，頓時淌了一背的冷汗。

她的修為、她的內息竟在一夕之間全、都、沒、了！

雁回驚愕之際，一個滿臉皺紋、雙眼渾濁的老太太走到她面前，伸手就往她臉上摸：「摸著是很水滑的姑娘。」

雁回往後躲了躲，老太太也不再繼續摸，一雙渾濁的眼睛彎了彎：「阿福會喜歡的。」

「一定會喜歡的。」一個略尖細的婦人聲音在一旁響起，雁回扭頭一看，發現旁邊走過來一個穿著鮮豔的中年婦人，婦人滿臉堆笑。「我家男人撈她可費了不少工夫呢，一身衣服都在河裡打溼咯，差點兒掉進去。您這個數買她，不虧的。」

蕭老太點了點頭：「以後就望周家嬸子幫我阿福看著這個媳婦啦。」

雁回在腦子裡反應了一會兒才明白過來，她這是被人撿來賣了啊！

想她下山身無分文，自己都沒捨得把自己給賣了，這算哪根蔥的居然敢幫她做了主！

雁回怒不可遏，兩條腿一起抬起來，對著周氏蹬去，逕直將她蹬得一個踉蹌，險些摔倒。

「哎，我的老天爺！」周氏轉過頭來驚訝又憤怒地瞪雁回。「妳敢踢我！」

「妳敢賣我，我為何不敢踢妳？說！把我賣了多少銀子？」

婦人氣笑了：「嘿，這當口了還關心這事兒的姑娘可真讓我開眼界。」

蕭老太在一旁著急地問：「小姑娘醒啦？」

「醒了，鬆綁，放我走。」

「走什麼走。」周氏斥道：「人家蕭婆婆看妳可憐，孤身一人的，也不知怎麼被河水沖到這裡了，打算收了妳去做她家孫媳婦呢。保妳後半輩子有男人養！」

「嘿，我是孤身一人沒錯，但誰說我要男人養了？」雁回不滿。「給我鬆開。」

「這嘴倒厲害。」周氏衝門外招了招手，立時有兩個五大三粗的男人走了進來，一左一右將雁回的胳膊給架了。

雁回掙了掙，居然沒掙脫。她乾脆也不掙了，就冷冷地盯著周氏。

周氏笑著對蕭老太說：「蕭大娘，妳放心，才拐來的姑娘都是有點脾氣的，我做了這麼多年生意，有的是法子收拾她們，我把她給妳關柴房裡去啊。」

雁回冷笑，敢情還是個販賣人口的慣犯。

兩個大漢將雁回架了出去，可雁回法力雖沒了，但身體還是超級棒，耳朵一動就聽見屋裡周氏給蕭老太咬耳朵：「喏，這藥她吃了就渾身沒力氣，跑不了的。妳把它混在飯裡，晚上讓阿福給她吃。她要戒心重不吃飯呀，妳就餓她兩頓，這一般姑娘到那種程度，即便知道飯裡有藥，為了活命啊，也是會吃的。但這姑娘性子我看比較烈，妳就等著她餓得頭暈眼花的時候，給她混粥裡餵她……」

雁回聽得心驚，但無奈如今是一點辦法也沒有，只得任由那兩個壯漢將她架進了柴房，毫不留情地把她往草垛子上一扔，唬她：「想少吃苦妳就乖乖的，進了這個村子，除了死了的，沒哪個能跑得出去，早點認命！」

說完「咚」的一聲關上了漏風的柴門。

雁回在草垛子上動了動，擺了個讓自己舒服點的姿勢。她看看這四周，再看看自己手腳上的繩子，心裡唯有一個想法。

還好她現在這窩囊德行沒讓子月看見……

蕭老太果然聽了周氏的話，一整天沒給她送飯吃。

到了雁回能透過漏風的屋頂看見外面的月亮和星星的時候，她的肚子咕咕咕地發出一長串聲音。

雁回一聲嘆息，磨蹭到柴房門邊，一邊拿腳踹門一邊大喊：「你們不是要把摻了藥的飯送進來餵我吃嗎！說好的摻了藥的飯呢！說好的餵我吃呢！你們倒是言而有信一點啊！餓死人了！」

她喊得大聲，震得房上的灰落了幾點下來，沾到她鼻子下面，惹得她情不自禁地打了幾個噴嚏。

便是在她這幾個噴嚏的時間，柴房的門「吱呀」一聲開了。

明月光，亮晃晃，一個少年的身影立門框。

雁回看著面前這清瘦少年有些呆怔，粗布麻衣的打扮顯示著他生活的清貧，然而逆光中的那張臉，卻是出人意料地漂亮。

是的，漂亮。

尤其是那雙好像承載了星光的眼睛……

「撲通！」

對上那雙眼睛的一瞬，雁回忽然覺得自己心臟強烈地跳動了一下，緊接著，像是錯覺一樣，雁回好似聽到了自己如同脫韁野馬般越來越瘋狂的心跳。

「撲通！撲通！」

她這如脫韁瘋馬一般的心跳，難不成是因為她對這清瘦的少年郎，一見……傾心了？

雁回為自己的心跳呆住了很長的時間。

但讓人不解的是，雁回已經從漫長的失神裡面走了出來，而這個少年卻還是直愣愣地盯著她。

雁回又是一愣，隨即愕然，難道……這小子也對她動心了？

可如果她沒記錯的話，她先前又是泡水，又是在柴堆裡滿地滾的，形象不知有多狼狽，這樣都能讓少年郎對她動心？

雁回竊以為，大概是自己臉太好。

然而漸漸地，雁回發現這小子眼睛裡的光越來越不對勁了……

他眼眸的光太亮，他盯著她，就像鷹隼盯著兔子，餓狼盯住肥羊，就像一個死囚，盯住解開他枷鎖的鑰匙。

「喂。」雁回喚了他一聲，好似撞醒了他的夢似的。少年眨了眨眼睛，散掉那灼人的光芒，眼眸一轉，不再直視雁回的眼睛。

雁回的視線卻一直將他盯著：「你就是那蕭老太的孫兒？」

這少年身形瘦削，臉色不知道是因為常年生病還是飢餓，泛著一些蒼白，唇上甚至還帶著烏青色。他垂著眼眸，只專注於手上的事，神色安靜得與方才全然不同。

少年不理她，自顧自地端著碗走了進來，在雁回面前蹲下，將手上的三個碗一個一個放到地上。

雁回不解，不是說蕭老太的孫子是傻的嗎，可剛才這小子的眼睛裡看起來……

怎麼那麼多戲？

「喂……」雁回話音剛開了個頭，少年已經放好了碗，起身打算出去了。

雁回愣了一瞬，目光在地上的米湯、鹹菜和饅頭上一晃而過，登時急得什麼都忘了，連忙衝著少年的背影急喚：「等等！你就這樣放這兒了？我還被綁著呢，你要我拿嘴拱嗎！」

倒好飼料就走人，餵豬啊！

少年腳步一頓，思索了一番，復而又走回來，在雁回面前蹲下，然後端起米湯遞到雁回嘴邊，雁回確實餓極了，就著少年端的碗，兩口就將米湯喝乾淨，然後十分不客氣地開始使喚：「饅頭夾點鹹菜。」

少年被這聲吩咐喊得眉梢微微一挑。

雁回卻沒工夫在乎他，只顧著盯著碗裡的東西：「快點啊！」

少年不吭聲，卻蹲了下來，照著雁回說的做了，饅頭夾了鹹菜，餵進雁回嘴裡。

雁回也不講究，狼吞虎嚥地吃了兩個大饅頭，待肚子有了點底，這才有工夫將注意力從食物上面轉開。她嚼著饅頭，拿眼神瞥了一眼正伸了手將饅頭遞到她面前的少年，此時的少年目光平淡，看起來說不上傻不傻，但至少沒有剛才那樣目光懾人的勁兒了。

現在他就像個普通的山村少年，普通得以至於雁回都開始懷疑，剛才這小子眼睛裡的精光都只是她的臆想。

雁回對少年免不得在心裡留了幾分意，然而，不管她怎麼留意，她現在無法否認的是，這小子著實生得漂亮。

月光自頭頂破木板縫隙裡灑了進來，落在少年臉上，雁回一口咬住少年手中遞來的食物，吃掉。

她在心裡嘀咕，以她自幼閱遍辰星山無數師兄弟成長史的眼光來看，待這少年長大，五官長開，身體結實後，他絕對是個一等一的美男子啊！

拐去小倌樓應該能賣個好價錢……

雁回清了清嗓子：「小子，你奶奶將我從那喪盡天良的人販子手裡買來，是給你做媳婦的，你可知道？」

見雁回不吃了，少年將手裡剩下的半塊饅頭放回了碗裡。

「你奶奶年紀大，看著可憐，我不好罵她，但做這種斷子絕孫的買賣可是會遭天打雷劈的，為了你奶奶好，你且幫我把綁鬆了，讓我走了了事。」

少年垂頭開始收拾碗。

「別走！」雁回一咬牙，道：「實話和你說了吧，我是修仙的，追了條百年蛇妖到這裡來，蛇妖被我打傷了。他走不遠，很可能還躲在你們這銅鑼山的哪個犄角旮旯裡，指不定就變成你們村裡的哪個人，混在你們之間，天天吸你們身上的氣，你不放我走，沒人對付他，到時候倒大楣了，可別怪我沒提醒過你。」

少年收拾碗的動作微微一頓，隨即眸中光華流轉了一瞬，然後就像什麼都沒聽到一樣往外走。

什麼反應都沒有，這比反駁更讓人感覺不爽。雁回被綁了一天，強力壓住的火氣霎時就點著了：「喂！你到底是傻，還是啞啊？」

依舊沒反應，雁回怒了，喝斥：「站住！還有半塊饅頭！姊姊還餓著呢！」

少年腳步一頓，略一琢磨，倒是真拿了半塊饅頭，回來蹲到雁回的面前，像之前那樣餵給她吃。雁回看了一眼他的臉，又看了看他的手，一張嘴就咬了上去。

少年手微微一動，看來是想往後撤，但最後卻是穩住了沒動，任由雁回一口將他的拇指連帶饅頭咬住。

牙齒用力，雁回聲音含糊，卻有力道：「放唔（我）走！唔（不）然，嗷（咬）斷！」她咬著少年的手往後仰了仰脖子，方便自己去觀察少年的神色，然而出人意料地……

少年神色依舊平淡無波，他俯視著她，許是角度的問題，在少年的目光之中，略帶了幾縷嫌棄。

沒錯，嫌棄。

其實雁回也是打心眼裡嫌棄現在的自己。以前和子月鬥得再不體面，她也不至於用咬人手指這種小孩打架的招數來解決問題啊！可現在……

雁回神色一狠，將內心角落裡的那點自恃身分的驕傲一腳踹開。

雁回說：「唔真嗷斷噢！（我真咬斷哦！）」

現在，唯一能讓雁回感到慶幸的，大概只有這裡沒有辰星山人這件事了吧……

雁回心裡感慨著自己當年風華不再，現在咬了半天，她咬肌都酸了，被她咬住大拇指的人卻一聲痛也沒叫。

如果她沒感受錯的話，她現在嘴裡嘗到的這股腥味應該是少年手指流出來的血，而不是她的牙齦出血吧！為什麼這看起來弱不禁風的少年卻如此能忍痛！說好的十指連心呢！倒是連他心啊！倒是讓他痛啊！

雁回幾乎想撓牆，便在這時，少年的手忽然動了動，卻不是在用力掙脫雁回。而是就著被咬住的那隻手，不管大拇指，只動了其他幾根手指，撫摩上了雁回的臉頰。

指尖觸及雁回臉頰的那一瞬間，雁回似有種被天上的閃電摸了一下的感覺，麻麻的、熱熱的，一直竄進心裡。

「撲通。」

她又聽到了自己的心跳。

「不會放妳走的。」他終於開口對雁回說了第一句話。少年的聲音好聽得像山間冷冽的清泉，但語調卻有幾分暗藏的陰森，有著與他年齡完全不符的詭異感。

雁回一時愣神，牙關鬆開。

少年抽回了手，將拇指在雁回衣襬上擦了擦，道：「奶奶不會放妳走。」

他說這句話的時候，卻又沒讓雁回感到有什麼不妥。

不過等等……

「你為什麼要把血和唾沫擦在我身上！」

少年抬眼看了雁回一眼，這次雁回絕對沒看錯，他眉梢微挑，神色微帶鄙夷：「不是妳咬的？」言罷，他端了碗便出了門去。

雁回看著重新關上的門，嘀咕：「這小子絕對不傻吧！絕對不傻啊！他還會反諷我啊！」

將空碗端到廚房，少年透過廚房的窗口望著天上的明月，神色間哪還有半分呆滯，一雙月光照不透的眼眸裡宛如藏著萬丈深淵，住著煉獄妖獸。

他低頭看著自己拇指上被咬出來的傷口，倏爾冷冷一笑：「走？妳可是我的……」

少年離開後，雁回將這個看起來就謎團重重的少年琢磨了一會兒，但現在委實不太瞭解他的情況，實在也琢磨不出個什麼。想著想著沒有結果，也就迷迷糊糊地睡著了，然而她這一覺卻睡得並不踏實。

柴房對面雞圈裡的雞打從丑時就開始叫，咯咯咯喔喔喔的，吵得她心煩氣躁，完全睡不著。

辰星山不是沒有雞，但辰星山的雞到底也算是半隻仙雞，人家自恃身分甚少打鳴，哪像這破公雞……

雁回拿腦袋往稻草堆裡鑽了鑽，把頭埋起來，但哪能擋得住聲音？她心裡暗暗恨道，待有了機會，她一定要把這窩雞全都燉了才算完！

天亮了後，雞倒不怎麼叫了，她繼續睡大覺，卻又被一隻乾枯粗糙的手給摸醒了……

雁回一睜眼，看見一張滿是皺紋的臉，還有一雙渾濁的眼睛，一身的灰敗氣息幾乎壓得雁回窒息，她打了一個寒顫，往後一縮：「走走走，我不想看見你們，不想看見你們。」

雁回在入仙門之前，打小就能看見些奇奇怪怪的東西，小時候怕得要死，後來拜入凌霄門下後，凌霄給她畫了符，尋常小鬼便再沾不了她，再加之她自己也有了點道行，碰見這些物事倒也沒那麼怕，只是這大清早就往身上爬的……還是讓雁回出了一身冷汗。

她把頭往草堆裡埋，卻聽得一聲蒼老的嘆息：「小姑娘，嚇到妳啦？」

聽到這個聲音，雁回才反應過來，面前這人是「買」了她的蕭老太，而不是以前那些不請自來的傢伙……

雁回轉頭，壓下方才的驚悸，用肩膀擦了擦臉：「老太，妳買我是做妳家媳婦的吧，但妳這樣動不動就摸我……是什麼意思啊？」

蕭老太笑道：「高興，老太婆心裡高興啊，我家阿福的媳婦。」她說著這話，臉上的褶子都笑出了弧度。雁回轉頭一望，柴房門外，背後晒著太陽的少年在那兒站著，看起來傻傻的，全然沒有昨日反諷她時的那個精明勁兒。

雁回清了清嗓子：「老太太，妳這樣買媳婦是不行的，妳看妳昨天還好綁的是我，我皮糙肉厚不嫌痛，這要換個別的姑娘，今天妳看到的就是奄奄一息的樣子了。這買賣損陰德的，不能做。我也不是個能嫁人的女人，妳把綁給我鬆了，待我養幾天身體，有了氣力，妳給那人販子多少錢，我去給妳搶回來。」

說到這個，蕭老太一嘆，又咳了兩聲：「我知道，老太婆我自是知道這買賣損陰德啊，但姑娘妳就當可憐可憐我吧，要不是我這把老骨頭撐不了多久，咳咳……」

雁回看得出來這蕭老太命不久矣，她身上死亡的氣息太重了，重得讓雁回都覺得嗆喉。

「要不是家裡沒個人照顧阿福，老太婆說什麼……咳，說什麼也不能在最後關頭作這個孽啊！可我不作孽，阿福要咋辦啊？小姑娘，妳就看在我可憐的分兒上，安心留下來吧，阿福老實，等認熟了妳，會對妳好的。」

雁回嘴角一抽，先把阿福是不是真老實這事兒放到一邊，道：「老太太，妳家可憐，妳家阿福可憐是沒錯，可妳也不能強迫我跟你們一起可憐啊。而且妳指望我照顧他……不如指望老天爺天天掉餡餅養活他來得比較實在。」

老太默了默，又嘆了嘆，最後拍了拍雁回的手：「晚上我請了鄉親們，讓你們拜堂。」

什麼……

雁回驚駭，盯著老太太出門的背影喊：「妳知道我的名字嗎？妳知道我的生辰八字嗎？不算算嗎！我剋他怎麼辦！」

少年阿福面無表情地拉上柴房門，關上門的那一刻，雁回發誓，她在門縫裡看見傻子阿福，俯視著她，勾了勾嘴角，勾出了一個極淺，卻十分不懷好意的冷笑……

他……笑她？

這銅鑼山裡全村的人都是瞎的嗎！這叫傻？這叫傻？

村裡的人才傻吧！

雁回氣得不行，挪過去蹬了兩腳門板子：「早餐送來了再走啊！」

雁回在柴房繼續待了一天，直到傍晚的時候，這個破破爛爛的小院子裡忽然就熱鬧了起來。其實要真算起來，這也根本不是什麼熱鬧，雁回聽了聽聲音，辨出外面差不多來了二十來人，這要是她法力還在，輕輕鬆鬆就可以搞定他們自己跑了，但……

雁回往身體裡一探，依舊內息全無，那蛇毒倒還當真有點厲害。

想到這個，雁回再次把思緒放到那個叫阿福的「傻子」身上。

村裡人都公認他是個傻子，想來自幼便是個痴傻之人，可如今雁回怎麼瞅怎麼不覺得他是個傻子，甚至還有點陰險算計的模樣。

能使一個傻子突然變聰明了，雁回想來想去，大概也只有他被妖怪附了身這個可能。而這銅鑼山靈氣貧瘠，能在這裡修行的妖怪，雁回想來想去，恐怕也只有前天被她扎了一劍的蛇妖了。

她還在琢磨，要怎麼在她沒法力的情況下去對付這個蛇妖，柴房門「吱呀」一聲響。是昨天那個人販子周嬸進了柴房，她堆著一臉假笑：「恭喜恭喜呀！」

雁回斜眼看她，她將雁回扶了起來，熟練地把雁回的手腕又綁了一道，然後像牽狗一樣，留了一截長繩子牽在她自己手裡，隨即又將雁回腳上的繩子割斷。

「跟嬸嬸走吧，嬸嬸帶妳去拜堂。」

她拽著綁雁回的繩子要將雁回拉出去，雁回站在柴房門口，沒動。

周嬸嘴角的笑變得有點陰狠：「小姑娘，妳別想耍花樣。我做這門生意也有幾年了，進了這村子的，沒有能出去過的。識相的，就乖乖給我出來拜堂，不然，我可不像蕭老太那樣客氣！妳在動什麼心思我可都是知道得一清二楚的。」

「妳知道我的心思？」雁回斜眼瞥她。「妳知道還不拿塊布來給我把頭蓋著？」

周嬸一愣，臉上的陰狠沒有收得回去，錯愕已浮上面孔，顯得有點滑稽：「什麼布？」

「紅蓋頭！遮羞布！被這樣牽出去，本姑娘嫌丟人！」

周嬸顯然是沒想到雁回在這種情況下竟然還在意這種事情。她愣了好久，不耐煩地將雁回一扯，硬是將雁回拉了一個踉蹌：「窮講究，今天就是讓妳認人的，以後全村子的人都幫周阿福看著妳，看妳跑哪兒去？走！」

竟是一山的強盜！

雁回只覺內心非常憤怒，一個沒忍住，一抬腳對著周嬸的屁股就是一腳，將她狠狠地踹出了柴房，仰面跌成了狗。

「哎唷唷！哎唷唷！摔死我了！」周嬸還在地上疼得驚聲叫喚。

她這一叫，院子裡的人全都往這邊看了過來。雁回自己踏出房門，頭髮在身後一甩，一身狼狽卻依舊背脊挺直，她目光在所有人臉上一一掃過，顯然，大家都被她這個出場鎮住了。包括周嬸養的兩個五大三粗的打手一時都沒反應過來。

雁回的目光最終落在了傻阿福身上，他在所有人身後站著，還是那身粗布衣衫。但見雁回盯著他，他便也直勾勾地盯著雁回，眼睛微瞇，目光帶考量，哪有半分傻樣？

雁回冷哼：「本姑娘自己走，誰准妳拽我了？」

這個蛇妖上了阿福的身，現在趕她走，她還不能走了呢。

他身上可是揣著讓她發家致富的八十八兩金呢！

雁回不卑不亢，目不斜視地穿過所有怔愣的鄉民，逕直走到阿福面前。

在所有人的目光跟著雁回一同轉到阿福這邊時，阿福眨了眨眼睛，眼底的考量與算計霎時消散無蹤。

可真是會演啊。

雁回雙手一抬，手上那根繩子甩著抽了阿福一下：「來，牽著。」她發號施令，阿福看了繩子一眼，伸手牽好了。雁回繼續道：「過來拜堂。」

任誰都沒想到，這個從河裡撈上來，又被賣出去的女人，竟然是這樣嫁給這個傻子的。

活像……她才是買人的主兒一樣，氣勢洶洶，財大氣粗……

鬧了這麼一齣，蕭老太在吃過飯之後就將鄉里鄉親們送走了。

雁回在新房——其實就是阿福住的地方，只比柴房乾淨一點，擺了個床。雁回在床上坐著，耳尖地聽到門外蕭老太在跟阿福交代：

「這小姑娘性子烈，你得先親親她，安撫下她，然後摸摸她，把衣服脫了，動作輕點，別傷著她。但她若反抗狠了，你也別讓她傷著你。實在沒法了，你就叫奶奶，奶奶去幫你和她說說。等過了今晚，就好了。」

雁回聽得既好笑又好氣，一邊覺得這老太太為傻子真是操碎了心，一邊又覺得這老太太為了讓孫子給她傳宗接代也真是自私到了極點，令人可憐不起她來。

只可惜，老太太怎麼算也沒算到，這傻子早已經不是她的那個寶貝孫子了吧。

「吱呀」一聲，木門推開，阿福獨自走了進來。

老太太還站在外面，伸著腦袋往門上貼。

雁回瞥了一眼，全當自己沒看到。待阿福走了過來，雁回雙手將阿福一拽，逕直將他拉了過來，然後推倒在床，床幃落下，將床榻的空間與外面隔絕。

雁回依舊被繩子綁著的雙手雖然行動不便，但做掐人脖子的動作還是沒有問題的。

她騎在少年的腰腹上，壓住他腰上的穴道，讓其動彈不得，隨後掐住他的脖子：「看我還捉不了你這妖怪？」

「呵。」少年一聲冷笑，神色帶著幾分鄙夷。「騎在男人身上捉妖，而今修道修仙者，都是這副德行之人？」

「小妖精。」雁回微微俯下身，聲音也壓得極低，宛若是與人說著纏綿情話。「少和我扯什麼修道修仙，不方便我辦事的那些大道理我可不管。」她一隻手掙了掙，學著那天阿福摸她臉的模樣，也把手指放到了阿福的臉上，然後兩根手指將他臉上一塊肉夾住，狠狠一捏，再往外一扯，逕直將阿福的臉都扯得變了形。

雁回開心：「你不是滿會裝的嗎？你倒是用這張臉，再接著裝給我看看啊，阿福。」床幃之間，他們倆的姿勢簡直不能更曖昧，可雁回欺負人欺負得正開心，半點不覺得。

阿福卻皺了皺眉頭，偏了偏頭，意圖將雁回的手甩開，卻沒有成功。

「放開，下去。」他冷冷地道。聲色裡倒是真真切切地充滿了不耐煩。

雁回簡直覺得開心極了，想她今天和昨天的狼狽樣，還不全拜這傢伙所賜？他倒是還在旁邊看熱鬧外加冷笑、諷笑和譏笑：「怎麼，被我欺壓著你覺得不願意？你昨天摸我臉的時候，可沒問過我願不願意，你前天抽我一臉血的時候，也沒問過我願不願意。」

「妳放不放？」阿福眸中神色漸起冰霜。

雁回得色：「你讓我放，我偏——」

話未說完，雁回只覺得整個身體忽然凌空而起，然後一陣天旋地轉，腦袋一痛，她和阿福的位置倏爾顛倒，她被壓在了床上。

雁回只覺不可思議，她明明壓住了他身上的大穴的，這傢伙的外家功夫，竟在她之上？

雁回正呆怔之際，阿福按著她的肩，神色帶著輕蔑。

雁回被他這個神色刺激了。想她在辰星山，真動起手來，別說同輩弟子，只怕好幾個師叔也不一定打得過她，今天竟然在她引以為傲的功夫上輸了場子，雁回覺得很沒面子。

她一咬牙，雙膝一屈，逕直頂在阿福的腰腹要害。他一聲悶哼，雁回趁機翻身，再次將他壓在身下：「服不服！」

阿福皺眉：「我無意與妳比試。」

「反抗我，就是意圖與我比試。」

「……」

打了一通，雁回心裡順氣了不少，她自上而下地盯著阿福：「現在倒是老實了。」

摸到雁回好勝的脾性，阿福乾脆一默，盯著雁回不再說話。

「你早老實點不就好了？」

乖乖給她三倍賞金，她可不就不纏著他了嗎！

但事到如今，雁回這話也說不出口了，她靜了下心，深吸一口氣，道：「也罷，雖然你確實陰了我一道，算是與我結下了梁子，但我還是前天的那句話，我和你沒什麼深仇大怨，不打算要你的命，你只要乖乖交出你偷走的祕寶，我便也不再為難你。」

「哦。」阿福眸中神色流轉了幾瞬，隨即道：「如此，我明日便帶妳去找那祕寶好了。」

雁回一愣。

倒是沒想到他竟然如此容易地就答應了。

想當初，他為了那個祕寶可是願意付三倍的錢來賄賂她，甚至不惜拚著尾巴被一分為二的風險也要抽她一臉血啊！如今竟是……威脅威脅就答應了？有詐。

雁回神色一冷，手再次捏住阿福的脖子，直到阿福的臉色慢慢變得有點難看了，這才道：「本姑娘的靈火不好受吧，你還想再來一次？」

這蛇妖約莫不知她法力消失了，她使使詐，理當能詐出點東西。

阿福盯著雁回，神色果然有了幾分變化，他默了一瞬：「我自是有條件的，祕寶能助我修行，妳拿走了祕寶，便不能干擾我在此處借這村裡人的精氣修行。」

得了這麼個條件，雁回心裡稍稍地安了下來。

但隨即她眉頭微微一皺，多年的修道生活讓她對妖怪吸人精氣的事情保持著最原始的反感，她思索了一會兒道：「這一村子的人都是做人販子做慣了的，行徑惡劣，卻無人懲治。你要在這裡對他們做什麼，只要不弄出人命，我便全當不知曉就行。」

「吸取精氣而已，要不了他們性命。」

雁回手上力道這才慢慢鬆開：「小蛇精，本姑娘脾氣不好，若是你敢對我使什麼詐，可是討不了什麼好果子吃的。」

阿福揉了揉自己被掐得發紅了的脖子，瞥了雁回一眼：「妳既不礙著我修行，我為何要詐妳？」

雁回打量了他幾眼，然後將手遞到阿福面前：「給我解開。」

阿福聞言，眉梢微微一動：「妳的靈火之術，不能燒了這繩子嗎？」

雁回臉皮一緊，強作鎮定：「這是為你綁的，自是要你來解開。我沒讓你跪著給我解，已經是足夠對得起你了。」

阿福瞥了雁回一眼，顯然是懶得與她計較，一抬手，將雁回手上的繩子解了，皺眉道：「下去。」

雁回垂頭看了看自己這個姿勢，冷哼一聲：「敢情是害羞啊，我都不計較，你一個妖怪計較什麼？」雁回說著，從他身上翻下來。

阿福並不接她的話：「睡了。」他說著，自行下了床，走到屋子另一頭，倚牆而眠。

雁回挑了挑眉，是她的錯覺嗎？她怎麼覺得這個蛇妖，有點不喜歡和她靠太近呢？但為何這蛇妖昨天卻會摸她的臉，難不成是因為她昨天長得漂亮，而今天就變醜了嗎？

雁回累了一天本來是睡得很香的，最後是被天還黑著就開始打鳴的大公雞吵醒了。她閉上眼睛，努力讓自己忽略雞鳴，想牠叫著叫著總是能叫累的，但和昨晚一樣，外面的公雞一旦開始了叫，就沒休沒止地叫完了下半夜。

清晨雁回是頂著黑眼圈從床上坐起來的。她再次堅定了就算走，也要把這雞宰了再走的想法。

雁回起來的時候，坐在牆角的阿福也站起來了。他拍拍自己的衣服，走過來，站在床榻邊，咬破手指，然後把血抹在了被褥上。

雁回看著他的動作挑了挑眉：「還想著要騙騙老太太，你對老太太挺好啊，還真當自己是人家孫兒了啊。」
阿福並不理會她的打趣：「弄好了就出去吃飯，少說廢話。」
雁回撇嘴：「什麼時候帶我去取祕寶？」
「去幹活的時候帶妳去。」
雁回點頭，心裡卻陡然有一些奇怪的感覺，但她卻說不出為何有點奇怪。還不等她細細思索一下，老太太便進了房間，她笑咪咪地過來摸了摸雁回：「丫頭不鬧啦？」
反正她拿了祕寶也就走了，於是也懶得和老太太瞎扯，只點頭嗯了一聲，便出了門去。回頭關門的時候，雁回瞥見老太太正趴在床上，一邊用手摸著被子，一邊湊鼻子上去聞。
雁回只覺得噁心又尷尬，連忙關了門就走。
她忽然間有點慶幸被抓到這裡的是她而不是別的什麼姑娘。至少她還有脫身之法，而若是別人，只怕這輩子都被糟蹋在這裡了。
吃完飯，阿福扛了鋤頭去地裡幹活，如約將雁回也帶了去。
確認了雁回已經和阿福完事之後，老太太明顯對雁回放心很多，也沒管太多就讓他倆一起走了。或許在蕭老太太心裡，那一層處女膜大概就是女人這一輩子的命運吧，給了誰，那女人的命就是誰的了。
一時間蛇妖附了阿福的身體這件事，雁回也說不出到底是好是壞了。

阿福將鋤頭拿到地裡之後，便帶著雁回七繞八拐地拐出了村子。

雁回一直留心記著路，可走到頭了，雁回才發現，這條路並不是下山的路，而是通往村子後面的一個大湖。

湖水的來源便是那天將她從山裡沖出來的那條河。

雁回看著阿福駕輕就熟地找到湖邊的一片木筏，然後喊她：「上來。」

雁回望了望一望無際的湖水，又看了看漫過木筏的水，她修的火系法術，天生就是討厭水的。前幾天是被心裡的火燒急了，再加上腳滑一頭栽進水裡的，現在讓她看見這麼大一湖水……

她現在可是沒了法術，又不會水的旱鴨子啊。

雁回深吸一口氣，正在做心理建設，卻見木筏上的人伸出了一隻手。

她抬頭一看，清瘦的少年站在木筏上看著她，神情雖然仍舊顯得冷淡，但伸出來的手卻是實實在在地在幫她。

雁回愣了一會兒，還是握住他的手。他一用力，便將雁回拉了上去，然後便甩開手去撐木筏，半分工夫也沒耽擱。

嫌棄她卻又會幫她的蛇妖，真是奇奇怪怪的脾性……

撐了一刻鐘時間，雁回看見了一塊垂直的山壁，山壁之下樹木遮掩之中有一個隱蔽的黑色洞口。如果不是阿福將木筏撐到洞口之外，雁回根本發現不了這個地方。

「還真是會找地方藏。」雁回嘀咕，一邁腳打算從木筏上跨到洞口裡面去。然而她的腳卻在半空中被一堵無形的牆擋住了。

雁回踢了踢空中的「牆」，轉頭看阿福：「你還設了結界啊？」

這一回頭，雁回才看見阿福的臉色略有點難看。雁回皺了皺眉頭，細細打量他，見他嘴唇蒼白，眼裡血絲在慢慢變多，好像身體很不舒服似的。但他的神色卻沒有什麼變化，依舊冰冰涼涼的，像是對自己的身體漠不關心到了連疼痛都可以不在乎的地步。

「妳進不去？」他也皺了眉。「再試試。」

雁回依言，狠狠在結界上踹了一腳，這一腳力氣大得將木筏都推出去了些許距離，但依舊沒能進去。

阿福嘴角抿緊，神色略帶幾分凝重：「會畫陣法嗎？以血為引……」

雁回有些惱怒，轉頭看他：「你設的結界，你自己打開不就行了嗎？」

阿福沉默了一瞬，隨即道：「妳的靈火術將我周身法力灼燒殆盡，我沒力氣打開它。」

搞半天……他也沒了法術。不過想來也是，要不然昨天怎麼拿外家功夫跟她拚呢……知道這一點，雁回稍稍放了點心，也不再誆他，聳聳肩道：「巧了，你的蛇毒把我的內息給一併衝散了，我也沒有法力。」

兩人面面相覷了一會兒。

雁回抱著頭蹲了下來，面色痛苦：「發家致富怎麼就那麼難……我只是想請個張大胖子而已……」

木筏在洞口停了一會兒，然後雁回感覺四周風動，是阿福又撐起了木筏，往回划去，他臉色白得不成樣子，但語調卻依舊平穩：「為今之計，只有且等些時日，待妳身體將毒性清除，或可再來一試。」

雁回蹲著看了他一會兒：「剛才我就想問了，你身體是不是有什麼毛病？」

阿福終於轉頭瞥了她一眼：「沒有。」

雖然他是這樣說，但雁回是怎麼也不相信的。可偏偏他的語氣那麼堅定，若是蒙住眼睛，她大概就要相信他說的是真話了。

不過既然他這麼逞強，那她便也當自己是蒙住眼睛的就好。左右不過是一個萍水相逢的妖怪，她也沒什麼立場去較真些什麼。

回到地裡，阿福開始幹活，雁回就在旁邊田坎上蹲著看。

讓她等倒是沒什麼關係，她不怕耽誤時間，反正現在也被逐出師門了，本來就是無事閒人，什麼都沒有，就是時間多。守著這個蛇妖，回頭拿了祕寶回去換了賞錢，她也頂多算個有錢的無事閒人……

「啪！」

一塊石頭砸在了阿福身前。

雁回一愣，但見幾個小孩嬉笑著跑過來，在地裡一陣跳：「傻阿福傻阿福，娶了母老虎的傻阿福！」

阿福盯著他們，沒有動，就在雁回還在擔心這蛇妖會不會把幾個小孩吃掉的時候，泥塊石頭紛紛砸了阿福一身，他仍舊只是站在那裡，拍了拍自己的衣服。

雁回看得愣神，蛇妖……卻是如此好欺負的傢伙？

她正想著，忽然間一個小孩撿了塊泥，一掄胳膊就扔了過來，「啪」的一下糊了雁回一臉。

「母老虎母老虎，嫁給傻子的母老虎。」

雁回牙關一咬，額頭上青筋一突。她抹了把臉，然後站起身來，開始擼袖子。

她一邊擼一邊笑：「這麼開心，咱們一起玩啊！」

小孩聽了雁回的話還在笑，雁回抓了一把地上的泥，掄起胳膊「唰」的一下，把泥團像大炮一樣甩出去，逕直砸在其中鬧騰得最厲害的孩子的胸膛上，小孩被砸得一屁股坐在地上，愣了。

其餘幾個孩子也都愣了。

待感覺到痛了，孩子一咧嘴，「哇」的一聲就哭了出來。

雁回捏了捏手指骨，伴著「喀喀」作響的聲音，她露出白白的牙齒一笑：「來呀，姊姊再帶你們玩玩。」看著雁回的臉，其餘幾個孩子跟見了鬼一樣，霎時嚇得連滾帶爬，忙不迭地往家裡跑了。

「到這裡還得處理這種事。」看幾個小孩跑遠了，雁回一邊拍臉上的泥，一邊氣得嘀咕：「看來天下小孩一般黑，不分修仙不修仙。」

拍著拍著，雁回一轉頭，但見阿福正側頭看著她。

雁回上下看了他一眼，萬分嫌棄：「任由小孩欺負的妖怪，你還真是個奇葩。」

阿福轉頭冷聲道：「與小孩和泥石較真的修道者，何談奇葩？」言罷，他便轉過頭去，將小孩踩亂的地理了理。「回去了。」

他說了這話，自然而然地就爬上田坎往回家的路走。

雁回看著他的背影，有一種詭異的不和諧感又撲面而來……

晚上的時候雁回在屋子裡打坐，她想方設法地將自己身體的內息調動出來，但努力了半天，體內依舊是空空如也，睜開眼睛的時候夜已經深了。她感到有幾分頹然，沒有法力，其實讓她十分沒有安全感。

她壓制住心裡的挫敗，正想倒頭睡去，卻發現屋子裡並無阿福的氣息。

這蛇妖大晚上難道出去吸人精氣去了嗎……

「嘩啦啦」一陣響，雁回好奇，走到窗邊，推開窗戶一看，明晃晃的月光之下，院子裡的少年正光著身子在用井水沐浴。夜裡仍涼，井水冰寒，但他卻全然不怕，冰冷的井水從頭上落下，他連寒顫也沒打一個。

接觸了這兩天，雁回越發覺得這人就像塊石頭，好似外界所有的疼痛和不適都不能讓他有所反應。然而他並不是石頭，所以，只能是他將那些不適都隱忍下去。

如此善於隱忍的人，想想其實還滿可怕的……

一桶井水倒光，清水流過他的臉、頸、胸膛、腰腹，然後……

他背過身子，臉卻側了過來，雖然年少，但他已經擁有幾乎完美的下頷弧線，帶著亮晶晶的水珠。他黑瞳中映著寒涼的月光，盯著雁回，神色淡漠中壓制著幾分惱怒。

惱羞成怒。

原來，他還是有忍不了的事的。

雁回嘸了下口水，責怪他：「哎呀，你這個人……怎麼能在院子裡洗澡？」

「妳不該先把窗戶關上？」

「哦。」

雁回關了窗戶，但還是站在窗前沒動。

她這大概是第一次看見男人身體，雖然是個少年，但該有的，確實都有了……

「答」，一滴血落在雁回胸上。

雁回連忙捂了自己鼻子往床上躺，但此時此刻雁回不得不承認，有時候子月罵她罵得挺對的。她就是一個世俗之人，心裡的世俗勁兒和膚淺的欲望，實在強烈啊！

修道，是改不了她的本性的。

可這能怪她嗎？

這都怪他要在院子裡洗澡！

第二章 月圓之夜

夜，大山之巔，遍地素裹，大得驚人的月亮懸在頭頂，將滿山白雪照得發亮，天地之間宛如牢籠一般的法陣將她困在其中。

雁回躺在地上，刺骨的寒冷，像是能鑽進心底一樣。

她看著雪花一片片飄在她的臉上，然後在接觸到她皮膚之後，迅速融化成水珠，從她臉上一顆顆滑下。

「為什麼……」

她聽見自己問出了口，卻詭異得不知道自己在問什麼。她一轉頭，看見了一個模模糊糊的影子，在那人影的背後是巨大的月亮，逆光之中，她並不能看見那人的模樣，但是她卻清楚地看見了那人舉起了長劍。

雁回瞳孔緊縮。

一劍扎下！

雁回只覺心房一陣緊縮，尖銳的疼痛讓她渾身一抖，然後……

「咯咯咯，喔！」

她醒了過來。

眼前是一片漆黑，空氣中還有鄉下村屋裡常年圍繞不去的木柴味。她的心臟依舊瘋狂地跳動著，滿頭大汗幾乎染溼了髮鬢。

她失神地捂住心口，那裡似乎還有尖銳的針扎感讓她覺得疼痛。

這個惡夢實在是太真實了，真實得就像是她昨天才經歷過這樣的驚悚一樣。

冰雪大山，巨大明月，還有那模糊的人影，雁回皺了皺眉，這人影，現在回想起來，她為何覺得有幾分熟悉感。但她想了又想，卻始終無法將自己認識的人和那人影對應起來。

想了半天，雁回猛地回神，她是在搞笑嗎？居然為了一個夢這麼較真。

撇了撇嘴，雁回轉身想接著睡去。

可是她忘了，外面的雞開始叫了……就停不下來了。

雁回忍了又忍，被子裡的拳頭捏了又捏，這已經是第三天了……她都沒有好好睡個覺，之前是想著自己在農家小院裡住不了多久，可照如今這個架勢，她恢復內息應當還有些日子，這雞若是不除，當是大患！

清晨院裡的陽光還沒多少溫度，在蕭老太太院子裡一直咯咯叫的幾隻雞一下子全部停止了叫喚。

蕭老太太從自己房裡出來的時候，聞到了一些奇怪的、類似燙毛的味道：「阿福，阿福？」她喚。於是阿福也從屋子裡出來了，看見院子裡的雁回，阿福腳步一頓，臉上的神色明顯難看了幾分。

「這是什麼味兒啊？」蕭老太太問。

「我把那幾隻雞宰啦！」沒等阿福回答，雁回就一邊將鍋裡的雞撈出來俐落地拔了毛，一邊隨口答：「在燙皮拔毛呢，今天我燉一大鍋雞湯吧，我這門手藝在張胖子那裡學過，沒問題。」

「妳……妳把雞宰了？」蕭老太太顫聲問：「都宰了？」

雁回回頭看了一眼空空蕩蕩的雞圈：「對啊，都宰啦，本來只想殺公雞的，但沒想公雞叫的時候那兩隻老母雞也叫，圖個清淨都宰了。這鍋雞湯能吃挺久啦！」雁回說著，舔了舔嘴巴。

哪想她這邊話音一落，那邊蕭老太太兩聲喚：「哎唷！哎唷！」

雁回驚詫地轉頭，本以為是老太太摔了，但沒想到是她自己往地上坐了下去，旁邊的阿福連忙將她扶著。

「哎唷，老天爺，都宰了……」

雁回看得愣了：「怎麼了這是……」雁回完全不理解，不就三隻雞……為什麼能哀痛成這樣……

「老母雞是用來下蛋的啊，這可怎麼辦啊，這可怎麼辦啊！」蕭老太一雙渾濁的眼睛流出了淚水，哭得好不傷心。

雁回看了看手裡的雞：「呃……其實也就兩隻……下不了多少蛋啊，反正雞也老了，該宰了……」

蕭老太哭得傷心欲絕。雁回撓了撓頭：「那要不，這幾隻雞，都給妳和妳孫兒吃肉吧，我……喝湯？」

「閉嘴！」

阿福一聲厲斥。雁回被吼得一愣，隨即皺眉：「你吼什麼？」

阿福幾步邁上前來，一把搶過雁回手中的雞，冷冷瞪了她一眼，在她耳邊冷聲道：「什麼都不懂，就別胡亂說話。」

他這態度激得雁回都快氣笑了：「你都懂？不就是宰幾隻雞嗎！多大事？」

阿福不再看她，轉身拿了死雞遞給蕭老太太：「阿婆，莫傷心了。」

雁回在旁邊，感覺自己就像是一個欺凌老弱、橫行鄉野的惡棍。可實際上，她只是宰了三隻嘴太賤的雞。她張了張嘴：「不就幾隻雞嗎！你們等著！」

她擼了袖子就出了院子。

知她走了，蕭老太連忙推了推阿福：「去攔著，去攔著，帶回來。」

阿福沉默地看了蕭老太一會兒：「阿婆，我先扶妳進屋。」

這邊雁回一路往山上走。銅鑼山雖然靈氣貧瘠，然而野物還是有那麼幾隻的。她捉些野雞回去，再把那雞圈填滿就是。

雁回路上碰見了幾個村民，大家目光都下意識地在她身上停留，然後見她是往山上走的，這才沒有管她，由得她自己去了。因為所有村民都堅信，沒有人能從後面這座雜草叢生的大山裡走出去。

雁回上了山，在林子裡尋了些時候，一共逮住了兩隻野雞。她把兩隻雞都捏在手裡，正打算尋第三隻的時候，忽覺旁邊草木一動，常年接受應付妖怪培訓的雁回立時戒備起來。

她側了身子，後退一步，做好防禦的姿態，直勾勾地盯著那方。草木唰唰一陣響，一個穿粗布衣裳的男人從裡面走了出來。

男人看也沒看雁回一眼，穿過草木繼續往村落裡走，他的腿一瘸一拐的，走得有些艱難。

雁回盯著他的背影看了許久，目光落在他的腳上，隨即皺了眉頭。

銅鑼山村子不大，裡面的人大都熟悉，一夜之間基本上全村的人都知道蕭家阿福娶了個媳婦，人人也都秉著「負責」的態度多看她幾眼，而這人……

雁回正想著，另一頭傳來腳步聲，她抬頭一看，阿福緩步走了過來。

但見雁回手裡捏著的野雞，阿福挑了挑眉：「妳動作倒快。」

「你找我也找得挺快的。」雁回將手中野雞遞給阿福。「拎著，我再捉個三、四隻，直接把那破雞圈填滿。」

阿福也不推拒，接過雁回手中的野雞就跟在她身後走。雁回一邊漫不經心地走著，一邊看著遠處景色，待走到一處草叢雜亂、樹木摧折的地方，雁回停住了腳步：「咱們那天在這兒打得還挺厲害的嘛。」

阿福轉頭看了四周一眼，雁回也不看他，只拿目光一掃，往一個方向屁顛屁顛地跑去：「哎呀，我的桃木劍！」

雁回將桃木劍拾起，比劃了兩下，然後指著阿福道：「我性子倔，脾氣不好，最是不喜別人訓我，以前除了我師父，誰訓我都沒好下場。你且記住了，這次便算了，待得回頭你再敢訓我，小心本姑娘再像那天一樣，拿這劍扎你的七寸。」

阿福一聲冷哼：「區區桃木劍，皮外之傷，何足為懼？」

雁回眸色沉了一瞬，她收回劍，用手指抹了抹劍刃：「我可是記得，當時你叫得很是慘痛呢。」

阿福不再理雁回，往旁邊一看，用下巴示意雁回：「野雞。」

雁回也不再說其他，撲上去就捉野雞去了。

捉了六隻野雞，兩人才收工回家，見雁回真的捉了雞回來，蕭老太太也沒生氣，晚餐將雞吃了，大家就各回各屋睡覺去。

這天夜裡雁回一直躺在床上沒閉眼睛，聽著牆角那頭阿福傳來的均勻呼吸，雁回慢慢整理著思緒。

這兩天她總是感覺阿福身上有股不協調的奇怪氣息，她現在終於知道奇怪在哪裡了。

若說是蛇精附上了阿福的身，一個妖怪，初來乍到，為何會對阿福平日的所作所為如此熟悉。撐木筏去崖壁山洞，下地裡揮鋤頭幹活，應付前來搗亂的小孩，因她殺了雞惹蕭老太傷心而生氣，在蕭老太難過時輕聲安撫。這全然不是一個因為避難而附上人身的妖怪會做的事。

他對這些事情，幾乎已經熟悉到了好像他已經用阿福的身分，過了十幾年這樣的生活一樣。

雁回怎麼也不會忘記，當天她和蛇妖打架的時候扎的是他尾巴，她還被那條讓她一分為二的尾巴抽出了一臉血。而她今天詐阿福的一句「扎了七寸」他並沒有反駁，可見之前他便也是像今天這樣，一直順著她的話往下說，將計就計，在誆她呢。

阿福不是蛇精這件事，雁回已經確定，但她現在奇怪的是，既然阿福不是蛇精，那阿福身體裡住著的到底是個什麼妖怪？他為什麼要騙她？他帶她去的那個山洞裡面到底有個什麼東西？他的目的何在……

雁回越想越覺得這個少年簡直是一身的謎團。

而除了這個少年，還有那真正的蛇妖。他到底去了哪裡？真正的祕寶到底又在什麼地方？

看來，想要拿到八十八兩賞金，她還得花工夫多調查調查呢，這個小山村裡，事情還真是不少……

雁回一聲長嘆，不得不再次感慨，想下半輩子能吃點好的，怎麼就那麼難。

等著內息恢復的日子，雁回每個白天都過得挺無聊的。

至於為什麼是白天無聊……

因為每個晚上雁回都會作非常奇怪的惡夢，她能看見巨大的月亮和漫山大雪，天地間緊緊扣在一起的陣法。還有一個模糊卻又讓她感覺有幾分詭異熟悉的人影。

每天晚上皆是這個夢，有時候當她覺得看清夢中人的臉時，一醒來，夢裡面的事情就像被風吹了一樣，呼呼就不見了，只留下些模糊的輪廓，讓人摸不著頭腦。

難道這村子裡當真有什麼不乾淨的東西，又來找上她，給她託夢來著？但若是這樣，為什麼夢裡躺在地上被殺的人會是她自己呢……

想不明白。

自打到了這個山村，雁回發現自己多了太多想不明白的事。

現在每天她都很努力地想去調查那瘸腿的男人，但每次要離開阿福身邊的時候，總會被他不動聲色地攔住。

雁回知道這人並非蛇妖而另有身分之後，難免對他多了幾分忌憚，不敢將自己發現了什麼表露出來。她也將計就計，看這人到底要她做什麼。

「走了。」

看了眼扛著鋤頭站在院子外的阿福，雁回打了個哈欠，把饅頭和水拎了往他那邊走。

過了這麼幾天，阿福真的像個娶了媳婦的農家小夥子一樣，每天去地裡幹活，唯一和別人不同的是，他會帶上她。

「阿婆，我走了。」阿福回頭給坐在院子裡的蕭老太打了個招呼，蕭老太氣息微弱地點點頭。

雁回也轉頭看了蕭老太一眼，在雁回眼裡，她看見老太太嘴裡呼出的氣息慢慢出現灰色。這樣的顏色雁回再熟悉不過了，每次有不乾淨的東西飄來的時候，雁回就會在他們周身看見這樣的顏色。

蕭老太周身的氣息還很淺，只是再過不了多久，她身上的顏色也會慢慢變深，最終會和那些魂魄一樣變成影子似的黑色。到那時，她的命數也就盡了。

雁回轉過頭，盯著阿福的背影。經過這幾天的相處，她知道這個阿福是當真在乎蕭老太的，雁回猜不到他的脾性是被什麼事情磨礪過，變得如此沉默隱忍，但想也能知道，反正不是什麼幸福的事，而現在，經歷過不幸的阿福，他的人生將再次面臨失去的痛苦……

雖說是個神祕的傢伙，或許對她還有所圖謀，但他的人生過得也是滿不容易的。雁回一邊走一邊想，想著想著，長嘆口氣。

阿福轉頭看她。雁回一抬頭對上他的目光，然後正經嚴肅地說：「今天這五個饅頭，你吃三個，我吃兩個好了。」

阿福：「……」

他避開目光不看雁回，似乎有點嫌棄：「妳愛吃多少便吃多少就是。」

雁回張了張嘴，正想告訴阿福讓出一個饅頭對於她來說是個多麼沉重的決定，可巧小路一轉，雁回目光不經意地瞥見了遠處田邊一個女子的身影。

她一愣，頓住腳步，沒控制住地「啊」了一聲。

阿福眼中精光一凝，迅速順著雁回的目光看去。

只見那方是一個穿了一身與鄉村氣息全然不搭調的白綢衣衫的女子。她站在路中間，有趕牛的村人要從路上過，她也不讓，就直愣愣地立在路中間，雙目呆滯地看著遠方。

「她怎麼……」

雁回盯著她就要往那方走，阿福伸手攔，竟然沒攔住。

阿福皺了皺眉，邁步跟了上去。

雁回一路小跑到女子跟前，盯著她，打量了好一會兒：「棲雲真人？」

女子沒回答，旁邊的老伯叫了起來：「哎唷，什麼真人不真人的啊，趕快讓她讓讓，讓我這老牛過去。」

雁回回過神，拉著女子往旁邊走了兩步，待老伯將牛趕走後，雁回再細細打量著她。

但見她這身本該是纖塵不染的仙人白衣，在這鄉村裡難免沾上了塵埃，給她添了幾分落魄的氣息。她神色呆滯，宛如聽不見旁邊的聲音，看不見旁邊事物一樣，只痴痴呆呆地盯著白雲遠方，不知在看些什麼。

雁回看得皺眉。

這棲雲真人可並不是普通修仙人，她是雲臺山齊雲觀的掌教真人，在修道人眼中，可是與她前任師父凌霄齊名的大乘聖者。

三個月前棲雲真人自辰星山參加仙門大會後，不久便仙蹤不見，整個齊雲觀連同辰星山的人都滿天下尋人，然而始終尋不見真人蹤影，當時還有人猜測棲雲真人或許被妖物所害。

整個修道界為此一直緊張到現在。誰能想到，棲雲真人竟然會出現在這個小山村裡面……

「真人？」雁回喚她，卻並沒有喚得她目光偏轉一瞬。「真人可還記得我？我是辰星山雁回……」

「笨蛋。」

雁回一愣：「哎……」

棲雲真人黑瞳動了動，目光落在了雁回身上。雁回輕咳了兩聲：「那個……真人，我是辰星山凌霄門下弟子雁回啊，雖然現在不是了，但我……」

「無恥。」

雁回嘴角抽了抽：「所以說，我現在已經不是辰星山……」

「愚不可及。」

雁回額上青筋一跳，阿福見狀，一步邁到她身前將她擋住，雁回扒過阿福的身體：「誰也別攔我！我要讓她知道什麼叫待人接物的禮貌！」

話音未落，道路那頭忽然傳來一聲男人的呼喚：「阿雲！」

雁回抬頭一看，路的那頭，一個男子一瘸一拐地急走了過來。

雁回挑了挑眉，很好，竟是那天她在山上遇見的那個瘸子。

瘸子這一聲喚終是喚得棲雲真人動了動，她轉過頭，面向跑來的男子，男子目光在阿福臉上掠過，然後與雁回四目相接。他停留了一會兒，沒有說話，扶著棲雲真人：「阿雲，妳怎麼到這裡來了？」

「你毛巾忘記帶了。」棲雲真人聲音沒有起伏，讓人感覺有幾分遲鈍。「我想拿給你，可是迷路了，毛巾也掉了。」她低了頭。「對不起。」

男子似乎微微有些動容，他脣角扯出一個笑，輕聲安慰：「沒關係，我帶妳回家。」

言罷，他沒再看雁回一眼，領著棲雲真人便往路那邊走去。

雁回倒也沒去阻攔，她只抱起了手，左手指在右手臂上輕輕敲著，目帶沉思。

神志不清、形容痴傻的棲雲真人和……蛇妖嗎……

若是他們的關係真如她表面所看到的這樣，那雁回忽然就理解，為什麼蛇妖要去盜人家家傳祕寶，為什麼拚著尾巴一分為二也不將祕寶交出來了。

這說來說去，全是因為愛啊！

可問題是，棲雲真人到底是怎麼變成這個樣子的？雖然見過棲雲真人的次數不多，但雁回知道，那可是一個脾性清貴之人，即便痴傻，也不該性情大變到張口就數落人的地步啊……

再有，讓棲雲真人變得痴痴傻傻的，難道是那個連她也打不過的百年蛇妖？這打死她也不能信啊！

雁回覺得，這個小山村裡面發生的事情變得越發撲朔迷離起來。

不過現在雁回還有一個更重要的問題想問阿福：「剛才你為什麼攔著我收拾人？」

阿福瞥了雁回一眼：「我覺得她說得挺對。」

「……」

這小子雖然平時沉默寡言的，但該毒舌的時候卻一點也不落下風啊。雁回瞇眼看了阿福一會兒，然後問：「小妖精，你可知剛才那人是誰啊？」

「齊雲觀棲雲真人。」

「哦，你倒是清楚。」

「修仙得大乘之人，自有耳聞。」阿福說著扛了鋤頭往地裡走。「別磨嘰，再不去幹活，時辰要耽擱了。」

「哦。」雁回跟在他身邊亦步亦趨地走著，然後扭著腦袋打量他。「那你知不知道棲雲真人她是怎麼到你們村子，又是怎麼變成這樣的？」

阿福腳步一頓。雁回跟著他停了下來。兩人面對面，四目相接。

阿福漂亮的眼睛微微一瞇：「妳懷疑是我？」

雁回彎著眉眼毫無威脅性地笑。如果說阿福身體裡這隻妖怪法力全無並不是她的靈火術造成的，那麼他法力消失一定有別的原因。

「我可什麼都沒說哦。」

「不是我。」阿福硬邦邦地丟下一句話，也不再解釋其他，轉身就走。

雁回撇了下嘴，從包袱裡摸了饅頭出來開始吃：「就問問而已，火氣可真大。」

吃了晚餐，雁回嫌屋裡悶就爬到房頂上看星星，然而今日滿月，月亮太亮，讓漫天繁星暗淡不少。她看著天邊明月想起夢中那輪大得出奇的月亮。一時間，好似錯覺一樣，雁回只覺心口像被什麼東西壓住了似的，悶得讓人喘不過氣來。

她坐起身，揉了揉胸口，正打算回屋睡覺，卻見下面房間裡阿福偏偏倒倒地走了出來。

是的，偏偏倒倒的，跟中了邪一般……

這妖精犯什麼毛病了……

雁回盯著他，但見阿福踉蹌地走到柴屋裡，抱了一捆柴出來，然後又踉蹌地出了小院。整個過程雖然看起來艱難，但他卻做得十分安靜，像是駕輕就熟一樣。

雁回心裡好奇，跳下屋頂，跟著阿福而去。

月光明晃晃，照著阿福孤獨而行的身影一直往湖邊走，一直走到一個沒有草木的空曠的地方，阿福才將柴火放下，抖著手摸出了火摺子，努力地在生火。

火光點亮的那一瞬間，雁回看到阿福滿頭大汗，還有他蒼白至極的臉色。

他這是在做什麼……怎麼跟在做邪教的儀式一樣……

雁回正好奇著，那邊的阿福不知是心悸還是怎的，忽然之間身體往前一傾，剛點燃的細木柴戳在了地上，熄掉了火。

他好像再沒有力氣爬起來似的，蜷在地上，牙關緊咬，宛如忍受著巨大的痛苦。

到底是什麼疼痛竟然能讓一個平時對痛覺沒什麼反應的人難受成這樣……

雁回有點看不下去了。

她邁步上前：「喂。」她蹲下身，看了看阿福的臉，然後拿過他手上的火摺子，本想幫他點燃柴火，沒曾想她剛碰到他的手背，阿福忽然一把將她的手拽住。

「哎……」

然後雁回只覺後背一疼，竟是她被撲倒在地，然後脣上一熱，這個披著漂亮少年外皮的妖怪，將她的嘴，咬住了……

雁回幾乎是驚恐地看著自己身上的人，眼睛都快看成了鬥雞眼。

過了好半天，她才從極度驚駭之中回過神來，咬緊牙關，開始掙扎，但雁回沒承想阿福的力氣竟如此之大。他將雁回抱緊在懷裡，死死箍住，這個瘦弱少年像是抓住了救命稻草般死死不鬆手，讓她的反抗全然無力。

可也在她奮力地掙扎中，阿福牙齒一個用力，雁回只覺得一陣尖銳的痛，然後脣齒之間便滿是血腥之氣。

「痛！」雁回從喉嚨裡發出含混的呼喊。

然而接觸到這血腥氣味之後，阿福卻像是受了什麼刺激一樣，鬆開了牙齒，在雁回脣畔的傷口上用力吮吸。也是這樣的舉動，讓阿福這個咬，徹底變成了親吻。

雖然他只是在取血，但已足夠讓雁回怒不可遏，咬一咬她當被狗啃了也就算了，但現在這算什麼情況啊！

就算要占便宜，也該是她去占別人的便宜吧！

這個臭小子……

雁回雙膝一屈，拚盡全身力氣在阿福腰腹上一頂，將阿福逕直頂了起來，然後一拳打在阿福臉上，他好似頭暈了一瞬，腦袋往旁邊偏了偏。

雁回趁此機會，連忙掀翻他，爬了出來。

可沒等她完全站穩身子跑開，腰間卻是一緊，是阿福抓住了她的腰帶。

雁回定住了腳步，回頭看他。

阿福跪在地上，一手捂著心口，一手緊緊抓住她的腰帶，手指關節因用力而泛白。他渾身顫抖，巨大的痛苦依舊籠罩著他，但他的神志卻彷彿比剛才清醒了一些：

「別走……」

雁回定定地看著他，眼下有些陰影：「你拽著我的腰帶說這句話，是想如果我拒絕你，你就扒了我的腰帶讓我光著屁股回去嗎……」

雖然這樣說，但雁回到底是沒有動。阿福跪行了半步，停在雁回身前，然後抱住了她的腰，像剛才一樣，死死禁錮著她，像一個乞求神明救助的乞兒，不肯放棄自己最後的希望。

他將臉貼在雁回的腰腹上，感受著她的體溫，也聆聽著她身體裡的心跳。抱得太緊，四周太靜，雁回便也更能感覺到他的疼痛，他渾身的顫抖，還有他喉頭因為實在壓抑不住疼痛而發出的低喃：

「留下來，在我身邊。」

儘管雁回不承認，但她確實是個吃軟不吃硬的人。此時此刻，她也確實是沒辦法一腳踢開這個漂亮的少年自己跑掉。於是在湖邊平地上靜默了半晌，雁回拍了一下阿福的腦袋道：

「你勒痛我的屁股了……臭小子。」

這個動作僵持了大半夜，直到月亮隱沒了蹤跡，阿福的顫抖才慢慢平息下來。

雁回問他：「你好了？」

阿福沒有回答，雁回只覺腰間一鬆，是阿福放了手。他像是用盡了所有力氣一樣，身體一軟，暈倒在地上。

雁回聽著湖水一聲聲拍打岸邊的輕響，看著阿福滿是汗水的側臉，嘆了口氣：「這次是看在每天你讓我吃三個饅頭的分兒上，我才心善幫你的。」

言罷，雁回就著湖邊阿福抱來的那堆木柴點起了火。

待火焰燒得旺了，阿福終於動了動，清醒了過來。一側頭他便看見了雁回的臉。火光將她的側臉照得比平時更立體鮮活，她的嘴唇有些紅腫，說明著剛才他吸咬的用力。

而他嘴裡還留有雁回血的味道。

她的血……

阿福心頭一熱，他不得不閉上眼睛，將心神定下……

片刻後，阿福坐起了身。

雁回扭頭看了他一眼：「醒啦。」她將手中的最後一根木柴扔進火堆裡，問阿福：「來解釋一下吧。」雁回雙臂交叉，微笑，活像人畜無害一樣。「如果解釋得沒有說服力，我可是存了一肚子火來揍你的哦。小蛇精。」

阿福拍了拍自己的衣袖，倒也不再裝，坦然道：「我並非蛇妖。」

聽到這第一句話，雁回安心了些許，勇於承認自己的身分，戳破自己先前撒下的謊言，接下來的話，至少有一大半的可信度了。

「我名天曜。」

「天曜。」雁回喚他，但見他轉眸看她的一瞬，眸光比平日裡有神了一些。以前凌霄給雁回上課的時候告訴過她，妖怪的名字是有念力的，是他們誕生之初，便伴隨他們一生的咒語。知道了他們的名字，就有了更多傷害他們的可能。

既然肯坦誠交代出自己的名字，接下來的談話，可信度便又提高了一些。

雁回點了點頭，抱著手臂繼續等下文。

「我乃千年妖龍。」

雁回依舊抱著手臂，但盯著天曜的目光卻有幾分發怔。在大腦裡將這幾個字所代表的意義分析完畢之後，雁回立馬萌生了一股腳底抹油趕快跑的衝動。

妖……龍啊！龍啊！傳說中的生物啊！

還是千年啊！

修千年的龍早就可以飛升了好吧！早該脫離這世間了好吧！早就到了小鬼要勾他的命也得先問問他答不答應的程度了啊！

八十八兩金？養一打張大胖子？發家致富的下半生？

這些和命比起來，都算什麼！

雁回嚥了下口水，嘴角有點僵硬：「喔……哦？」她努力鎮定著，裝作一副滿不在意的樣子挑眉，但眼角卻有幾分抽搐。「聽……起來，還滿厲……厲害的嘛。」

天曜只淡淡地盯著她，直到雁回一臉僵硬的淡然再也裝不下去，幾乎要崩潰地問他：「你當真是龍？傳說中的那種？皇帝衣服上繡的那種？」

「是。」

雁回忽然覺得大概是今晚湖邊的風吹多了，讓她腦袋有點疼。她揉了揉太陽穴：「如果……我是說如果，如果我不相信，你能不能用一種不殺我的方式，證明給我看看？」

聽到雁回這句話，天曜眼瞼微微垂下，火光將他黑色眼瞳燒出了一片火紅。「沒有。」他說：「我沒有任何方式證明給妳看。」

雁回打量著他：「給我看看鱗片，看看龍角都不行？」

天曜盯著她，沉默著不說話。

雁回也愣愣地看了他一陣，他的唇色仍舊帶著點蒼白，似乎他身體裡還隱隱有疼痛在流竄，一時間，畏懼的心理消退了些許。

也對，這樣沉默寡言的人向來是奉行「能動手就不吵吵」的原則的。如果他有殺她的本事，那早在他們「洞房」的那天，他就將騎在他身上狂妄放肆的她給宰了。

又何至於等到今天？

害怕的情緒退下去之後，雁回心裡的疑惑又湧了上來：「見首不見尾的嗎……你怎麼在這窮鄉僻壤裡，還……變成這副德行？」

天曜目光落在火堆上：「二十年前，我逢命中大劫，法力盡失，幾近隕滅於天地之間。十年前，恰逢機緣巧合，入得這鄉村少年的身體，得蕭家老太餵養，苟活至今。」

他並沒有具體交代什麼事，但這幾句話已經足夠解決剛才雁回的問題了。

雁回「哦」了一聲，腦海裡有奇怪的感覺閃過，她卻沒來得及抓住。

她接著問：「那你今晚這是怎麼回事？」

天曜頓了頓，隨即道：「我大劫未度過，一直深受其害，至今十年，每逢月圓之夜，便疼痛難忍。」他轉了目光，眼神在雁回脣上一劃而過。「修仙之人身體中的血氣能讓我好受不少。」

知道了這妖怪的身分，雁回再聽到這話，哪裡還有心思去在乎自己是不是被人占了便宜或者辱了清白？她只在腦海裡建立了她的血能讓他好受不少的關聯。

然後雁回白了臉。

他把她留在身邊，原來就是為了防這一茬啊！

她現在是個沒有法力的修仙者，對他來說豈不等於是送到他嘴邊的大餐？這次還是只咬了嘴，下次要是咬脖子，那她大概就得橫屍在此了吧。

雁回故作鎮定地撩了撩火焰，告訴自己，雖然她現在沒有法力，但這傢伙也沒啊！雖然他外家功夫或許比她好一點，但兩條腿不一定有她跑得快呀！

雁回點了點頭：「那麼……事情都講清楚了，天也快亮了，咱們就先回去吧。」

雁回站了起來，天曜卻沒動。

他抬頭看她：「我有一事欲請妳幫忙。」

雁回側頭看他：「什麼？」

天曜抬手一指：「上次我帶妳去的山洞，裡面沒有蛇妖盜走的祕寶，卻有能抑制月圓之夜我身體裡疼痛的東西。」他道：「我想妳幫我去把那東西取出來。」

「那裡有結界，我沒有法力，我進不去，我做不到。」雁回想也沒想就拒絕了。

幫這種妖怪的忙，她藥吃多了嗎……

「我可以幫妳找回法術，昨日見了那瘸腿的蛇妖，妳心裡約莫也有譜了。」天曜也百無聊賴地撥弄了一下火堆。「再有……」天曜盯著她，神色語氣和先前幾乎沒有任何變化，依舊冷漠得宛如山巔風雪：「雖然我沒有了法力，但我告訴妳，妳每天吃下的饅頭裡，被我施加了咒術……」

雁回愣住。

「咒力不強，但有這麼些天了，再加之妳每日食用極多，直到今日，妳若一日不食，或許便會……」天曜眸光流轉。「爆體而亡。」

雁回的眼睛慢慢睜大，瞪著他，滿臉的不敢置信。

天曜抬頭望著她，炙熱的火光沒有給他的眸色增添半分溫度。他語氣冰冷，嘴角卻有了一絲弧度，帶著滿滿惡意的冷笑：「妳再掂量掂量。」

原來！

虧得她剛才還看在她每天多吃饅頭的分兒上沒有丟下他呢，居然敢和她玩陰的！現在想來，他第一次和她見面的時候，那般殷勤地餵她饅頭，定是在那時候就開始算計她了！

這個老奸巨猾的混帳妖怪！這個活該痛得撕心裂肺的千年長蟲！這個……這個……

雁回拳頭捏出了喀喀的響聲，然而半晌之後，她深吸一口氣，卻是忍住了氣，鬆了拳頭。

她自上而下地看著天曜：「行，現在咱倆都沒法力，我雖受制於你，但你也不敢殺我。」

她死死盯著天曜，咬牙切齒地笑：「咱倆現在就攤著牌，慢，慢，玩。」

天曜終是站起了身，他身體裡的疼痛似乎已經全然隱沒了下去。他一抬眼，一雙過於漂亮的眼睛裡面也同樣映出了雁回的身影。「天亮了。」他道：「回去吧。」

回去？回不去了。

這梁子，他們結大了。

雁回看了天曜一整個晚上，沒有睡得了覺，最後還知道打從來的第一天她就被人算計了。她覺得自己就是一頭蠢牛，被人牽著鼻子走了半天。

她一肚子的氣。

清晨與天曜從湖邊回小院之後，她就爬上了床，拿被子一蒙頭，什麼也不管了。

蕭老太太是徹底病倒了，躺在床上起不來。天曜守在老太太身邊伺候，也沒來管雁回。

然而雁回縮在被子裡卻翻來覆去地睡不著，腦海裡一直反反覆覆都是天曜說的話。雁回被凌霄收為徒弟帶回辰星山修道也有十年的時間了，這期間她殺過的妖怪不多，但見過的不少，聽過的更是數不勝數，什麼千奇百怪的品種都有。

但若要說到妖龍……

二十年前的妖龍……

雁回腦子裡倏爾精光一閃，先前在湖邊思緒太混亂她都沒想到，現在靜下來一思索，她忽然想起之前不知是在哪個角落裡聽見有人說過：二十年前，廣寒門主與她師祖清廣真人一同殺過一個大妖怪，而關於那妖怪的真身，有人說是蛇，有人說是狐，眾說紛紜，沒個定性。到最後，是不是真有這件事發生過也沒人能說確定。

當事的兩位仙人身分那般高，自是沒人敢去詢問他們，於是這件事便在小徒弟們之間以傳說的形式流傳。

有人說是廣寒門主素影本來被妖怪所騙，深深愛上了妖怪，最後發現一切都是妖怪的騙局，終於狠下心為天下大道除此妖魔；有人說是我派師祖清廣真人夜觀天象發現有妖魔臨世，於是聯手廣寒門主，共誅妖邪。其中還發生了一些難以言說的愛恨情仇之事，其狗血程度幾乎快傳成了市井裡的三俗故事……

是了，雁回腦海裡的記憶忽然清晰了一下，她記得有一天她的幾個師姊湊在一起說這事，正巧碰見師祖清廣真人來他們弟子房親視，幾個師姊講得有聲有色，全然沒有發現背後來了人。

當時雁回就在旁邊，眨著眼看著雖已修道百年，但依舊年輕的清廣真人，像小孩一樣擠了個腦袋進去，和大家一起聽故事。

當聽見師姊說：「……素影門主見師祖受傷，心生大怒，一掌揮向那可恨妖怪，拚死救下了師祖。」

當事人師祖摸了摸下巴：「哎……為什麼師祖是被救的那個？」

師姊頭也沒回：「師祖之前為了救素影門主受了傷的呀！」

師祖點了點頭：「原來如此。」

雁回在旁邊看得嘴角抽了抽，這番對話完了，一堆正聽得津津有味的人這才轉過了頭，愣愣地看著站在背後笑咪咪的清廣真人，全部一副瞠目結舌、啞口無言的模樣。

那時的場面豈是一個寂靜能形容？最後是凌霄在後面冷著臉喝斥了一句：「沒個規矩。」大家才回了神，連忙站好，對師祖作揖行禮。

彼時雁回站在最後面的位置，看著清廣真人連忙對凌霄道：「別別別，我收了那麼多徒弟，就你最嚴肅，她們這麼可愛，你這麼凶做什麼？回頭嚇到她們都不敢編故事了，我可怎麼把故事聽完啊？」

常年清高淡漠的凌霄也只有在這時會扶額嘆息：「師父……」

那是雁回第一次如此近距離地看見他們辰星山的尊者，那是凌霄的師父，站在整個修道之界頂端的人。

當時的雁回只覺如果以後要做人，一定要做成清廣真人這樣的人，隨興坦然，不卑不亢，不驚不懼。

但可惜的是，她在成為這樣的人之前，就已經被趕出了師門……

思緒飄得太遠，雁回連忙將神志拉了回來。

師祖清廣真人是不是如傳言裡傳的那樣喜歡廣寒門主雁回是不知道，但雁回卻知道廣寒門主有喜歡的人。這件事雖也沒有得到當事人的印證，可在江湖之上卻流傳極廣，可作證的人數不勝數。

傳說之前廣寒門主喜歡一個沒有修仙的普通人，後來那普通人死掉了，廣寒門主便從此閉關修煉，直到前段時間辰星山召開修道大會，雁回才看見廣寒門主來露了個臉。當時她身邊跟著一個少年，寸步不離。

有人說，那是廣寒門主找到的她愛人的轉世。

可天道輪迴，一個人的轉世哪是那麼容易說找就找到的？雁回覺得或許只不過是找了個神形皆似的人，做了個替代罷了。

等等……

不是說拉回思緒嗎？她不應該想想妖龍的事嗎？腦子裡這些八卦接二連三地冒出來是怎麼回事……

雁回拍了拍腦袋，然後突然發現，關於怎麼應付這妖龍的事，她還是沒有半分頭緒……

直到被咕咕叫的肚子驚醒的時候，雁回才發現自己竟然已經悶著腦袋睡著了。她抹了抹口水，從被子裡鑽出來，然後開門去廚房拿饅頭吃。

出了房間，雁回聽見蕭老太的屋裡傳來「唵嘛呢叭咪吽」的念叨聲，她探頭從窗戶往裡一看，蕭老太的病榻旁站著一個穿著掛了一身叮叮噹噹道具衣衫的道士在念經：「病魔退去，病魔退去。」

雁回撇了撇嘴，就是因為這群招搖撞騙的騙子在人世間晃蕩，所以他們修道之人的名聲一日不如一日。

道士旁邊還站著那賣她的周嬸，周嬸拍著阿福的肩說：「念過了你奶奶就好了，念過就好了。」

天曜就在旁邊站著，看著蕭老太什麼話也沒說。

雁回看著他微垂的眼眸，忽然間奇怪地覺得，她能聽到他的聲音，她能聽見他心裡在說，他知道這傢伙是個招搖撞騙的騙子，但他還是希望真能如周嬸所說，念了就好了。

十年相伴，這個妖怪，對老太太也是心存感激之情的吧。

「噹！」道士一搖鈴，像撞醒了雁回的夢似的。雁回拍了拍臉，驚覺自己自打下山之後真是越來越莫名其妙了，為什麼要如此費心思地去體會一個害了她的妖怪的心思？

她甩了甩腦袋，進廚房掏了兩個饅頭，吃完了，一發狠，她又掏了兩個。

反正都中了咒術了，不吃白不吃，就得吃，使勁吃。這口氣討不回來，她就給吃回來。

當雁回吃鼓了腮幫子從廚房裡出來的時候，道士已經忙活完了。病得顫巍巍的老太太由天曜扶著從屋子裡走出來送道士。

「謝……謝謝道長了。」

雁回默默地撇了下嘴。

那邊的道士裝模作樣地點了點頭，揖手告辭，一轉身，看見這邊還在嚼饅頭的雁回。然後一瞬間，他的目光便落在了雁回的脖子上。

雁回還戴著碎簪子的殘玉。

道士目光亮了亮：「這位是？」他盯著雁回問周嬸。

周嬸瞥了雁回一眼，對雁回仍舊還帶著記恨：「哦，蕭老太給自家孫兒買的孫媳婦呢。」

道士點點頭：「我觀這位姑娘面相極好，定是旺夫，老太太這孫媳婦買得好啊。」聽得他誇，老太太笑眯了眼。

周嬸在一旁冷哼：「臉是好，就是性子不好。」

雁回呵呵一聲笑，捏了捏拳頭，想讓她再欣賞欣賞她這不好的性子。

「是火氣重，不過這姑娘脖子上這塊寒玉卻與其協調。」道士直勾勾地盯著雁回脖子上的玉。「若是能將這塊玉交給道士我作法，或許能替老太太延壽一、二十年也未可知啊。」

此話一出，小院裡默了一瞬。

所有人的目光都落在了雁回脖子上的碎玉之上。

見此狀，雁回目光倏爾一冷，盯著道士：「你膽敢再把你這雙狗眼放在這塊玉上試試？」語氣之中，已帶上了森森殺氣。「我定叫你今日橫著出去。」

道士對上雁回的目光，嚥了下口水。

旁邊的周嬸大呼小叫了起來：「哎喲！聽聽說的這話喲！拿個東西給自家老人延壽也不肯喲！這挨雷劈的沒孝心哦！」

蕭老太在周嬸的呼喊中咳了起來，然後看著雁回，顫巍巍地伸出了手：「丫頭，妳救救老太婆我吧，我還想看眼重孫喲……」

一直扶著蕭老太垂眼裝傻的天曜微微側了頭，轉了眼眸看著雁回。

但見雁回站在所有人的對立面，挺著背脊，神色毫無半分鬆動。似乎任何尖銳的質疑、難堪的指責都無法傷害她分毫。

「你們綁架了我，還想綁架我的行為嗎？」

「你們一個賣我，一個買我，一個將我當貨物交易，一個把我看作生育的工具，你們沒將我當人，我又為何將你們當人？今天且不論這道士有沒有延壽的本事，便說他有，那我決定救你，是我品德高尚；我不想救你，是我理所當然。」

雁回下巴微微揚起，神態略帶幾分輕蔑。「你們粗鄙，我本不想說得你們難堪，但今日你們既然逼我，那我就直接把話撂這兒了。」

「要重孫，自己生；要寒玉……」雁回冷哼。「妳來搶啊！」

院中周嬸與道士聽了雁回這話皆愣住。

寂靜維持了很久。

最後周嬸是被蕭老太忍不住的咳嗽聲喚回了神志，一聲大呼：「哎喲，天老爺喲，這小蹄子敢說這樣的話，簡直是要反了天了！」說著她扭著屁股走上前兩步。「老娘今天便替蕭老太太收拾收拾妳這小蹄……」

話未說完，雁回冷笑一聲，還沒動手，只見周嬸忽然腳一崴，自己莫名地就摔倒在地。她哎喲一聲，坐在地上，不停地叫喚。

雁回眉梢微動，餘光看見有塊石頭骨碌碌地滾到了一邊。

她本還打算著人販子若當真敢跑到她面前來搶東西，她就好好給她個教訓的……不料卻是被這塊石頭給占了先機。

雁回目光一轉，看向天曜。天曜只垂著眼眸扶著有些茫然無措的蕭老太，當真像個什麼都不知道的傻子。

假道士要去扶摔在地上呼天叫地喊痛的周嬸，這次雁回一踢腳下石塊，逕直打中道士膝蓋，道士一聲「哎唷哎唷」地叫喚著和周嬸摔作一堆。

雁回輕視著他們：「呵呵，道長既然如此厲害，能使人延壽一、二十年，那你現在倒是念個咒，將你和這潑婦的骨頭給治好呀。」

周嬸咒罵連天。

道士倒是不說話了，悶不作聲地爬起來，連拖帶拽地拉著周嬸往院外走，嘴裡還低聲嘀咕著：「走走走，這小姑娘不好惹。」

看著兩人踉蹌而出，雁回嫌棄冷哼，轉過頭來，只見院裡的天曜扶著咳嗽不停的蕭老太太往屋裡走去，看也沒看雁回一眼。

從頭到尾他一言未發，但雁回卻在他站立過的地方，看見了地上有一個小小的石頭坑。

雁回心裡其實是驚訝的，她沒想到這妖怪竟然會在這種時候幫她。

到了晚上，兩個人同住一間房，天曜還是如往常一樣坐在角落裡睡覺，一句也沒有提白天的事。倒是雁回在床上躺了一會兒，沒忍住問：「今天發現，你這妖怪倒也不是個不講道理的主……雖然你在饅頭裡面給我下了咒。」

角落裡並沒有傳來天曜的回應，房間裡陷入了沉默。

摸到了這妖怪沉默的秉性，雁回也不在意，只睜眼看著眼前的漆黑，問：「當初你到底是遇了個什麼劫，怎麼變成這副德行的？」

雁回依舊沒有聽到回答，就在她以為今天就要這樣沉默地進入睡眠的時候，那邊忽然傳來一聲自嘲：「我度過了劫，卻沒度過人心。」

而這時，睏意湧上的雁回已經沒了聽他講故事的閒心，只捲了被子翻了個身道：「問你話，簡單粗暴地回答就行了，裝什麼文藝，大晚上就是容易煽情……」

「……」

沒一會兒，床上便傳來了雁回呼哧呼哧的均勻呼吸聲。

「倒是心大。」天曜的聲音隨著窗外颳進來的夜風消散在寂靜的夜裡。

一縷月光透過窗戶落在他身前，他看著明亮的月色閉上眼睛，腦海之中又是日復一日揮散不去的殺伐之聲。

翌日，雁回跟著要下田幹活的天曜，和他商量：「昨天太累都沒來得及說，今天我和你商量一下，你自己去幹活，我去調查那蛇妖之事。反正我也不跑了，你也不用看著我，這樣或許比較快。」

說完這話，還沒走到自家田裡，雁回便遙遙地看見那田坎上坐了一個人。

白綢的衣裳，精緻的面容，依舊有幾分呆滯的眼神。

是棲雲真人。

她怎麼找到這裡來了？

雁回小步跑了過去，在棲雲真人身邊蹲下：「妳怎麼又一個人跑這兒來了？」知道棲雲真人與先前大不相同之後，雁回與她說話便也輕鬆自如了許多。

「妳家那蛇……不對，那個瘸腿男子呢？他那麼要緊妳，不能放妳一個人出來吧？」

棲雲真人不答她話。雁回琢磨了一下：「正好，我要去找他，便一道送妳過去吧，妳記得回去的路不？」雁回一邊說著一邊伸手去扶她，但哪承想手剛碰到棲雲真人的手臂，棲雲真人卻像被雷電觸了一下似的，猛地一把將雁回的手抓住。

雁回一驚：「怎……」

她對上棲雲真人的雙眼，但見棲雲真人瞪大著眼睛盯著她，一雙眼睛裡又是驚，又是恐，像是看到了什麼極為恐怖的東西一般。

雁回打小便被一些小鬼鍛鍊出了比尋常人大許多的膽量，但此時見到棲雲真人如此懾人的目光，也在這一瞬間起了一背的寒意。

她張開了嘴。

雁回看見她略帶蒼白的雙唇在劇烈顫抖，似乎有什麼話想要說出來，但牙關卻一直咬得死緊，緊得讓她整個人都開始有些顫抖。

「妳怎麼了……」

雁回內心忐忑，只覺棲雲真人這樣真跟中了什麼邪似的。

「回……」她終於鬆開了牙關，努力地擠出了一個詞。「回去。」說這話時，她將雁回的手抓得更緊，緊得讓雁回以為她的手指骨都盡數折斷。

而除了疼痛，雁回還感覺有森森的寒意自棲雲真人的手上傳來，一點一點侵蝕她的手背……

另一隻手臂猛地一緊，有人將雁回往後一拉，在雁回踉蹌後退幾乎摔倒的情況下，終是掙脫了棲雲真人緊拽住她的手。

棲雲真人也被這股力量帶得身子一歪，摔在田坎上。

然後像沒了生氣的布偶一樣，徹底不再動彈。

雁回根本沒去看身後拽開自己的是誰，只愣愣地看著棲雲真人，半天也沒回過神來。她捂著自己的手背，在手背之上，有寒氣結起的冰霜在慢慢融化。

雁回知道這是什麼法術……

天曜鬆了雁回的手臂，站到她身前，隔了一會兒，才蹲下身將棲雲真人扶了起來。

此時棲雲真人已緊緊閉上了雙眼，完全昏迷，人事不省。她呼出的氣息帶著寒氣，繚繞成了白霧，慢慢飄散，可見棲雲真人體內實在冰寒。

雁回想，什麼樣的法術會讓人變成這樣？是霜華術，這全天下，能以此術傷棲雲真人至此的人，除了她前任師父凌霄，恐怕再無別人有這本事。

想到這裡，雁回臉色有些難看。

細細一想，時間倒也對得上號。三個月前辰星山的修仙大會雖已接近尾聲，卻並未結束，但凡貴為掌門的修道者一般都會留到最後一天。而棲雲真人卻提前離開。緊接著，她便再無消息。再然後，所有人滿天下尋覓其仙蹤，卻再不得見……

前日雁回見到她，也只當她是被什麼妖魔所傷，才落到如此地步。但現在看她的模樣……

雁回不由自主地握住了頸項上的碎玉。

儘管她一萬次地提醒自己，她已不再是辰星山的人，不再是凌霄的徒弟，但關於他的事，關於辰星山的事，她還是沒辦法不去關注，因為這麼多年為其而活。

那些留意幾乎成了她生命裡的情不自禁。

「是霜華術。」天曜道：「但聞辰星山凌霄道長精通此術。」他轉了眼眸，淡淡看著雁回。

「不是我師父……」雁回咬到了舌頭，默了一瞬。「不會是凌霄做的。」她道：「自打前幾年仙尊清廣隱居之後，凌霄便成了辰星山的主事者，門派事宜大大小小皆是由他主張，辰星山沒有人不默認他是下一屆的仙尊。幾月前的修仙大會是他主持的，所有的仙人是他宴請的，他聲望正隆。在這樣的時刻，凌霄沒有理由也不會對同為修仙之人的棲雲真人下手……」

「再有，凌霄雖為人冷漠，但他……不會如此傷人。總之，其中肯定有誤會。」說到最後，雁回只道：「不是他。」

天曜見雁回如此，便不再多言。

兩人正沉默之際，忽聽一陣詭異的摩挲聲響從地裡由遠及近，快速而來。

雁回一抬頭，與天曜對視一眼，兩人尚未說話，彷彿通了心意似的，天曜猛地將暈倒的棲雲真人推向雁回，雁回雙手一抱將棲雲真人接住。她往後一倒，天曜往後一退，便在兩人都退開不過一尺距離之時，只聽「唰」的一聲，一條分了岔的粗壯的蛇尾猛地從地中抽出。

若不是方才兩人躲得及時，此時怕是已經被抽到了空中。

蛇尾在空中一揮，塵土揚起。

雁回倒在地上抱著棲雲真人，還沒爬起來，便聽遠處傳來一聲婦人尖銳的罵罵咧咧：「大白天揚什麼土呢！誰家死人了要挖坑啊！」

是周嬸在另一塊地裡站了起來。

在面對妖怪之際，雁回幾乎是下意識的一聲大喊：「趴下！」

然而這話卻已經喊得晚了，周嬸已站起了身。

正適時，她剛好看見水桶粗的蛇身從地裡抬起，蛇頭揚起又垂下，恰好停在周嬸的面前，吐出來的芯子穿過周嬸的耳邊，帶起的腥風幾乎能吹散她一頭花白的頭髮。

「妖……」周嬸張大了嘴，一口一口地往肚子裡吸氣。「妖妖……」話沒說完，竟是兩眼一翻，直挺挺地往後一倒，蹬了兩下腿，沒了動靜。

來不及去觀周嬸到底是死是活，蛇頭一扭，轉過來盯住雁回。

雁回立馬將棲雲真人像擋箭牌一樣抱在胸前：「人還活著！冷靜！別急！有話好好說！」

第三章 山洞破陣

雁回話音未落，蛇妖似跟已經氣瘋了一樣，完全聽不進雁回的話，不管不顧地一抽蛇尾，逕直將雁回與棲雲真人一同捲到了空中。

那被雁回劈得分岔成兩條的尾巴現在倒成了蛇妖新的武器似的，其中一條尾巴將雁回捲著，一條帶著棲雲真人。

捲著雁回的那條尾巴甩到半空中的時候，逕直將雁回丟了出去。

雁回一驚，但沒有半分內息的她根本無法保護自己，便如同小孩手中的玩偶一樣被重重摔在地上，然後暈著腦袋，半天沒有回神。

雁回暈暈乎乎地抬起頭來，這才看見天曜好手好腳地站在一邊，靜靜地盯著蛇妖，活像剛才被扔下來的她就是一塊石頭，毫無存在感。

雁回一把抓住他的衣袖，顫巍巍地站了起來。「你這臭小子……」雁回罵道：「也不接我一下。」

天曜這才瞥了她一眼，然後讓開一步，讓雁回連抓都抓不到他一下：「救妳是品德高尚，不救妳是理所當然。」

聽到這句熟悉的話，雁回心裡一陣咒罵，那方蛇妖一張嘴就衝雁回而來，竟是打算直接將她吞入腹中。

雁回絲毫沒有猶豫，手將天曜一推，兩人往兩邊倒去，同時躲過了蛇妖的攻擊。

「你聽我說！」雁回趴在地上衝蛇妖大喊：「我不要那祕寶啦！我只想找你要

蛇毒解藥！」

「妳以為我如此好騙？妳定是想趁機將棲雲帶走。我絕不允許你們辰星山人再傷她一分一毫！」蛇妖怒氣沖沖。「今日，我定叫妳命喪此地！」

言罷，他再次衝雁回咬來，雁回沒有內息，只好連滾帶爬地在田裡躲來躲去。「我沒打算帶她走！我也不再是辰星山人！」雁回喊：「棲雲真人也必定不是辰星山的人傷的！」

「棲雲修為何人不知？天下除了妳辰星山凌霄道長，還有誰能以霜華術傷棲雲到如此地步！」

「不是我師父！」

像是被踩到了痛腳一樣，雁回猛地停住腳步，不再逃跑，轉身向後，直面蛇妖：「休要血口噴人！」

直至此刻，聽到自己幾乎是下意識的聲音，雁回才恍然發現——

原來，就算被趕出山門，就算走得乾脆俐落，就算對凌霄傷心失望，但只要在某一天、某一刻，在世上的某一個角落聽到詆毀凌霄的言辭，她也依舊會不顧一切地挺身而出，她也依舊願意為他的名譽而賭上自己的性命。

看著蛇妖猩紅的芯子直直向她心口穿刺而來，雁回不躲不避，在鼻尖幾乎都能嗅到蛇妖口中的腥氣之時，雁回心道，自己真是蠢。

自己這條命，為什麼就能這麼輕易地為了凌霄而交代出去？

但一轉念，雁回又覺得，為了他交代出去，也好似沒什麼不值得的……

兩個念頭的交叉不過瞬息之間，眼瞅著蛇妖的芯子便要穿透雁回的胸膛。電光石火之間，雁回只覺得眼前一暗，身體猛地被人抱住。

一陣天旋地轉，雁回不知道自己被人抱著滾了多少圈。待得停了下來，雁回只愣愣地看著蔚藍的天空，有點失神。

壓著她的身體讓她感覺十分沉重。

雁回一伸手，摸到這人一背的黏膩。

是血。

「臭……小子？」雁回忽然覺得自己腦子有點不夠用。「為什麼……你不該，理所當然地不救我嗎……」

等了好一會兒，天曜好似才能從雁回身上爬起來，撐起了身子。

他漂亮的眼睛盯著她，四目相接，雁回在他平淡無波的黑瞳裡面看見了驚詫無比的自己。

他像一個沒有痛覺的人一樣，輕聲道：「我品德高尚啊。」可是，儘管他的聲線努力地維持著平穩，但雁回卻還是察覺出了他嗓音裡輕微的顫抖。

他在忍耐疼痛。

儘管知道天曜是個極為善於隱忍的妖怪，但此時此刻，雁回仍舊不由得覺得心驚。

這條妖龍，當年到底是遭遇過什麼樣的事，才練就了他這樣的脾性？前天又到底是有多痛，才能讓這樣的人都抵抗不住？

儘管現在知道了他的真身，但在他身上的謎團，雁回卻一點也沒覺得少。

他只告訴她，他想讓她知道的事。

「想救她？你們就一起死。」蛇妖一聲大喊，撲上前來。

雁回一咬牙：「你這妖怪，簡直欺人太甚！」

雁回心頭發狠，一把將天曜掀開，躲過蛇妖吐出的芯子，飛快往前跑了兩步竄到蛇妖身體之下，隨手撿了田邊的一把鐮刀，一翻身，身輕如燕地翻上了蛇妖的身體。

在蛇妖扭動不停的身體上，她大跨了兩步，眼看著便要被蛇妖甩了下去。她不管不顧地縱身一躍，手中鐮刀在空中一揮，逕直砍穿蛇妖的鱗甲，刀刃扎了進去。

蛇妖仰天痛嘯。

雁回便在這時爬到蛇妖的尾部，將他還捲著的棲雲真人一抱，拚盡全身力氣，在蛇妖尾巴上一蹬。

混亂之中，她抱著依舊還昏迷著的棲雲真人一同滾在了地上。

幾乎沒有喘息的時間，雁回一把掐住棲雲真人的脖子，將棲雲真人拉了起來，面對蛇妖：「你再動我就扭斷她的脖子！」

蛇妖像被制住了七寸一般，一瞬間周身的氣勢便弱下來許多。

「將棲雲還給我！」他聲音低沉。

雁回在心裡跟棲雲真人道了個歉，然後冷硬著面孔道：「我說了我無意傷她，是你不好好聽人說話。」

蛇妖身體盤起，好似在積蓄著力量，恨不能立馬撲上來將雁回咬死。

雁回瞥了一眼那方躺在地上的天曜，他後背的血已經染紅了身下的土地。他臉色蒼白，雁回知道，若是沒人救他，這個清瘦的人類身體是撐不了多久的。

「別的咱們先放放。」雁回對著天曜努了努嘴，道：「你先把那傢伙的傷，給我想辦法治好，然後咱們再談談……」雁回將棲雲真人的脖子掐得緊了緊。「關於放人的事吧。」

蛇妖蜷著身子吐了一會兒芯子，終是周身白氣一騰，化為了人形。

他盯著雁回，幾乎是咬著牙走到天曜身邊，手上法力凝聚，覆蓋在了天曜的背上。

雖然天曜的臉色沒有好轉多少，但片刻之後，他能坐起身來了。雁回點了點頭，心知妖法雖不能完全讓天曜傷好，續命卻是無礙，雁回覺得很是滿意。「天曜。」她喚。

天曜神色微動，轉頭看她，只見她像喚小孩一樣喚他：「能動就先到我這邊來。」她對他招了招手。「天曜？」

他已經很久沒有聽見有人這樣叫他的名字了。天曜垂了眼眸，沉默地走到了雁回身邊。

蛇妖看著雁回：「將棲雲還給我。」

見天曜走到自己身後，雁回這才完全放下了心，然後捏著棲雲真人的脖子，好整以暇地看著蛇妖：「你等著，咱們現在先來談談誤會的事。」

蛇妖黑了臉：「事實擺在面前，傷了棲雲的便是那凌霄道士，還有什麼誤會？」

「你沒有誠意。」雁回道：「先放棄偏見，你才能心平氣和地和我說話。現在，先衝著剛才那份無禮，給我道個歉。」

蛇妖臉色黑得像被煙熏過了一樣。

雁回挑了挑眉，一隻手拽了拽棲雲真人的頭髮。

幾乎是立刻，蛇妖便道：「抱歉……」

雁回勾脣一笑：「好，那咱們現在便來開誠布公地好好談一談吧。」雁回一手勒著棲雲真人的脖子，一手指了指已經被糟蹋得不成樣子的田地。「隨便坐坐吧。」

蛇妖咬牙坐下。

雁回得意得快要抖腿。

以前凌霄總是說雁回做事太過拚命，隨意任性，有時候除妖採取的手段也有些不光彩。在辰星山時，雁回經常挨訓，偶爾受罰。受罰關禁閉時，她也總會思考，自己是不是真的有哪裡不好。

直到現在，雁回覺得，自己不是迂腐的真君子脾性，真是太好了。什麼氣度，什麼光彩，都頂不上實用。

兩方坐罷，場面安靜了會兒。

雁回開了口：「我們慢慢捋一捋吧。關於棲雲真人這件事，到底是怎麼回事？」

蛇妖冷哼：「有什麼好捋的？」言辭之間，仍舊是將凌霄當作此事的罪魁禍首。

雁回深吸一口氣，按捺住脾氣道：「我不管你現在怎麼想的，反正我要搞清楚這件事的始末。你先告訴我，你是怎麼遇見棲雲真人的？你又是怎麼將棲雲真人拐到這山村裡來的？」

「我如何會拐她！」蛇妖氣急搶話，怒視雁回，但見棲雲真人還在雁回手裡，他便又忍了氣，道：「我是在妖族邊界遇見她的。」

此話一出，雁回愣了愣：「妖族邊界？青丘國界？」

五十年前，修道者與妖族混戰不斷，是清廣真人率眾仙與妖族一戰，將妖族逼至西南偏遠之地，豎長天劍於青丘國界，震懾群妖，令妖族與修道者從此分隔兩邊。

打那之後，中原大地魑魅魍魎便少了許多。但因中原大地相比西南偏遠之地靈氣充裕許多，很多膽大的妖怪仍舊會冒著危險越過邊界，竄入中原。

這些年來，與雁回打交道的，多半也是這樣的妖怪。

平日裡，雁回聽到的都是又有哪個大妖怪跑到咱們地頭來了，這如今忽然聽見說有修道者要跑到妖族地界裡去，還是棲雲真人這樣的修道者，不由得覺得驚異：「棲雲真人為何會出現在那裡？她當時是個什麼情況？」

「什麼情況？」蛇妖盯著雁回冷哼。「便是比現在更不如的情況。」他望著棲雲，眸中仍有憐惜之色。「渾身冰冷，面色蒼白，便是連睫毛之上也凝有冰晶。一看便知曉是中了霜華術，內息全亂了。」

雁回聽得沉默。

「我遇見她，不敢帶她入青丘國，若是被其他妖怪發現，她唯有死路一條。而見她如此，我心知定是修道之人動的手，便也不敢將她送回門派。怕有人再加害於她。於是我便選了銅鑼山這靈氣貧瘠之地。此處沒有妖怪會來，修仙之人也找不到這窮鄉僻壤，是最好的藏身地方。」

「她身上寒氣漸重，我聽聞有世家大族中藏有祕寶，能讓寒氣消失，便取了過來。」蛇妖冷冷睇了雁回一眼。「若是知道會招來妳這掃把星……」

雁回隨手摳了塊田埂邊的泥巴，「啪」的一下砸在蛇妖的腦袋上：「給我好好說話。」

蛇妖抹了臉，暗暗咬牙：「有了祕寶相助，沒多久棲雲便醒了過來，但不承想，她清醒之後卻記憶全失，宛若孩童。我便一直在此地守著她，尋找破解之法。」蛇妖道：「我知道的便是如此。」

雁回問：「你方才說的話，當真沒有半分欺瞞？」

「事已至此，我欺妳瞞妳又有何用！」蛇妖看著沉思的雁回，又補充道：「妳休想將棲雲帶走，我定不會讓你們這些道貌岸然的修道者再傷她一分一毫！」

雁回被蛇妖這句話從沉思裡拽了出來，她挑眉看他：「哦，這樣說，你對棲雲真人倒是比我們這些道貌岸然的修道者要情真意切多了？」雁回抱起了手。「你一個妖怪，卻為何要對棲雲真人如此好？莫不是……」雁回瞇了眼睛。「趁著人家真人不明世事的時候……嗯？」

蛇妖聞言，臉色倏爾漲紅：「汙……汙言穢語！胡說八道！簡直……簡直……」

「哎唷，你倒還是個純情的妖怪。」雁回聲音裡滿是不正經。「你這麼喜歡棲雲真人，這麼幫著她，就不怕你們妖族的人回頭知道了，排擠你啊？」

蛇妖默了默，垂下頭：「不幫她，難道眼睜睜看著她去死嗎？我只是在思考這些事情之前，就自然而然這樣做了。」

雁回本是開玩笑地問一句，但沒想到得到這麼一個正經嚴肅又深情款款的回答，她摸了摸鼻子，有些同情道：「現在局勢這麼複雜，仙妖戀很容易悲催的。」

「沒時間想那麼多。」蛇妖道：「我只想救她，僅此而已。」

雁回點了點頭，不由得誇道：「你倒是個非比尋常的痴情妖怪。願你們之後能好好的吧。」

蛇妖一愣，看了雁回一眼：「還想著祝福我……妳也是個非比尋常的修道之人。」

「感情這事兩相情願就好咯，管他仙啊妖啊，我一個旁人瞎操什麼心？」

兩人對話話音未落，旁邊一直沉默的人忽然開了口：「不會有好結果的。」

這句話逕直讓好不容易緩和了氣氛的雁回與蛇妖沉默了下來，兩人一同轉頭看天曜。天曜只盯著蛇妖：「她是修道者，是一派之主，肩負重任，除妖，是她的本能。如今她失去記憶忘卻身分，你才能安然守在她身邊，但若有一天，你替她尋回了記憶，她重拾責任，第一件事，便會殺了你。」

天曜的一席話，讓場面冷了許久。

半晌後，蛇妖無奈苦笑一聲：「那她要殺……我也沒辦法，誰讓我打不過她。」

天曜嘴角微微一緊。在再次開口之前，聽見旁邊的雁回問：「說得這麼義憤填膺，你是經歷過這樣的事情嗎？」天曜一默，轉頭看雁回，只見雁回一雙透亮的眼睛直勾勾地盯著他。「我懂，你這個表情是在說，妳的話像一支箭扎穿了我的心尖尖。」

天曜：「……」

天曜冷了眉目，盯著雁回，雁回卻一無所覺，還待說話，天曜冷冷地喝斥一聲：「閉嘴。」竟是一副惱怒無比的模樣。

雁回見天曜如此，開心一笑：「我發現看見你被我惹得生氣，我還滿有成就感的唷！」

天曜牙關不自覺地一緊，在發作之前，雁回已經將目光轉到了蛇妖身上問他：「那你現在呢？可有找到幫棲雲真人好起來的辦法嗎？」

她不再糾結方才的事，若是天曜再提，倒顯得他一個男人斤斤計較，不是東西。於是這口氣就堵在了天曜胸口，上不來，也沒下得去。

天曜覺得雁回就像一個小孩，肆無忌憚地蹦躂著踩中了他的痛腳，然後得意洋洋地揚長而去，根本不給他反擊的準備和時間……

真是讓人糟心……

蛇妖也被雁回的話引回了心神，他肅了眉目，搖了搖頭：「霜華術極為厲害，即便是那祕寶也無法將此術消除。我欲尋世間至熱之物，然而能抑制霜華術寒氣的唯有仙物，那等物事不是有仙靈守著便是藏於世間祕境之中，我無計可尋，一日日拖了下來……」蛇妖看向棲雲，滿臉愧疚。「這才讓她的身體又慢慢變得糟糕起來。」

雁回摸著下巴沉思。
世間萬物本就講究「平衡」二字，能普遍存在於世間的東西都是能保持平衡的東西，可不管是至冷至熱都處於極端狀態之中，能用這樣的狀態存在於天地之間，必是少有之物。
而修習法術能至此境界之人，更是少之又少。
從棲雲真人如今的模樣來看，以正常人推論，確實是凌霄下的手無誤。可就衝著這十來年做師徒的相處，雁回不願意相信凌霄會做這樣的事。
棲雲真人如今還是在這窮鄉僻壤裡沒被發現，若是有一天被齊雲山的人找到了，那整個修仙界還不得鬧翻天？能洗刷凌霄「冤屈」的辦法，或許只有讓棲雲真人清醒過來，自己澄清。
所以蛇妖這個忙，雁回必須幫。那八十八兩金與張大胖子……就讓下個任務來找回吧。
可現在最根本的問題是——
「至熱之物啊……」雁回嘀咕：「這東西確實不好找啊，我唯一知道的就是青丘妖族與中原分界的那座大火山了，可火山之內豎著威懾妖族的長天劍，各大門派的弟子輪流把守，守衛森嚴，你或許還沒靠近火山就被砍死了，而我大概在靠近火山的時候就被砍死了。去那裡不可靠……」
一人一妖坐在地裡又陷入了沉默。

「我能治好她。」

一道聲音自旁邊穿插進來。

雁回轉頭，天曜瞥了她一眼，目光落在了蛇妖身上道：「但你們先得幫我一個忙。」

雁回知道這個妖龍看起來一副悶不吭聲的樣，可是背地裡算計人有一套一套的謀劃，她吃過一次虧，所以現在便琢磨了一下，道：「你先說什麼忙。」

「山村背後湖中崖壁上的石洞中，有你們所要的至熱之物，必定能壓制住這霜華寒氣。」

蛇妖眼睛一亮。

雁回卻一直眯眼睛盯著天曜：「哦，是你上次帶我去的那個山洞吧，你不是說裡面有你什麼東西嗎？你莫不是想趁此誆我們去幫你將東西取出來，助你恢復法力什麼的吧？」

天曜一聲冷笑：「我的法力若如此容易恢復，也不至於現在還待在此地。」他不再看雁回，只盯著蛇妖：「山洞中所藏之物為我所有是事實，但可救你想救的人也是事實。你掂量掂量。」

雁回在心裡默默地翻了個白眼，這個妖龍，每次都說讓別人去掂量掂量，但話語裡不是致命的威脅就是致命的誘惑……

還讓人掂量個什麼勁兒啊！

和這種心裡彎彎繞繞好幾道拐的人打交道，真是讓人糟心！

「好。」果不其然，蛇妖堅定地點頭道：「我隨你去取。」

雁回一聲嘆：「好吧好吧，我跟著去。」她瞥了眼妖龍，心道，雖然現在這妖龍看起來脆弱極了，但保不準他還有什麼別的謀劃呢，彼時若是在山洞裡發現這妖龍有什麼不對的苗頭，她就是拚了這條命也不能讓妖龍出來為禍世間。

聽得雁回這句話，天曜垂了眼眸，脣邊呢喃著讓人聽不清話音的語句：「妳來當然最好。」

天曜與蛇妖約好了明日一大早，在湖邊見。

傍晚雁回與天曜回了小院。天曜話也沒說一句便自顧自地去了蕭老太的房間，一直陪著老太太到大半夜才回自己房間。

適時雁回正在床上打坐，意圖努力湊點內息出來，以防明天萬一發生什麼意外情況，但直到聽得天曜推開門的聲音，她也依舊沒湊出個什麼成果。

雁回睜開眼，發出一聲頹然的嘆息，想到自己已經沒用了這麼長時間了，她惱得直在床上打了個滾。

天曜全當沒看見一樣走到桌邊倒了杯茶，喝掉。

「我的內息啊！我的修為啊！」雁回在床上哀號：「胡不歸啊胡不歸！」

許是哀號得太讓人心煩，天曜皺著眉頭瞥了她一眼，開口：「妳五行為火，蛇毒大寒，自是剋妳。」他說完，放下茶杯，像往常一樣走到牆角，倚牆坐下。

「閉嘴安靜休息。」

雁回一睜眼，翻身而起，盯著天曜：「你今天還在那裡睡？」

天曜回望雁回，桌上豆大的燭火恰好映進他的黑瞳裡，如同點了星：「不然呢？」

雁回撇嘴：「要不是看在你這張臉長得漂亮的分兒上，衝著你這語氣我就能糊你好幾百次臉了。」她把腳放下床，一邊穿鞋子一邊道：「過來，你今天睡床上。」

天曜皺眉。

雁回穿好鞋，逕直走到角落，站在天曜身前，居高臨下地看著他：「怎麼，讓床給你睡還不願意啊？」

天曜腦袋往牆上一倚，閉上了眼，神色冷淡，毫不領情：「不需要。」

「啪」的一聲輕響傳進了天曜的耳朵裡。

天曜睜開眼，但見雁回一手貼著他耳邊撐在牆上，一手抬了起來，笑呵呵地拍了拍他的肩。

白天受傷的地方被雁回看似不大的力道拍出了疼痛感。然而這些皮肉之痛早已不足以讓他動容，他皺了眉頭，只道：「別碰我。」因著這個姿勢讓雁回離天曜的臉極近，於是天曜又偏了偏腦袋。「離我遠點。」

「你表現得如此嬌羞做什麼？活像快被誰辱了清白一樣……」雁回嫌棄完天

曜，開始一臉無辜道：「我也不想碰你的，只是今天你是為了救我受的傷，弄得我好像欠了你人情似的，而現在你還在牆角睡覺，又弄得我好像虐待了你似的。雖然我平日裡是霸道粗魯了點，但內心裡依舊是個善良細膩的好姑娘，我不喜歡欠人人情，也不喜歡虐待別人，你傷好之前都去床上睡吧，我准了。」

雁回道：「不管你同不同意，反正這個牆角今晚是我的了，你要是不去床上睡，那我只好抱你去床上睡嘍。」

說著這樣流氓言語的雁回依舊是一臉的正經，天曜盯著她，好半晌問出了兩句：「辰星山到底是怎麼教弟子的？妳是跟著無賴修的道嗎？」

雁回咧嘴一笑：「生性如此，你要是不滿，就自己忍一忍嘍。」

「……」

天曜盯著雁回沉默了許久，忽然覺得此情此景，他好像也只有像雁回說的那樣，自己忍一忍了。

他閉上眼，平復了好一會兒情緒，而後才站起身。

雁回隨著他的動作也乖乖地向後退了幾步。

見雁回乖了，天曜卻不知為何心裡猛地生出一股要把剛才吃的口舌之虧討回來的衝動。便是在這股衝動湧上心頭之時，天曜幾乎是不由自己控制地吐出一句：

「性格如此鋒芒畢露，修道修仙者，幾人能容妳？」他頓了頓，覺得自己不應該和一個小丫頭計較，去說這樣戳人心窩子的歹毒話，但……

這小丫頭平時對他也挺歹毒和不客氣的。

想到這一點，天曜斜眼看雁回：「難怪被趕了出來，妳先前在修道門派過得很不愉快吧？」

聽得此話，雁回嘴角雖然還噙著笑，但眼睛卻微微瞇了起來：「勞煩關心。」

雁回笑著，但天曜卻好似能聽到她牙齒咬出的「咯咯」聲一樣。這一瞬間，他忽然就明白了，白天雁回所說的「我發現看見你被我惹得生氣，我還滿有成就感的唷」是怎樣一種感受了。

他一邊嫌棄自己幼稚，一邊情不自禁道：「知道妳以前過得不怎麼樣，我也就舒心多了。」

餘光裡瞥見雁回咬牙，天曜嘴角微微一翹，弧度小得連他自己也沒有察覺。

雁回自然也是無法將天曜的心態品得那般細緻，但她卻很簡單直白地知道，這死妖怪居然在與她日復一日的相處中，跟她學會了嘲諷人的技巧！

雁回恨得暗自咬了咬牙，臉上卻還強撐著笑著：「呵呵，也還好。」她穩住情緒。「想將我拆吃入腹的，都是與我相看兩厭的人，至親至愛卻沒誰對我動過殺心。」

天曜腳步一頓，回頭看雁回。

雁回毫不迴避，直視著他。

四目相接，兩人互相盯了許久，終究是一人在牆角坐下，一人掀了被子上床，各自不愉快地閉眼睡覺。

真是糟心。這成了他們共同的心情。

翌日清晨，到了與蛇妖約好的時間，雁回和天曜互不搭理地一路走到山村背後的湖邊。

在岸邊等了一刻鐘，蛇妖才出現，和他一起的，還有被牽來的棲雲真人。

「來遲了，抱歉。」蛇妖道歉。「我想了想還是暫時先將棲雲帶上，她昨日寒氣消下去後便一直想著往外走，若無人攔著，我怕她一個人走不見……哎……」蛇妖奇怪地看著天曜與雁回。「你們怎麼……你們這是因我來遲而在生氣嗎？」

雁回：「沒有。」

天曜：「走吧。」

兩人各自說了一句，隨即無聲地上了木筏。

蛇妖摸了摸鼻子，便也牽著棲雲真人站了上去。

木筏在湖上破開安靜的水面，劃出了一道道波紋，雁回坐在棲雲真人對面，她本沒打算搭理誰，但棲雲真人的目光卻一直定在她身上。沒一會兒，棲雲真人突然開了口：「可笑。」

雁回斜眼看棲雲真人：「我做什麼讓您老覺得可笑了？」

「愚蠢。」

「妳又來了是不是？罵我是能讓妳開心還是怎樣？」

「不可理喻。」

「我到底做什麼了！」

看著雁回被罵得起了火，蛇妖連忙將棲雲真人往背後藏，待得擋住了棲雲真人的視線，棲雲真人就不罵人了。面對有些氣惱的雁回，蛇妖顯得有些哭笑不得：「倒是奇怪，她從不和別人說話，為何見了妳就罵？」

「那倒還怪我嘍？」雁回擼了袖子。「你讓開，我和她談談。」

雁回話音未落，木筏已然觸到了崖壁，筏身一頓，只聽天曜淡淡道：「到了。」

雁回一轉頭，此處果然便是上次他們來的山洞。內裡漆黑無光，什麼都看不清，她伸手一摸，結界仍在。

蛇妖也探手在結界上碰了一下，他顯然是用了法力，仔細一探，然後皺了眉頭：「這結界好生厲害。」

這時因為蛇妖身形一偏，後面的棲雲真人又看見了雁回，於是棲雲真人又開了口：「愚昧。」

雁回一咬牙，拳頭一緊：「有完沒完！」

天曜完全忽略了她兩人的對話，只對蛇妖道：「可能破開結界？」他聲音微微緊繃，還是與上次一樣，到了此處，他的臉色就開始變得蒼白難看，額上也慢慢滲出了冷汗。

蛇妖手貼在結界上試了試：「以我之力本無甚方法，不過此處似有個陣法，這結界便是依陣法而生，而這陣法乃是以水為生，我若用上那制寒祕寶，或能破解一二。」

天曜點頭：「試試。」言語精簡，毫不廢話。

那頭和棲雲真人還在爭個一二三的雁回聽得此言，微微一皺眉。「等等，這樣說來，這裡是五行封印的大陣法嘍？我上早課的時候可是聽過，世間但凡有此陣法之地，皆是封印了殺不了的大妖怪的。」雁回瞇眼盯著天曜。「你不是說你是歷劫變成這樣的嗎，為何此處會有人為的封印陣法？」

天曜瞥了雁回一眼：「歷的是情劫，不行？」

雁回幾乎是在這一瞬間，將天曜的身分完全和仙門廣泛流傳的清廣真人與廣寒門主的二十年前的傳說聯繫在了一起，她琢磨了一會兒又瞇著眼睛懷疑地問：「裡面當真裝的是你所說的寶物，而不是什麼被封印著的大妖怪？」

「且不論此處有沒有那樣的大妖怪，便說有……」天曜一聲冷笑。「要放那妖怪出來，也得要他有本事徹底打破這結界才行。」

蛇妖點頭：「確實，即便加上祕寶，我也只能將這結界撐開一條縫隙，放你們進去。」他皺眉。「我須在此處守著結界出口，以免你們有去無回……看來，裡面的東西，只有你們去取了。」

雁回盯著天曜，兩人皆在對方的眼裡看見了自己的身影。

天曜率先挪開了目光，也不問雁回去不去，只對蛇妖道：「打開縫隙。」

蛇妖依言，在棲雲真人隨身的荷包裡取出祕寶，置於掌心。片刻後，洞口空氣波動，結界上一道縫隙慢慢裂開，洞中的風帶著幾分詭譎的氣息吹了出來。

天曜一步邁了進去，幾乎是瞬間，外面的人就看不見他的身影了。

雁回一咬牙，本著看著他總好過放縱的心態，也埋頭衝了進去。

蛇妖在洞口喚道：「這結界力量比我想像中還要厲害，我約莫只能撐三個時辰，你們盡快。」

在進入結界的一瞬間，四周就變得一片漆黑，明明只有一步的距離，但外面卻是連光也無法透進來。

只能撐三個時辰這麼重要的事情，為什麼不在她跨進來之前告訴她……

「走吧。」身前傳來天曜的聲音。「聽著我的腳步聲來。」

他沒有半分猶豫就往前走去，就像是篤定了雁回絕不會後退，一定會跟著他往前一樣。

事實上，也確實如此。在毫無法術傍身的情況下，雁回就這樣聽著他的腳步聲便往一片無法探知的漆黑中走去。

因為從見到這個少年的第一眼起，他們之間就好像有一種詭異的默契。

或者說……瞭解。

黑暗好似沒有邊際，雁回扶著牆壁，若不是耳邊還有天曜的腳步聲在引領，怕是早就迷失了方向。

「你以前難道來過這裡不成？」雁回奇怪。「感覺你對這裡的路還挺熟悉的樣子。」

前面的天曜隔了好一會兒才回答：「夢見過。」

夢見過……也算見過？

雁回沒問出口，因為她聽出了天曜聲音裡的壓抑。聯想到上一次到洞口的時候天曜滿是冷汗的額頭和蒼白的臉色，雁回暗自琢磨了一番。

此處有封印之物，雁回曾聽講道的師叔講過，封印本就是一種禁錮之術，讓一般人碰不得，拿不了，被封印的東西也無法從裡面跑出來。從本質上來說，封印本身就是一道結界。

而此處卻還設有另外一道結界。結界是用來防禦的這誰都知道，但此處的結界奇怪在它會讓天曜有痛苦感。

明明她和蛇妖走到這裡都絲毫沒有感覺，可見這結界是為了特定的某些，或說某個人而設置的。現在顯而易見的，這裡的結界最有可能的就是防著天曜。

藏得這麼偏遠，還要設一道又一道的結界守著，將東西藏在這裡的人真是堪比防盜墓賊一樣防著他……

雁回用手在洞內崖壁上輕輕敲了敲：「此處陣法如此厲害，設下這陣法的人，應該算得上修仙界數一數二的人物了吧。」

天曜沒有回應。

雁回又道：「大妖怪，方才你在洞外說二十多年前你歷的是情劫，這讓你歷情劫的人，莫不是……」雁回聲音拉長，帶著幾分好奇又八卦的探究：「那廣寒門素影門主吧？」

前方的腳步聲驀地一頓。

雁回也停住了腳步。隔了好半晌，前面輕飄飄地撂下幾個字：「是她，如何？」

得到這聲承認，雁回心下卻是大驚。

居然還真是！辰星山的小道八卦居然不是弟子們胡編瞎造的謠言！

雁回像一下被點燃了心底聽故事的欲望一樣，她依著感覺，向天曜靠近了幾步，連聲地問：「當真是她？你倆真的有一段世人所不知的情緣？」

「與妳無關。」天曜說罷，又繼續向前。

雁回此時哪肯這麼容易放過他，踏著小碎步像尾巴一樣跟在天曜身後問：「說說唄，反正現在走著也無聊，這裡就你我兩個人，別人也聽不見，我保證不把你的祕密賣……嗯，說出去。」

她對天曜的好奇是真，然而此時真正吸引她的，卻是此事與素影真人有關。

素影真人號稱修仙界的第一女真人，乃是與她師祖清廣真人一樣的大乘聖者。

這樣的女人與一隻千年妖龍的故事……

想想就能賣不少錢……

雁回輕咳了一聲，壓下心頭滿是世俗味的念頭，道：「想來你一個人在這山村待了如此久，也沒個人可以傾訴，定是憋得也滿辛苦的。看在你昨天救了我的分兒上，你可以向我傾吐傾吐，一訴那二十年前的往事。」

天曜腳步一停，雁回一頭撞在他的後背上。好半天，天曜都沒有吭聲。而在這一片漆黑當中，雁回倏爾覺得有道若有似無的紅光一閃而過，當她想去追尋蹤跡之時，卻絲毫不見蹤影。

天曜接著往前走，聲音有些沉：「那並非一個好故事。」

雁回點頭，不假思索地開口：「當然嘍，看你現在的樣子，就知道你倆的故事不會好到哪裡去了。」

「……」

「不對，是你倆的結局不好，但故事好不好可不一定。」

「妳當真要聽？」

「聽！」

漆黑山洞中靜了一會兒，天曜一邊緩緩地走著，一邊開了口：「二十年前，我愛上一人。本欲為她捨棄身為妖的一切，長生、修為、責任……只可惜，我願給的，卻都不是她想要的。」

雖然是雁回讓天曜說這段往事，但真的聽他說了，雁回卻有幾分愣神。她只是想欺負著逗逗他，因為雁回自己明白，有些過去的事對於經歷過的人來說，是根本難以啟齒的存在。

仙妖戀，衝著這個身分，就讓人知道，這事有多麼讓人難堪了。更遑論他們現在還一個妖力盡失，一個站在了修仙界的頂端……

猜也能猜到，發生在這個妖龍身上的事，不會令人愉快。

「她想從我這裡得到的，她決定親手來取，於是，在一個月圓之夜……」

不知為何，隨著天曜的聲音，雁回腦海裡忽然浮現了一個巨大的月亮，近得像是要落下來了一樣。

「雪山之巔……」

茫茫大雪，遍山素裹。

幾乎是不受控制，雁回腦海中的場景就像自己在動一樣，讓她感覺身臨其境。

雁回感覺到了刮骨的風還有後背刺骨寒冷的冰雪。

「她手執長劍。」

一個窈窕人影逆著巨大月亮的光輝，手執寒光長劍……

「她殺了我。」

話音一落，雁回只覺心頭一抽，然而在她有更多反應之前，她倏爾覺得自己猛地被殺氣包裹，下一瞬間，隨著天曜口中「像現在這樣」五個字一落。

雁回只覺胸口一涼。

在她毫無防備全然不知的情況之下，一把長劍穿透了她的胸膛，讓她的心開了一道口。

「噗」，長劍拔出。

鮮血噴湧，灑了一地。

雁回愣愣地伸手摸自己的胸膛，摸到一手的黏膩。然後疼痛的感覺才蔓延開來，從淺至深，然後痛入骨髓。她腿腳脫力，跪在地上。

雁回呆呆地跪了好久，隨即才反應過來。

她被人捅了……

血腥味登時溢滿封閉的山洞，雁回死死地捂住心口，但仍舊無法制止身體裡爭先恐後往外湧的鮮血。她甚至能聽到血液「吧答吧答」落在地上的聲音。

「混……混蛋……」雁回罵得咬牙切齒。

天曜卻音色平淡：「我說了這不是一個好故事。」

所以，怪她自己要聽嘍！

「你不說……便罷。說了卻要……殺人……」雁回喘著氣，叱罵：「你到底有什麼毛病！」

「我並不想要妳性命。」

雁回覺得天曜這句話可笑得快能讓她笑掉門牙了。說好了一起來山洞，自己卻隨身藏了把這麼厲害的劍。一想就知道必定是早就預謀好了，這事臨到頭了，他給人一劍捅了個透心涼，卻還好意思一本正經地說「我並不想要妳性命」。

那敢情你在人家心尖尖上捅的這一劍，是在劫財還是劫色啊？騙誰家熊孩子呢！

雁回無力開口說話，內心正罵得熱火朝天，忽然之間，聽得「喀」的一聲，是劍砍在石頭上的聲音。

雁回心頭一緊，還在琢磨這妖龍是不是還要磨劍再給她一劍時，她聽到了劍刃與山石摩擦發出的刺耳聲音。

聲音持續太久，讓雁回覺得，這傢伙大概是在用這刺耳的聲音折磨她……但漸漸地，雁回卻發現，這刺耳的聲音似乎是有規律的。

他應該是在畫類似於陣法的東西。

雁回咬牙，努力憑聲去定位天曜所在的地方，雖然不知道他要做什麼，但一個陣法畫這麼久，定是要做個大動作。

本著捅了自己的人都不是好人的想法，雁回覺得她應該要想方設法地阻止他——

不為修仙道義，只為被扎的這一口氣，她也必須壞他的事兒！

然而在這裡，天曜似乎比她更能適應黑暗。所以方才他才能一刀捅到她的心口上，精準無比。雁回恨恨地想，若是她稍有點法力在身，也不至於像現在這樣兩眼一抹黑；若是她有一點點法力……

便在這不經意間，雁回往身體裡一探，猛然發現她空虛已久的丹田竟然有了暖熱的感覺。

雁回一愣，她努力調動氣息，運轉體內功法，只覺內裡修為慢慢活絡了周身僵硬的經絡。

她失去多日的法力，竟然於此時此刻慢慢地恢復了！

雁回使勁兒眨了眨眼睛……果不其然，她已經能看見自己的手、指甲，還有地上凹凸不平的沙石，甚至她紅色的血液。

她穩住情緒，不動聲色，捂住心房的手悄悄運轉內息，心口上的傷慢慢凝住了血液，這一時半會兒的，約莫也是死不了了。

這調皮的力量到底是回來了！

雁回心下登時大安，如同有塊石頭落了地一樣，她深吸一口氣，再抬眼時，目光緊緊地鎖在了石壁那還在牆上用劍畫陣法的天曜身影上。

雁回咧了咧嘴，小妖精，這下還不收拾你……

她扶著牆壁要站起身，那方刺耳的聲音卻在此時一停。

雁回看見天曜手在劍刃上一抹，劍刃劃破他的掌心，天曜的血混著雁回方才留在上面的心頭血倏爾一閃！

劍刃上紅光大作，雁回雙目一瞠，但見天曜毫不吝惜力氣，將劍往石壁上狠狠扎了進去：「破陣！」

兩字一落，劍上的血光更是耀眼，宛如水的源頭，紅光立即流淌遍了天曜剛才畫過的地方。

雁回心知再猶豫不得，她腳下聚力，猛地向天曜撲去，天曜像是背後長了眼睛一樣，連頭也沒回，側身躲過，然而他卻沒想到，雁回的目標不是他，而是他手中的劍！

天曜閃躲之際，雁回隨手摳了一塊崖壁上的石頭下來，「噹」的一聲砸在紅光正盛的劍身上，直接將那長劍給砸斷了……

劍斷，留在石壁裡的劍尖立時失去了光芒，牆上圖紋的光芒登時隱沒了許多。

天曜被光芒照亮的漆黑瞳孔猛地一縮。

雁回在另一方站穩，捂著心口哼哧哼哧地笑：「沒人告訴過你，算計人是要付出代價的嗎？你今日捅了我一劍，我也定不讓你好過。」

崖壁上的紅光也開始顫抖，隨著光芒的閃爍，整個山體開始抖動。

好似有地牛翻身一樣，崖壁上的石頭不停地往下砸落。

天曜盯著雁回，目光森冷：「方才我便該殺了妳。」

山洞開始天搖地動，雁回迎著天曜似要吃人的目光，笑得邪惡又開心：「真可惜，你已經錯過那個機會了。現在要死，我也得拉你墊背。禮尚往來。」雁回的小虎牙笑得露了出來。「這叫禮貌。」

山洞的顫抖愈來愈烈。

天曜盯著雁回面沉如水，聲色冰冷：「妳這叫愚不可及。」

見天曜如此臉色，雁回便知道自己壞他的事算是壞得成功了，她勾脣笑得很得意，將昨晚的話變了個花樣還給了天曜：「看見你不順心，我也就順心多了。」

雁回一邊嘴上占著便宜，一邊手裡沒耽誤著捻訣。

她體內修為雖然沒恢復多少，但按常理算，施一個遁地術應該是綽綽有餘了。

雁回笑著得意地對天曜揮揮手：「姊姊不陪你玩了，你在這裡自生自滅吧。」

天曜什麼也沒說，只沉著眼眸看她，任由洞內山石在他倆之間一陣劈里啪啦砸落在地，也任由雁回擺出滑稽的得意姿態，靜靜立在三丈外的地方……站了許久。

他不說話，雁回也不說話，洞內沉默了好一會兒……

直到一塊石頭砸在雁回腦袋上，才將她砸得省悟過來了似的，她大愕不已：「為什麼我出不去？」

看見雁回如此，天曜糟糕到極點的心情卻明朗了幾分。

他抱起手，輕蔑的目光中帶著些許幸災樂禍：「陣法未破，饒是妳恢復了法術又如何？」言語之末，語調揚起，對於一個平時說話基本沒有情緒起伏的人來說，這大概算是他的極盡諷刺了。「妳辰星山的早課，也沒將妳教得如何。」

聽得天曜如此譏諷，雁回氣得將牙咬出了咯咯咯的聲音。

她還待將這嘴上的虧討回來，忽然之間，洞內大震，地面像是浣紗女手中的紗一樣，被翻來覆去地抖。

雁回根本站不穩腳步，她伸手扒住旁邊的石壁，正打算穩穩地在這裡等著顫抖過去，哪承想，那邊的天曜竟是如同要拚命了一般，也不管地有多搖多晃，撿了地上那把被她打斷的劍，逕直向雁回衝來。

雁回嚇得連忙抽手去格擋。

「你還想再捅我一劍不成！」雁回怒不可遏。「都這種情況了！就不能消停消停！」

「若非妳添亂，早便消停了。」天曜冷冷地說出這句話時，一手掐住了雁回的脖子，雁回哪肯這般容易讓他掐，仍是一手抓著崖壁，一腳向天曜的要害踹去。

天曜臉色一青，連忙躲過。

雁回笑了：「嘿，千年妖龍也怕這招。」

「不知羞恥！」天曜幾乎被雁回這流氓模樣氣得找不出別的話來罵她。許是這股氣積在了心頭，他下手又快又狠，兩招便將雁回重新制住了。

這次他直接將雁回往牆壁上一按，逕直將她按在方才畫的陣法之上，舉著斷劍便刺向她的胸膛。

也是在這時，雁回不合時宜地再次在腦海裡浮現出了那詭異的一幕，巨大的月亮和晃眼泛白的雪，還有那個舉劍的人影……

可她又不是躺在地上的那人！為何要乖乖被一劍又一劍地捅？她欠誰的了！

雁回自認為，此生除了欠凌霄一條命以外，她是誰也不欠的。

於是便在這千鈞一髮的關頭，雁回身形倏爾一矮，斷劍擦過她的肩頭，劃破她的衣裳，「錚」的一聲插入身後石壁當中。

雁回聽到這個聲音實在心有餘悸，若是她剛才發呆再久一點，這絕對又是透心涼的一劍！

這千年妖龍殺起人來，倒是一點也不客氣！

「別動！」一劍沒扎中，天曜倒是不耐煩起來。

雁回氣得發笑：「宰隻雞也得允許雞掙扎兩下吧，我還連家禽都不如了是吧！」說到這個，雁回又補了一句：「殺了你家雞你都能給我甩臉子，你要殺我還不讓我反抗兩下啊！」

天曜眉頭皺得死緊：「我說過不要妳性命，只取妳的心頭血！」

「哈哈哈哈哈哈！」雁回聽到這話先仰天笑了一陣。「剛才我還只想踹你褲襠不想要你性命呢，你為何不讓我踹！」

天曜脣角抽緊：「我便不該與妳廢話。」

「說得好像誰愛搭理你似……」

一句話未說完，腳下大地像忽然被翻過來了一樣，雁回只覺一陣天旋地轉，天曜神色更是凝重：「沒時間了，用妳心頭血方能破陣。」

「心頭血能破陣你就捅自己啊！我又不攔著！」

天曜果然不再廢話，直接在這抖得亂七八糟的山洞裡與雁回動起了手。雁回也是為了自己的小命使盡全力與天曜抗衡。

也是這時雁回才發現，原來天曜的外家功夫並不是比她好一點，而是比她好出了八條大街。若不是現在她稍稍恢復了點法術，連飛帶跳地躲躲閃閃，只怕早就被天曜壓在身下。

山洞徹底翻了過來。

方才的石洞頂端現在被他們踩在了腳下，而天曜在崖壁上畫出的符咒竟開始慢慢隱去。

這個山洞像是活的一樣，在悄然抹去天曜在石壁上留下的痕跡。

天曜見狀，臉色更加凝肅，見雁回還在躲避，他冷著眼眸道：「我取得我想要的東西便可助棲雲真人恢復神志，妳是不想替凌霄洗刷冤屈了是嗎？」

此話一出，雁回身形果然一頓。

天曜身形一閃，毫不留情地刺穿雁回的胸膛，這次卻未將她捅個透心涼，斷劍只沒入了一半的長度，但雁回心頭的血已經淌出落了一地。

雁回痛得咬牙，血絲自她嘴角流出，她惡狠狠地盯著天曜：「兩次……」

而天曜像是根本聽不到雁回說的話一樣，也根本不管雁回會有多痛，迅速將劍自雁回心口抽出。

雁回一聲悶哼的時間，天曜便一旋身，只聽「噹」的一聲，斷劍逕直插入石壁！

力道之大，令劍刃與石壁都摩擦出了火花。

雁回的血液流在石壁之上，穿梭於山石縫隙之中，天曜雙手結印，口中念訣，石壁之上光芒大起。

剛剛快要平息的大地又劇烈地震顫起來。

而這次的顫抖卻與方才並不相同，這次雁回聽到了洞內深處有巨大的石塊坍塌的聲音，塵埃很快便從那方飄了過來。頭頂山石裂開了大縫，縫隙好似直接連到了洞外，因為即便是現在有點頭暈眼花的雁回也感覺到了裂縫中吹來的風。

大石塊落在雁回的面前，激起的風都吹亂了雁回的頭髮。

她知道，山洞快塌了……

而旁邊的天曜卻堅定地站在那裡，身形半分不動，任由頭上的碎山石往他身上砸落。

再讓他念下去，她恐怕就要在這裡被活埋了！

而不等雁回心頭再想更多，山洞的地面再次傾斜，慢慢地，幾乎開始豎得垂直起來，雁回一手捂住心口為自己止血，一手忙著去抓旁邊的石頭免得讓自己滾下去。

然而此時雁回身邊凸出的石頭都一塊接一塊地往下掉，抓一塊掉一塊，這讓她的動作變得狼狽又滑稽。而此時因為地面傾斜，天曜已經變成在雁回的上方站著。

不知他是借了什麼力量，周身散發著與牆壁陣法一樣的血色光芒。幾乎凌空飄浮著，散著黑髮，卻有幾分高高在上的飄渺感。

他倒是站得體面又好看！雁回一肚子氣，想她在辰星山雖然也吃過不少悶虧，卻沒有哪一次像現在這樣難看。

而此時，地面越來越傾斜，已經快變成垂直狀態，雁回再也抓不住，她看了一眼身下變成萬丈深淵的黑洞，一咬牙，也不管自己心口淌出的血了，雙腿一蹬，一躍而上，雙手張開，然後收攏……

緊緊將天曜的大腿抱住了。

天曜本穩穩站在上方的身體倏爾往下一沉。

他立時睜開眼，但見雁回嘴角流著血，咬著牙，拚命地順著他的大腿往他身上爬。即便這一生已經經歷過了如此多的事，可這一幕仍舊給了天曜不小的衝擊。

「妳做什麼！」他屈膝，想一腳把雁回踹下去。

「看不懂嗎？為了活命啊！」

雙腿被緊緊抱住讓天曜不適極了，他眉頭皺得快能夾死蒼蠅：「妳的法術呢，自己不能飛嗎！」

「我捅你兩劍，你再飛給我看看！」雁回覺得這個妖怪真是不要臉極了，算計別人傷害別人都做得理所當然，而當別人陷入困境時，他卻吝嗇得不肯施與一點幫助，真是……雁回怒氣沖沖地仰頭看他。「你再廢話，我就拽著你的小兄弟吊著！」

「妳……」天曜直接被這句話噎住了，好半天，才漲得臉色通紅地罵：「不……不知羞恥！」

「彼此彼此，你也卑鄙得挺不要臉的！」

話音還未落，頭頂大石滾滾落下，天曜連忙側身躲過，他一手貼在石壁上，表情開始顯得有些吃力。

「放開。」

「不放。」

「破陣法術尚未完成。」

「那你自己想想辦……」雁回這話剛開了個頭，突然之間，頭頂又是一塊大石猛地落下，這一次根本沒有給天曜躲避的空間，兩人逕直被大石頭從空中壓了下去。

離開了那祭了血的陣法，天曜身上的光芒登時消散，空中再無可承載他們兩人重量的力道。

雁回飛快地下墜，然而不管掉得多快，她也沒有忘了死死抓住天曜。要死，她也要拖著這妖怪一起同歸於盡——「咚」的一聲，水花四濺，雁回落入了一處寒冷至極的冰潭之中，周身氣泡咕嚕嚕地往上冒。

雁回並不喜歡泡在水裡的感覺，當即她便鬆了天曜，努力地往上游，待得頭冒出了水面，她迷迷糊糊地看見那邊有岸，便不顧一切地往那邊游去。

折騰了半天終於爬上了岸，她跪在地上，雙手撐地，咳了許久，然後一翻身，溼答答地躺在地上，望著頭頂結了冰的石頭失了好一會兒神。

這樣也還能活著，倒是命大。

雁回捂住自己的心口，冰冷的水浸泡了傷口讓她不舒服極了，她掌心凝出熱氣，慢慢地烘烤著自己的傷口，直到心房感覺到了溫暖，才開始正經地調理傷口。調息了好一陣，身體慢慢有了力氣，雁回才坐起身來。左右一張望，她終於知道方才差了點什麼了——

和她一起掉下來的混蛋妖龍，不見了。

第四章 龍骨金光

雁回左右看了看，但見此處乃是一個巨大的石室，周邊岩壁之上盡是堅厚的寒冰，外面翻天覆地變成那樣也沒有撼動這個石室半分，想來此處必定是這法陣的中心了。

巨大石室的頂上結滿了一根根尖銳的冰柱，像隨時會落下來刺破下方平靜的湖水。而在天頂的角落有一個黑乎乎的洞在慢慢地擴大，石塊不停地往下掉。看樣子雁回剛才應該就是從那裡掉下來的。

照理說那妖龍現在應該也在那方才是，但為何現在除了石頭，竟沒見那方有別的東西冒個頭掙扎一下？

莫不是那妖龍不會水，就這樣淹死在裡面了？

雁回這方還在猜測，忽覺下方冰湖之水猛地金光大作。

光華流溢在滿室堅冰之上映出絢爛的光影，美輪美奐得讓即便修了這麼多年仙法的雁回也看得忘記了眨眼。

光芒變幻，雁回慢慢地看出，這光芒竟在湖中勾勒出了一條龍的模樣，蜷縮盤在湖底，彷彿已沉寂了千年，只待此刻復活甦醒。

然而不過片刻，光芒在至盛時倏爾消失，在金光隱去前的那一刻，雁回這才將湖底的「金龍」看得仔細，那哪裡是條龍，竟只是一副森白的龍骨！

皮肉分毫無存，嘴巴大張，好似還有無數的話要嘶吼出聲，它露著尖利的龍牙，顯得猙獰可怖。

雁回嚥了口唾沫，未來得及回神，光芒徹底消失，湖底龍骨同時隱去蹤跡。而便在這時，雁回忽覺腳踝一緊，她雙瞳一縮，只覺一股大力將她拉倒。

雁回猝不及防地向後摔去，後腦杓重重摔在地上，這讓本就失了很多血的雁回頭暈眼花了好一陣，待得她稍微回神之際，竟發現自己身上已經爬上了一個人。

黑髮溼答答地落下，就好似水中逃命厲鬼。

雁回駭然，掙扎想要逃脫，可不等她有多少動作，那人手一動。他右手抓住雁回的手腕，將她一隻手緊緊地按在地上，力氣簡直大得可怕。

而他另外一隻手許是想按雁回的肩，但不知是迷糊還是情急，竟一下按在了她的胸上……

軟軟的肉被狠狠按了下去。

雁回痛得嗷嗷一聲叫。

這簡直是要把她按凹進去的力氣……

此情此景若是趴在她身上的當真是個索命厲鬼，雁回也要打了。這簡直欺人太甚！

雁回惱怒了。她膝蓋一屈，拚著全身力道，毫不客氣地用膝蓋逕直頂在來人的褲襠之上，那人在她身上悶哼一聲，卻也是拚盡全力忍了痛，絲毫沒有放鬆力道！

雁回在不停地掙扎，可她掙扎的力道此時在這雙手臂裡，便如蚍蜉撼樹一樣可笑。

「你這倒楣妖怪！還想對我做什麼！」

天曜並不回答，只是沉默而堅定地禁錮住雁回。只是他按住雁回胸的手往她身後一繞，將她身體抱了起來，然後用牙咬住她心房上被劍扎破的衣裳。頭一用力，便將她的衣服給撕了開來，露出了裡面軟白的肌膚和凝了血的傷口。

雁回聽著自己衣裳被撕碎的聲音倒抽了一口冷氣，又驚又怒：「你做什麼！」

天曜依舊不答她，雙脣貼上了她裸露的肌膚，然後一點也不溫柔地一口將她傷口咬住。

雁回用法術治了許久的傷口，便在他這狠狠一口之下再次破開流血。

雁回痛得咬了咬脣，喉頭忍不住發出一聲低吟。

疼痛之後是身體裡的熱血被一點一點吸食而走的感覺。雁回周身已無力氣掙扎，方才給自己治療和與天曜較勁，已經耗費掉了剛剛積攢起來的一點法力與力氣，此時她只能像一個布娃娃一樣，任由天曜抱著咬。

她抬頭仰望著頂上的堅冰，在幾塊宛如鏡面一樣的冰塊之上，雁回以一種奇異的視角看見了此刻的天曜和自己。

氣息危險，動作曖昧。他們……好像是在做這世間最親密的事。

然而雁回此時心裡卻只想將天曜剁碎了餵豬。

算上上一次月圓之夜，天曜在湖邊咬了她的嘴，這已經是天曜第二次咬她了。她攏共被這個妖怪捅了兩次咬了兩次，雁回自問，此生她還沒在哪個傢伙身上受過如此多的欺辱。

真是讓她感覺，無論怎麼討……她都沒辦法討回來……

雁回的視線漸漸變得模糊，她知道自己已經流了太多血了，若是再讓天曜這樣吸下去，她恐怕是馬上便要被吸乾了吧……

「你想殺了我嗎？」

雁回聲音很低，卻足夠傳進天曜的耳朵裡了。

天曜微微愣了一瞬，卻沒有停下來。

雁回的血彷彿對現在的他來說有一股致命的吸引力。他在雁回胸膛之上停了許久，牙齒終於鬆開了雁回的肌膚，雁回傷口旁的皮膚已經因為缺血，變得死白。

心口再沒有血可以溢出，卻有幾滴血從天曜的唇畔上滴落，幾乎是毫不猶豫，天曜伸出舌頭，將那幾滴落在雁回胸膛上的血舔了個乾淨。

然後他咬住了牙。

就像在抵抗這世間最魅人的誘惑。

他死死地抱著雁回，將額頭抵在雁回的肩頭上，閉眼隱忍，握住雁回手腕的手也在不停地收緊，幾乎是要將雁回擠碎。

半晌後，天曜的腦袋終是慢慢抬了起來。

他臉上的神色稍稍地舒緩了些許，想是身體裡的渴望終於輕了許多。

可他仍舊不看雁回一眼，只一翻身，身體重重地往一旁摔倒。他躺在地上，如同被耗光了力氣一樣，連呼吸都變得又輕又緩。

雁回流了太多血，身體也是沉甸甸的，根本爬不起來。兩人便一起聽著遠處山石咚咚砸落在冰湖裡的聲音，安安靜靜地並排躺著。

連鬥嘴互諷都沒了氣力。

但好在雁回現在是恢復了修為，她身體內的氣息在不斷恢復，這讓她感覺要好受多了。

雁回猜測，約莫先前蛇妖的蛇毒入心，她一直無法排出去，而天曜那穿心而過的一劍捅出了她不少的血，同時也讓蛇毒一併流了出去，所以她才恢復了修為。

當真是因禍得福……

雁回心裡的話還沒想完，旁邊的天曜便虛弱著開了口：「此處陣法已破，山石不時便會傾塌而下，妳修為既已恢復，捻個遁地術，帶我出去。」

雁回聽了他這話，反應了好半晌：「你是算著讓我此時恢復法力，然後方便帶你出去的啊？」

天曜大方承認：「我說了，會讓妳恢復法力。」

雁回覺得簡直沒法開心地生活了。

她緩了好久，點了點頭：「你成功地算計了我，捅了我，還差點吃了我，然後你終於找到了你要的東西，打算勝利而歸了，還讓我把你帶出去？」

天曜沉默，等於默認。

「我懂了我懂了，你從頭到尾，就沒有哪一眼是把我當人看的啊。哦也對，你是妖怪，不把人當人看也是理所當然的事情。」

落下的石頭越來越大，動靜也越來越嚇人。

天曜皺了皺眉頭：「我並未害妳性命。」

原來在這條妖龍看來，留她一命就算是天大的恩賜了！

還可以更不要臉一點嗎？害了人還想讓人幫忙，語氣還是這麼個樣子……

雁回了悟地點了點頭：「你可有親人朋友教過你一個道理？你想從別人那裡要東西，不是你說了算，而是別人說了算的。若是沒人教你，我今日便來教你。」

天曜看著落石，表情顯得有些不耐煩：「要說什麼？別廢話。」

雁回冷笑：「好，我不廢話，我今天就告訴你，要我帶你出去，可以。但是，你得為你的所作所為給我真誠地磕頭道歉，再叫三聲『姑奶奶，我求求妳』，我便帶你出去。」

天曜也是冷笑：「妳倒會落井下石。」

「比不過你機關算盡。」

天曜並不吃她這一套，只道：「我已取得我想要的東西，能助棲雲真人恢復記憶。」

雁回握緊了拳頭，咬了咬牙，然而這憤恨的表情在她臉上不過停留了片刻，她豁出去了一般道：「老子不管了。」

天曜滿意地微微動了動唇角。然而雁回接下來卻道：「左右我已不再是辰星山的人，前任師父有難，與我何干？讓他被各大仙門誤會去，他那般本事大，還不能自己解決！」

雁回心一橫，頭一扭，手上捻訣：「你不道歉，就自己數著石頭掉吧！」

天曜一愣，只聽身邊風聲一過，他詫然轉頭。

這丫頭竟然……當真自己跑了！

這個偶爾作夢都在喊「師父」的姑娘，竟然真的……走了……

天曜以為自己算計了人心，然而未曾料到，他面對的這顆人心，竟然如此……變幻莫測……

風聲呼嘯，待得雁回再睜開眼的時候，已經脫離了那黑暗的環境，出了那山洞。

白日當空，周遭一片大亮，然而轟鳴聲卻不絕於耳。雁回轉頭一看，這湖中的山正在慢慢坍塌。

巨大的山石從山上滾下砸在湖裡，混著一聲聲雷鳴似的悶響捲起湖中的暗流激湧，將本來清澈的湖水徹底地攪成一片泥潭。

她此時只是出了山洞，依舊站在這山體之上。她不過耽誤這一會兒時間，便有石塊要砸在她身上，雁回不敢再停留，腳下聚氣，騰飛而起。然而她現在到底是氣虛體弱，不過低低地飛了一段距離便撲騰到了湖水裡。

在湖中好一番掙扎，雁回才拖著一身泥水，狼狽地爬上了岸。

她在岸邊趴著咳了好一會兒才捂著肩頭坐下來，大口喘著粗氣，望著那方還在滾落巨石的大山，然後咧了咧嘴。

一想到這千年妖龍傻眼的神情，雁回就忍不住感到開心。

她可不是隨隨便便就聽命於別人的人。

雁回壞心眼兒地竊喜了一陣，忽聞那方傳來一聲極低沉的轟鳴。整個大地一顫，連坐在這岸邊的雁回也感覺到了大地的顫抖，緊接著還在拍打雁回腳踝的湖水猛地向下退去。

雁回一愣，心知不妙，連忙捂著心口往坡上跑了一段路，待得上了高地，再一回頭，但見那方似有一個巨大的漩渦，將整個湖的湖水都吸捲過去。

不久，但聽又是一聲轟鳴，湖中山整個坍塌而下，沉入湖底。在塵土飛揚的同時，被吸捲而去的湖水又被垮塌的山體擠壓而出，呈橫掃千軍之勢往岸邊湧來。

還好雁回現在已經跑到了高處，否則被這樣的浪潮捲入，以她現在的身體狀況只怕也是凶多吉少了。

而不用想，現在還在那山體之中的妖龍恐怕也是……

雁回皺了眉頭，雖然方才在那妖龍面前放話放得狠，但若是這妖龍死了，那棲雲真人這事恐怕還真是不好解釋了……

而且現在仔細一想，在那山洞中時，天曜對她說的那些話，巨大月亮，滿山大雪，還有那舉劍的人影，一切都與她的夢境相符……

要說妖龍在她身上施加了什麼咒術吧，也不可能。

先前她沒有法力，那個妖龍說在她吃的饅頭裡下了咒術，所以她每天都要吃饅頭才不至於爆體而亡。她當時信了。但現在法術一恢復，在體內輕輕鬆鬆一探，雁回便知道了那混帳妖怪根本就是在睜著眼睛瞎扯淡。

什麼爆體而亡，他根本就沒有那麼大的力量施用這樣的咒術。

雖然這妖龍確實是給她施加了咒術，然而不過是一個追蹤她的微小咒術罷了。她中咒時日太長，一時半會兒解不了也無所謂，反正於身體無礙。

不過話說回來，那混帳妖怪說話還真是永遠真假參半。

雁回花了一小部分心思去唾棄天曜和當時受騙的自己，另外的心思則繼續思考她為什麼會夢見天曜經歷過的事情。

難不成，她和這妖龍還有些不可說的關係？

簡直不可能，幼時的記憶雁回一點也沒忘，她娘死得早，是酒鬼爹有一口沒一口地養大了她，在那小村莊裡過得像男孩子一樣跑來跑去的日子，她依舊能記得起。

後來她被凌霄收為徒，在辰星山做弟子的歲月，和凌霄相處的時間更是她心頭的寶，每一天每一處細節都細細收藏不敢忘。

她到底是怎麼和這妖龍扯上關係的呢……

而她和這妖龍既有關係，若是這妖龍死了，會不會對她也有什麼……

「雁回！」遠處傳來一道男聲的呼喚。

雁回一轉頭，只見那蛇妖撐著木筏，順著水流激蕩而來的力量飛快地向她這方靠近，蛇妖將木筏在激流當中撐得極穩，一看便是用法力護著的。

在蛇妖的身後還坐著棲雲真人和……

看見躺在木筏上挺屍的那人，雁回的臉不由自主地黑了一瞬。

雖然剛才思考了許多這妖龍死掉了的壞處，但看見他現在真的安然地活著出來，雁回依舊覺得心裡有點塞。

在木筏即將靠岸之時，蛇妖倏爾化為原形，將棲雲真人與天曜一捲，穩穩地帶到了岸上，然後又變了回來。

「你怎麼找到他的？」看見昏迷不醒躺在地上的人，雁回語氣很不好。「還是，他是自己爬出來的？」

「妳不是與他一起走的嗎？」蛇妖反問，但見雁回捂著胸口，一身狼狽，愣了愣。「我先前一直在入口守著，但後來發現結界的力量弱了很多，緊接著洞口便落下大石將結界入口封死了，我本想撐著木筏在周遭再尋尋別的出入口，但落石滾滾，我帶著棲雲，不敢靠山體太近，便撐著木筏走遠了些。方才山體將塌未塌之際，我依舊未見你兩人出來，想著先帶棲雲離開，未承想，卻在這時看見了不知怎的竟漂在水面上的天曜。這便帶他一道過來了。」

蛇妖皺眉：「妳既然能出得來陣法，為何不將天曜帶著？」

雁回聽了這話「呵呵」一笑：「我沒親手弄死他，已經算很對得起人性這種東西了。」

蛇妖微微一愣，心知兩人定是在洞內發生了什麼不痛快，也不追問，只道：「此處不宜久留，我們還是先回村子裡吧。天曜的傷也需要治療。」

雁回捂著心口冷笑：「他能有什麼傷？」說完，她目光在天曜身上一掃，這才看見他背上的粗布衣裳還在慢慢滲出血來。

雁回這才想起，這個妖龍昨天為了保護她，背上是受了傷的。

雁回牙關一緊，天曜一直讓她吃虧，她心中確實是充滿了憤恨，但到底昨日他是捨命救過她，不管是不是為了他別的什麼算計，可救命一事也是事實。

雁回便忍住了踩他兩腳傷口的想法，一扭頭，不再看地上的天曜：「先回去吧。先前他說是已經找到了自己要的東西了，治療棲雲真人當沒有問題。」

言罷，雁回轉頭看棲雲真人，這次棲雲真人也依舊盯著雁回，目光灼灼，卻並沒有開口罵她。

雁回並沒多想，只轉了身在前面帶路，蛇妖便扛了天曜，幾人一同往村莊的方向走。

天曜昏迷成了這副德行，肯定是不能當著村人的面大搖大擺地往蕭老太的院子裡面扛的。是以四人先回了蛇妖在這個村莊裡的家。

這是個僻靜的角落，蛇妖附的這個身體本是個獵人，住得比較偏，與村裡人來往也少，素日也沒什麼人往這個方向走。

穩妥地放下了天曜，蛇妖看著天曜的後背皺了眉頭：「傷口估計完全裂開了，又泡了水，情況不太妙。」

雁回坐在一旁的桌子上提了水壺給自己倒了杯水，聞言轉頭去看趴在床榻上的天曜。

那張漂亮的臉上早就沒了人色，頭髮還溼答答地搭在臉上，襯得他無比脆弱又狼狽，然而那始終緊咬的牙關卻一刻沒有放鬆。

「活著呢。」雁回仰頭喝了茶，將自己的溼頭髮擰了擰。「他可沒那麼容易死。」

他看起來可是懷揣著那麼多不甘的人，怎麼會允許自己早死？

蛇妖的手碰到天曜的手腕，沒多久便皺了眉頭，緊接著極度驚詫地瞪眼：「他……他為何體內氣息變化如此大？」

雁回一挑眉：「怎麼大了？」

「氣息全變，不再是普通人了。」蛇妖又探了探。「嗯，好生奇怪，若說他是妖怪，但他身體裡卻又半分妖氣也無；若說不是，可他現下這氣息……怎麼也不算是個人。」

雁回琢磨了一會兒：「待醒了問他吧。」說著，她站起身。「你這兒有多的衣服嗎？男人女人的都行，我這一身又破又爛，膩得不行了。」

蛇妖已經開始專注地給天曜治傷，頭也沒回：「在棲雲房間裡有。」

雁回也不客氣，俐落地起身去了棲雲真人的房間。回小院之後，棲雲真人便自己回了房間。雁回敲門進了她的屋她也沒回頭，只站在窗邊定定地望著一個方向，不知道是在看什麼。

雁回先問了一句：「我可以借妳衣服穿穿不？」

棲雲真人沒答話，雁回知道她現在神志不清，便也撇了撇嘴，走到櫃子那方道：「我開妳櫃子嘍？」

她問這話只是本著禮貌的態度，沒期待能得到棲雲真人的回答，但當雁回打開櫃子的那一瞬間，卻聽到淡淡的兩個字傳來：「回去。」

雁回一愣，轉頭看棲雲真人，棲雲真人依舊遠遠地望著遠方，背影半分未動，就像剛才那兩個字是雁回的幻聽一樣。

雁回試探著問了一句：「妳說什麼？」

卻再沒得到回答。

雁回便只好自己取了衣服換掉。

心口上的傷被天曜咬得嚇人，而且一碰就痛，雁回便沒急著出門，就在棲雲真人屋裡的地上盤腿一坐，開始打坐起來。

直至夜間，月色漫過窗框照到了雁回的衣裳之上，隨著外面屋子一聲舒心的喟嘆：「醒了。」

雁回也在這時睜開了眼睛。

她握了握手，感覺到體內氣息在四肢百骸間遊走，她一笑，感覺實在舒暢極了。雖然心頭這傷傷得重，但有了修為，要好起來不過就是一、兩個月的事了。

她站起身，拍了拍衣襬，有實力在身，就是心安。

她踮起腳，愉悅地蹦躂了一下，正打算出門，但見棲雲真人竟然還在窗戶邊站著，望著的方向似乎從來沒有變過。

雁回一時好奇，便也湊了腦袋到她身後順著她的目光往遠方望，然而除了夜幕並沒看見什麼。

然而看到天上月亮的方位，雁回倏爾愣了愣。

找找方向，那竟是辰星山所在的方向。

再仔細一想，前些天雁回第一次在這小山村看見棲雲真人的時候，她也是這樣極目眺望著遠方，盯著的也是這個方向……她在看什麼？

或者說，她在張望些什麼？

「真人。」雁回轉頭專注地看著棲雲真人。「妳在望辰星山嗎？」

棲雲真人眸色微微一亮，嘴脣張了張，她轉了眼眸看向雁回，目光緊緊地盯著雁回，她張開嘴，脣形微動，但最終什麼也沒說出口。

雁回出了棲雲真人的屋子，適時天曜身上正綁好了繃帶，光著上半身從床榻上坐了起來。

似乎察覺到有人出現，天曜眼眸一抬，不出意外地與雁回四目相接。

這一瞬間，雁回只覺心口倏爾「咚」的一聲跳，奇怪地看見一道金光自天曜身上流轉而出，在他身上勾勒出了他骨骼的形狀，如她先前在山洞之中冰湖之下看見的那龍骨散發的金光一樣。

然而奇怪的是，這光華好像只有她看到了似的，一旁收拾藥盒的蛇妖連眼皮也沒抬一下。

雁回也沒有吭聲，只往桌邊一坐：「醒了就趕緊給棲雲真人治病吧，別耽擱時間了。」她給自己倒了一杯涼茶來喝。「畢竟，咱們誰都不想見到誰。」

天曜目光淡淡的，聲音雖然沙啞，但語氣倒是波瀾不驚：「這話妳倒說錯了。」

言下之意是與她槓上了，還是說……還有別的事想算計她？

雁回重重地將茶杯放下，瞪向天曜。

蛇妖在一旁收好了藥盒，站直身體道：「他體內氣息仍是紊亂，今晚怕是還得歇一歇。」蛇妖當然並非在擔心天曜，他只是怕天曜氣息紊亂，不能將棲雲真人完全治好那便麻煩了。

雁回只得哼了一聲，扭頭就出了房門，翻身一躍，跳到房頂上躺下，乾脆來個眼不見心不煩。

在屋頂看著月亮，雁回有一搭沒一搭地想著這些天的事。可這兩天實在把她累壞了，身體還帶了傷，沒看多久，她便覺得迷迷糊糊地想睡覺，然而心頭始終勾著事情讓她沒法完全睡著。

於是那一雙眼睛便一直一眨一眨地掙扎。

昏昏沉沉不知待了多久，雁回忽聽一陣嘩啦啦的水聲。

她坐起身，看見院子裡正在打水洗衣服的蛇妖。

一個蛇妖洗衣服……

雁回好奇地瞅了一陣，發現他洗的還是棲雲真人的衣服。雁回奇怪，趴在屋頂上，在寂靜的夜裡，小聲問他：「一個淨身術不就乾淨了嗎，怎的還動手洗？」

蛇妖頭也沒抬，只道：「法術雖然方便，但還是洗洗晒晒才能讓她穿得更舒服。」

「你倒是有心。」雁回撇了撇嘴，許是睡不安心又無聊得緊，便生了點八卦心思。她一翻身躍下屋頂，在蛇妖身邊走了兩步，站定：「說來，我先前便想問了，你一個蛇妖，道行也不見得怎麼高，卻是為何與棲雲真人有緣相見，又是為何喜歡上她的？」

蛇妖手上動作一頓：「也不是什麼希罕事。」他一邊揉搓衣服一邊道：「妳也知曉，中原靈氣遠比西南一隅充足，幾年前我與幾個同宗越過青丘國界在中原偷偷修行，不慎被幾個修仙道者發現。一路追趕，我與同宗走失，迷路於荒山之中……是棲雲救了我。」

想到了當時場景，蛇妖神色柔和了許多。

「適時我身上帶傷，被逼入絕路，委靡於草叢之中。棲雲路過那處，見她裝束，曉她氣息，我滿心絕望，只道要命喪那處，卻未曾想，她將錯路指給了追殺而來的幾個道士。」

雁回聞言微微詫然。

這幾年修仙界整個充斥著一股非我族類其心必異的論調，妖即惡，惡必誅。棲雲真人身為三大修仙門派之一的掌門人，卻是個對妖怪「心慈手軟」之輩嗎……

雁回並沒有聽過這個說法啊，但細細一想，似乎在每次絞殺入侵中原的妖怪行動中，棲雲真人雖然不反對，但確實也是不怎麼出面的。

「彼時我尚年少，自小便與同宗生活在一處，於世事未有見識，並不知曉她是誰。當時只知道自己快死了，而這個人救了我，我便拽了她的衣裳，讓她帶我離開那個地方，送我回青丘國界。」蛇妖說著，自己笑了出來。「棲雲當時也笑我，『小小蛇妖，膽量倒大』。」

雁回也笑：「你這要是落在我師父或者一眾師叔手裡，還不等你拽他們衣角呢，早被剁成肉末了。」

「可她還是帶我離開了那裡，送我到靠近青丘國界的地方，讓我自己回了西南。」蛇妖神色溫和。「那時正值一年春好，至今我依舊記得那一路的飛花與暖風……」

雁回點頭：「然後就喜歡上真人了，所以現在這麼拚命地護著她。」

蛇妖輕咳一聲，微微側了頭，似有些害羞：「並……並不是因為如此，只是當年她救我一命，如今我便願以命相報。」

雁回靜靜地看了蛇妖許久，她其實也挺懂這樣的心情的。對一個人有敬仰，有崇拜，有愛慕，而當自己還欠了那人一條命時，這份感情便怎麼也簡單不了了，日復一日，越刻越深，越發控制不住，難以忘懷。

雁回沉默一會兒道：「你便沒有想過，就這樣一直下去，其實也不錯……」

誰都知道，若是棲雲真人當真好起來，即便她對妖怪心懷仁慈，也依舊是不會與一個妖怪在一起的。

蛇妖一邊將衣服擰乾，一邊道：「她是立於仙山霧靄之上的人，她不會想過這樣的生活的，而我只想給她她想要的，那便是最好。」

聽得此話，雁回便不再開口，只看著蛇妖將衣裳晾了，然後走到棲雲真人屋裡，輕聲勸她睡下。

雁回一個人立在院子裡，望著天上明月，一聲輕嘆。妖中也有長情者，只是這話說給辰星山的任何人聽，他們都不會信吧。

翌日清晨。

天曜坐在床榻之上，臉色雖依舊蒼白，但精神看起來卻好過昨天幾百倍，雁回看見他時挑了挑眉。

看來找回他的東西之後，他身體恢復的速度確實有了不少提升嘛。

蛇妖將棲雲從屋子裡帶出來，讓她坐到天曜對面。天曜也沒廢話，他咬破自己的手指，抓了棲雲真人的手。蛇妖似有些憂心：「當真能治好？」

「霜華術以火驅之乃是最為普遍的治療方法，你理當知曉。」

蛇妖眉頭皺得很緊：「那她會痛嗎？」

天曜抬眼看蛇妖：「我不知道。」

蛇妖咬了咬牙，終是退開一步距離：「治吧。」

天曜在她手腕間畫下一道血符，然後手指在她頭上一點。只見棲雲真人百會穴處火光一閃，隨即隱沒，沒多久那光華便流轉至棲雲真人心口處。

辰星山時常會有法術的演練，偶爾也會有解術的方法剖析。其中有一門課上的便是如何破解霜華術。是門派弟子將霜華術施到長老身上，然後長老一邊說，一邊解術，在自己身體上演練，讓弟子們看得清楚。

雁回記得，長老解術的時候便是這樣，起於百會穴，灌以明火，使火行於體。

從頭至腳，慢慢將寒氣驅逐出去。

棲雲真人身上的霜華術雖然厲害，但解術的方法理當是一樣，只需要有同樣強大的五行火氣便行了。

然而奇怪的是，天曜的那點火光行至棲雲真人心口之時卻停滯不前了。與此同時，棲雲真人露出了痛苦的神色。

蛇妖一下便緊張了起來：「怎麼了？」

天曜也微微蹙眉：「禁聲。」他將手指傷口劃大，鮮血流出，在棲雲真人眉心上再次畫了一符，這次火光更甚，連站得那麼遠的雁回也感受到了熱力。

第二次的火光與第一次停滯於心口的光芒相交，火光更熾，慢慢順行於棲雲真人腹部，這次倒是順利，直接將寒氣驅逐至腳底。

雁回舒了口氣，她知道到這種地步，霜華術差不多算是被驅逐乾淨了。

然而誰也未承想，便在這時，棲雲真人倏爾變得神情痛苦，滿臉冷汗，渾身顫抖，嘴脣的顏色像是被凍得更厲害了一樣，徹底變成了烏青色。

更甚者，她腳底開始生寒，一層層寒氣使得床榻都結了霜。火光被瞬間反推至棲雲真人腹部。

天曜還欲施力，雁回大驚喝止：「住手！住手！」她厲聲道：「霜華術反噬，不能再解，快住手！」

天曜眉頭皺得死緊，撤開手指，火光登時在棲雲真人身體之中隱沒。

霎時，冰霜在棲雲真人皮膚上凝結，將她整個人裹得好似雪做的一樣。

蛇妖已全然亂了，他跪在棲雲真人身前，拿手去揉搓她的手臂：「棲雲！棲雲！」

好似是聽到了他的聲音，忽然間，棲雲真人猛地睜開了眼睛，然而此時的棲雲真人卻與先前懵懂失神的她並不一樣。

她一雙眼眸清亮至極，其中神色百般。

她張了張嘴，吐出一口寒氣。

有冰晶從她腳上凝結而起，沒一會兒便將她雙腳變成了兩個冰塊。蛇妖忙用手覆住她腳上寒冰，竟意圖用自己的體溫將那冰塊融化。

雁回眼中驚痛雜陳：「破術即死……破術即死……」雁回咬牙。「竟有人給她下了如此咒術！」

冰塊蔓延的速度極快，不久便到了棲雲真人腰腹部，棲雲真人牙關緊咬，彷彿拚盡了最後一絲生命，道：「阻止……他……」

此情此景，饒是雁回也無法給自己解釋，她說的那人，不是凌霄。

「棲雲、棲雲……」

蛇妖喚著她的名字，言語間全是絕望。

冰霜覆蓋了棲雲的頸項，她像是想要掙扎一樣微微揚起了頭，終是看向蛇妖。

唇角凝出了寒冰的棲雲真人再沒說關於仙門之事，再沒管旁邊的人，只喑啞地對蛇妖吐出了三個字：「謝謝你。」冰霜覆住了她的面容，也凝住了她眼角將墜未墜的眼淚。

她身後的髮絲被凍成了僵硬的寒冰。

她的生命便定格成了這最後的姿態。不再呼吸，不再動彈。

蛇妖失神地看著她，好似已經丟了魂魄。

但聽「喀」的一聲輕響。一絲裂縫自棲雲真人頭頂裂開。

「不……」蛇妖陡然回神。「不！」裂縫變大，撕碎棲雲真人的面容，緊接著碎裂聲不絕於耳，棲雲真人瞬間變得支離破碎。

「不！求求妳，不……不不不！」

一聲脆響，宛如車轍壓碎了地上枯槁的斷枝，棲雲真人便在這道聲響之中，徹底粉碎，化為漫天閃亮亮的冰晶，好似一場漫天大雪。

窸窸窣窣，多麼寂寥。

蛇妖一伸手，只抱住了一懷冷寂。

「啊……」他聲音嘶啞，好似走入了絕路的困獸。

雁回看著他跪在地上的背影，蒼白著臉色，垂著眼眸，無言以對。

天曜看著自己的手掌，握了握拳，也是沉默。

蛇妖跪在床榻之前，很久也未曾動一下。

雁回沉默地看著他的背影，靜默無言。

打破屋子裡這一片死寂的卻是坐在床榻另一頭的天曜：「抱歉……」他音色低啞，氣息虛浮，顯然身體狀態也並不好。

蛇妖默了許久，這才動了。他垂著頭，在床榻上摸了摸，摸到了一根被寒冰完全包裹住的木簪子，這是先前棲雲真人頭上的簪子。

應該算是唯一沒有隨著棲雲真人消失的物品了……

蛇妖將簪子緊緊握在手中，寒氣染了他一手冰霜：「並不怪你……」他握著簪子的手用力到泛白。「是我……」他牙關咬得死緊，聲音彷彿是從喉頭間擠出來的一般：「是我！」眼淚從他眼角落下，他彎腰趴在床榻之上，渾身顫抖，聲音終於哽咽：「是我害死了她。是我害死了她……」

雁回聞言，拳心握緊。

蛇妖哭聲漸大，像是一個摔痛了的孩子，哭得撕心裂肺，哭聲蓋過了所有的聲響。
雁回垂下眼眸，腦海裡反反覆覆的全是棲雲真人說的那三個字「阻止他」。她要她阻止他。
棲雲真人死於霜華術，能將這個法術用得如此厲害，這天下，除了她師父，並沒有誰能做到如此地步。她要她阻止的人，還能有誰？
棲雲真人的死，不怪天曜，不怪蛇妖，而應該怪……
「為什麼！」肩頭一緊，雙眼赤紅的蛇妖抓住了雁回。「凌霄為何要殺棲雲！」他大聲叱問。
雁回臉色蒼白，一時竟一個字也答不出來。她沉默地看著蛇妖，反應了好久，才白著臉色道：「我想不出任何理由。」
蛇妖像是瘋了一樣，抓著雁回的肩頭，搖晃著她，一遍又一遍地問：「他為何要殺她！為何要殺她！」
雁回只有搖頭：「我不知道。」
她腦子裡一片混亂，一會兒是棲雲真人渾身冰雪的模樣，一會兒是凌霄在山巔教她舞劍的模樣，一會兒又是她被趕出山門時，凌霄冷冷地望著她的模樣，但最後，雁回到底是冷靜了下來，腦中來來回回的都是凌霄負手站在她身前對她說：
「執劍在手，當心懷仁義，不可傷同門，不可害同道，不可恃強凌弱，不可驕傲自負。」

像是一道清音洗滌了雁回腦中的紛雜。

她應該相信的，這麼多年的相隨，就算別人會懷疑凌霄，她也不應該懷疑的。

雁回定了目光，望著蛇妖：「其間一定有什麼誤會。」

「還有何誤會！」蛇妖放開雁回，一把將旁邊的桌子掀翻，他神色激動。「棲雲死於霜華術反噬，這世上還有何人有妳師父那般精通霜華術！還有何人能對棲雲種下此術！」

雁回沉默半晌，道：「我不知道。只是我師父……凌霄真人，他對妖怪冷漠殘酷沒錯，他觀念迂腐陳舊我也不否認，但正因為他是這樣的人，所以他一直克己待人、守道敬義，殘害同道之事，他不會做。」

雁回盯著蛇妖：「我相信他。」

天曜目光微微一動，落在雁回身上，神色帶著思量。

蛇妖則在原地站定，握著那木簪，在一陣長久的靜默之後，赤目咬牙，道：「棲雲之死，便是窮盡我此餘生，我也定要查個水落石出。待確定真凶……」他望向雁回。「即便對手再強大，我也定要噬其肉，以解棲雲之憾。」

雁回沒再接話。蛇妖轉身進了棲雲真人的屋子：「不送兩位。」

蛇妖未掩門扉，雁回看見他獨自收拾著棲雲屋裡的床榻，背影蕭索。

其實才那麼點時間，若是被子捂得緊，他應該還能摸到棲雲的體溫……

雁回不敢再想。

那方天曜下了床榻，穿上鞋，逕直往屋外走。「走了。」他說了這兩個字。其實雁回並不知道他說的是去哪裡，也不知道自己如今為何要跟著天曜走。只是聽了這句命令，她便跟著走而已，其實她現在也沒了主心骨。

一路沉默地跟在天曜身後，雁回一直都在神遊天外。行至田間，毒日頭將兩人的身影清晰地投射在了田坎邊。天曜忽然開口問：「凌霄真人，如此令妳信服？」

雁回現在大概是需要有人問她這樣的問題的。她望著遠方，田坎被太陽燒得炙熱，空氣晃得飄浮不定，前面的道路看起來彎彎繞繞，像在詭異地飄舞。

雁回的聲音也便如這熱浪一樣有些飄渺：「幾年前，與我同屋的師姊子月丟了錢，她認為是我偷的，便協同幾個師姊，將剛下試煉臺的我堵住，我與她們說話並不客氣，惹惱了子月，她不肯服氣，便與我爭執起來。而這一幕被我大師兄看見了，大師兄來勸，卻說願替我將子月的錢還清，我知大師兄是想息事寧人，但如此說，卻逕直將我推到了『賊』的位置上。我心火怒起，便將幾個師姊連同大師兄一同揍了。」

「……」天曜側頭看了雁回一眼。「是妳能做的事。」

「我打贏了所有人，但並沒什麼用。我被罰跪清心祠，跪到深夜，師父來了，我以為他又要罵我了，又要斥責我生性頑劣、脾氣急躁，然而那次卻沒有，他說他相信我。」雁回道。

「所有人都以為我是小偷，但他不會。他罰我，是因為我傷了同門，他告誡我，令我心懷仁義，要我不傷同門，不害同道，不恃強凌弱，不驕傲自負。他是這樣的人……」雁回站定腳步。「誰都會害棲雲真人，而我師父不會。」她抬頭盯著天曜。「我就是這樣，沒有理由地相信他。」

天曜看著雁回清澈的雙眸，並沒有多言，只是淡淡「嗯」了一聲，轉身離開。

一路行到蕭老太院中，兩人也沒再說過一句話。

到了院裡，天曜喚了一聲：「阿婆，我回來了。」便推門去了蕭老太的屋子。

雁回照常往自己屋裡走，然而跨進房門之前卻聽得蕭老太屋裡「咚」的一聲，像是什麼掉在地上的聲音。

緊接著屋裡便沒了聲響。

雁回奇怪，便轉身走向蕭老太屋子，而一走到門口，她便停住了腳步。

蕭老太屋裡滿是常年被藥熏出來的藥味，天曜站在老太太床榻邊，在他身後是一張桌子，桌上的油燈倒了，油灑了一桌子，而天曜卻沒有去扶，他只是愣愣地看著床榻上的蕭老太，沒有任何動作。

雁回順著他的目光看去……

蕭老太躺在床上閉著雙眼，胸口沒了起伏……

雁回一默，目光再次回到天曜臉上。

他只是站著，背著窗外投進來的光，臉上沒有透露出任何表情。隔了許久，他依舊平靜著一張臉，轉過頭來看雁回：「我去取壽衣，妳待會兒幫我阿婆換一下。」

雁回只有點頭說：「哦。」

雖然知道蕭老太離開也就是這幾天的事情了，但如此突然依舊讓雁回驚訝不已，而且竟也這麼巧，竟在天曜不在的時候便這麼去了。

老太太最後一面，也沒見到這個「孫子」。

雁回在屋子裡看了看，並沒有看見蕭老太的魂魄，想來她還是去得挺安穩，這輩子也沒什麼遺憾的……

這一天，銅鑼山這犄角旮旯裡的村子死了兩個人，一個是蕭老太，一個是人販子周嬸。

村裡的人說，周嬸前兩天從地裡被人抬回來的時候，一直不停地說著「妖怪妖怪」的胡言亂語，在家裡喊了兩天，終於在今日中午蹬腳走了。

村裡人來拜完蕭老太，便似趕場一樣去了周嬸家裡。

這不大的村子一下死了兩個人，村民們嫌晦氣，傍晚沒到就各自回家閉門不出。

這天晚上，村子裡靜得跟沒人一樣。

天曜並沒和普通人一樣將蕭老太在屋裡停幾天，他像是完全不在意蕭老太一樣，待得村民走了後，晚上便在村後地裡挖了個坑，將蕭老太埋了。

然後他便回了院子，不知從哪裡尋來了好幾大罈酒，悶不吭聲，抱著就開始喝。

一口一口，像是要將自己撐死一樣不肯停歇。

雁回也沒想著勸他，看他喝得那般豪邁，她摸了摸酒罈，也不客氣，抱了一罈跟天曜一樣咕咚咕咚灌起來。

這酒並不好，口感差，還一路辣得往心裡燒。然而這股不舒爽的灼燒感，卻像是能將那些積攢在心頭、說不出道不明的不痛快燒灼乾淨一樣，讓雁回有一股想一醉解憂的痛快感。

直到將一罈喝了個乾淨，肚子變得沉甸甸的，腦袋也開始慢慢暈乎乎，她這才將酒罈放下，看著還在灌自己酒的天曜，笑了出來：「何以解憂？唯有杜康。」

天曜也放了酒罈，一抹嘴，臉在月光的映照下已經透出了點不正常的紅暈。

天曜望著雁回，見她手裡的酒罈已空，便毫不客氣地將她手裡的酒罈拖過來，扔掉，又遞了一罈給她：「再來。」

「陰陰沉沉的千年妖龍也有如此豪爽的時刻？」雁回抱了酒。「來就來！」

兩罈酒下肚，雁回便趴在桌子上開始無意義地大笑起來：「哈哈哈哈，千年妖龍，幾罈子酒，便將你灌趴下了。」

天曜歪著身子靠在桌子上，依舊在一口一口地喝著酒。

雁回拿手指戳了戳他手臂：「看看你現在落魄的模樣，說你是閱過千載春去秋來的龍，誰能信？」

天曜也有了醉意，他倚著桌子，一笑：「誰也不會信。」

這句並不好笑的話卻逗樂了雁回，將她逗得拍著桌子大笑：「你定是好色，才栽在女人手裡。」

天曜瞥了雁回：「妳也是好色，才栽在妳師父手裡？」

「我那是命運捉弄。」雁回又戳了戳天曜。「和我八卦下唄，素影真人怎麼害你啦，竟能把你弄成這模樣？」

天曜聽到這話，也像是聽了笑話一樣。他抱著酒罈開始笑，將這張漂亮的臉笑出了迷人的魅惑感，笑了好久，才停了下來，彎著脣角道：「我摯愛之人，拔我龍鱗，剜我龍心，斬我龍角，抽我龍筋，拆我龍骨，禁我魂魄，將我肢解於大江南北，施大封印陣法，欲囚我永生永世……」他頓了頓，又飲了一口酒，嘴角依舊噙著笑。「她做那麼多，只為給她摯愛之人，做一副龍鱗鎧甲。護她心愛之人，長生不死。」

雁回有點迷糊的腦袋並不能將這些話的意思理解完整，只歪著腦袋看了天曜很久：「你都被肢解成那樣了，現在為什麼卻還活著？」

天曜一轉頭，一雙被酒意染紅的眼睛帶著一半迷濛一半清亮，緊緊地盯著雁回。

他們間隔著半張桌子的距離，天曜卻探了頭，將脣伸到了雁回耳邊，喑啞著嗓音，充滿著誘惑：「為了遇見妳。」

第五章 五行封印

雁回醒過來的時候發現自己是趴在墳頭上的。

恍然間，她以為自己又像小時候一樣被惡作劇的小鬼們勾到了墳地裡。她嚇出了一身冷汗，連滾帶爬地從墳包後面站起來，慌張地拍了拍衣裳，一轉頭看見了正在墓碑前坐著的少年。

天曜恍似也才醒過來，他坐在地上，屈著一條腿，手肘放在膝蓋上面，手指揉捏著眉心。

聽見響動，天曜一抬頭，與略帶驚慌的雁回四目相接。兩人對視了好一會兒，才回過神來——

他們昨天是喝醉了酒，一起發瘋，跑到蕭老太的新墳前叩拜來了……

腦袋裡許多混亂的畫面紛至沓來，雁回甩了甩頭，將那些不重要的畫面拋開，她只用知道自己不是被小鬼捉來的便行了。

雁回揉了揉太陽穴：「走吧，我得回去醒醒酒……」

天曜站起身，雁回以為他要和她一同回那小院子了，沒想到走了兩步，後面卻沒有跟來的腳步聲。雁回回頭一看，但見天曜從旁邊地裡扯了兩朵小白花，然後又跪到了蕭老太墳前。

他默默地將小白花插上，然後看著他昨日才立的墓碑，半晌沒有說話。

一個孤獨少年，身形蕭索地跪在親人墳前，儘管知道他身體裡住的其實是個強大的靈魂，但雁回也不由得為這一幕感到傷懷。

這妖龍並不是無情的妖。

雁回如此想著，在自己渾身上下摸了摸，什麼都沒摸到，於是她便撕了自己衣襬，在地上撿了根木棍，用法術一燒，將木棍前端燒成了黑炭，然後就著這炭黑在撕下來的衣襬上寫下「拾萬錢」。

她屁顛屁顛地拿去遞給天曜：「喏。」

天曜側頭，看了看她手裡的布，又抬頭看了看雁回：「這是什麼？」

雁回在墳地裡睡了一夜有點著涼，她吸了吸鼻子：「這時候不是該燒紙錢嗎？我幫你畫了幾張，給你阿婆燒吧。」雁回很大方道：「雖然你阿婆對我做的事不太地道，但我到底是個地道的人，好歹是婆媳一場，這便當是我給她的餞行禮了。」

天曜看著那破布上歪歪扭扭的「拾萬錢」三個字，不由得有點默然。他嘴角動了動：「閻王會收？」

雁回眼睛也不眨地騙人：「會。」

天曜沒接。

雁回等得惱了：「白給還不要，不給了。」

待得雁回要將破布收回來時，天曜一伸手，動作比雁回更快地將那塊破布扯了過來。他聲色如常：「點火。」

雁回一邊撇嘴嫌棄他：「矯情。」一邊打了個響指，燒了一簇火，將那破布給燒了。

天曜盯著那團火焰，直到火焰快要燒到他的手指，他才一鬆手，放任破布在落下的過程當中徹底被火焰燒為灰燼：「跟我走吧。」

天曜的話隨著灰燼一同落地。

雁回聽了這四個字，微微一愣：「去哪兒？」

「去妳昨天答應我，以後會陪我去的地方。」

於是雁回又愣了：「我昨天答應你去什麼……地方……了……」

說出這話的同時，雁回腦海裡忽然浮現出自己豪氣沖天地拿著酒罈，撞了天曜的酒罈一下，然後大吼：「好！你放心，今後你的事就是我的事！即便走遍大江南北，我也定陪你尋回你所有遺失之物！」

等等……

雁回頭痛得捏了捏眉心，她是發了什麼瘋，昨晚竟然會說這種話的。

「……我摯愛之人，拔我龍鱗，剜我龍心，斬我龍角，抽我龍筋，拆我龍骨，禁我魂魄，將我肢解於大江南北，施大封印陣法，欲囚我永生永世……」

天曜的聲音在腦海中迴響。雁回怔怔地盯著天曜。

天曜也不著急，也只淡淡地盯著雁回：「想起來了？」

雁回甩了甩頭：「有點亂……」

天曜跪坐於蕭老太墳前，目光微垂，落在地上：「妳若是不記得，我不介意再說一遍，左右，昨夜妳也給自己下了血誓，跑是跑不掉了。」

雁回完全驚呆了。

她幹了什麼？

給自己下血誓？那種違背誓言就會遭到針扎之苦的咒言？她為什麼！

雁回翻過自己手腕一看，那處果然有一個猩紅的點，顏色看起來萬分嬌豔欲滴。

她不是喝醉酒就坑自己的人啊，昨晚真是喝大了……

雁回這邊還在為自己所做之事驚愕不已，天曜便道：「二十年前，廣寒門素影真人肢解了我。」

天曜一句話，霎時將雁回那正在為自己行為懊悔驚愕的心抓了過去，她瞪著眼睛看天曜：「什麼？當真是素影真人害了你？她是你摯愛之人？她肢解了你？」

相對於雁回的著急，天曜只是輕描淡寫地掃了她一眼：「昨日我說時，怎未曾見妳驚訝成這樣？」

「昨天喝醉了能聽得懂什麼！」雁回一盤腿在天曜身邊坐下。「來，你再仔細和我說一遍前因後果，素影真人為何要那樣殺你？」

天曜默了一瞬。「為了我身上的龍鱗。」天曜語氣平淡，彷彿是在說著別人的故事。「世間傳聞，龍乃萬物不傷之體，以龍鱗製成鎧甲，可使萬物不傷。連時間也傷害不了穿上龍鱗鎧甲的人。」

「什麼意思？」

天曜漆黑的眼瞳落在雁回身上，深邃得讓雁回有幾分失神：「意思是，凡人穿上了龍鱗鎧甲，便會長生不老。」

雁回一愣，一瞬間恍似有點了悟了，長生不老，對於凡人來說有著多麼致命的誘惑。

身懷異寶，力量再是強大，活著也危險啊！

「二十餘年前，素影愛慕一凡人至深，然而凡人卻即將壽盡，素影聽聞龍鱗鎧甲之效，便意圖取之。然則當年，我修行已有千年，於飛升不過一步之遙，素影心知硬搶不過，便巧化迷途修仙之人，假裝重傷，騙我信任，令我救她。」

雁回聽到此處，實在忍不住插了一句嘴：「要不是見色起意，你會那麼好心救她？」

天曜盯著雁回：「還想聽？」

「……你繼續。」

「彼時我並不知曉她的真正目的，我救了她，也愛慕於她，我放棄飛升的機遇，甚至願意為她拋棄妖怪的身分。我不聽友人勸阻，執意與她攜手白頭。」天曜微微勾了勾脣角，滿臉嘲諷。「然而在我與她約定前去迎娶她的日子，她卻在廣寒門，邀妳辰星山的清廣真人，施大法陣，困住了我。」

「便是在那滿月之夜，於廣寒山巔，邀月術下，素影生取我渾身龍鱗。」

天曜這話說得慢且沒有起伏，直聽得雁回脣齒生寒。

生取……渾身龍鱗。

那得有多痛……

「素影害怕我若身死，龍鱗鎧甲便失去了護人長生不死的力量，於是她沒有殺我。然而她又怕我報復，擾她以後不得安寧，便親自操刀，剜我心，斬我角，抽我筋，拆我骨，最後封印我魂魄，將我肢解於大江南北，借五行之力實施封印，以圖我永世不能翻身。」

雁回只覺得渾身冰涼。仙門對妖族痛恨是真，卻沒有幾人會以如此殘忍的手段行殺妖之事。

想到幾個月前還在辰星山見過素影真人，雁回當時只覺得那是個冷面美人，並沒想到，她為了達到自己的目的，狠下心來竟有如此讓人膽顫的狠辣手段。

雁回望著天曜，經歷過這樣的事還能活著出來，他也是不簡單……

雁回對天曜說話的聲音忽然有點怯怯的：「那你是怎麼……活過來的？」

天曜目光落在雁回身上：「因為妳。」

雁回大驚：「關我什麼事！二十年前我才剛出生呢！」

天曜一抬手指，指尖輕輕放在雁回的胸膛之上，在那處還有著前幾天雁回被天曜捅出來的傷口。雁回見天曜這個動作，捂著胸往後退了退：「你幹什麼？」

天曜黑眸一眨，盯著雁回：「因為妳有我的護心鱗。」

雁回反應了半天：「那是個什麼東西？」

天曜又彎了彎唇，笑得極盡嘲諷又極盡陰森：「你也知道，二十年前，素影想保的凡人，並未保得住。」天曜語氣裡帶著幾分病態的報復快感道：「她製的龍鱗鎧甲，根本沒有作用。」

雁回挑了挑眉，順著他的話往下接：「所以，那是因為你剛才所說的那個護心鱗……」

「被我打飛了。」

「什麼？」

「素影拔下我護心鱗之時，我拚著渾身修為，將護心鱗抽出了大陣法的結界。」天曜道：「他們布著陣，無法抽身，而沒有護心鱗，那龍鱗鎧甲，不過是一堆廢物。」

雁回默了一會兒：「所以……二十年前，你們搞了這麼半天，最後卻是誰也沒落得一個好下場？」

天曜撥開雁回放在心口上的手，碰到了雁回受傷的胸膛：「可它救了妳。」

雁回愣神。

「探妳的脈便知，妳天生心臟殘缺，本不是久命之人。」

這事兒雁回倒是知道，以前有一次她受了傷，藥房的師叔給她看了病，便說她體質奇怪，心臟有毛病但身體卻超級棒。當時師叔只道是她平時修行用功，內裡修為充盈，並沒有想到別的地方，然而現在天曜卻說……

「然而妳卻活蹦亂跳到現今年歲，還能修仙問道，並不是因為妳天資聰穎。」天曜的手指在雁回心口點了兩下。「因為妳有我的護心鱗。它護住了妳的命，改變了妳的體質。」

雁回張著嘴，一時竟不知該說些什麼。

她……

她身體裡竟然有龍的護心鱗，還一直都在？

原來搞了半天，二十年前，最後撿便宜的……是她這個從頭到尾都不相干的小屁孩嘍……

這下雁回一瞬間就能理解，為何昨天喝醉的自己會對著天曜大喊：「今後你的事就是我的事！」還有要陪著他尋回所有遺失之物的話了。

因為這傢伙以前拚了命扔出來的那塊護心鱗，陰錯陽差竟成了救了她命的神物啊！

雁回陡然間知道了如此大的祕密，一時間有點消化不過來。

待她好不容易將這些資訊全都吸收掉之後，一個不容忽視的問題忽然湧上了心頭。雁回一個激靈，一巴掌拍掉了天曜還放在自己心口上的手。

「你……難道是要拿回那塊護心鱗？」雁回連連往後退了幾步。「取了這玩意兒我是不是就要死了？」

她怕死，她還沒瀟灑肆意地活夠呢。
天曜慢慢地收了手，抬頭望雁回：「沒了護心鱗，妳壽命不過十日。」
雁回目露驚駭，又噔噔地退了兩步。
天曜見她驚嚇成如此模樣，嘴角牽動了一絲連他自己也毫無察覺的弧度，但這弧度很快就徹底消失：「於我而言，護心鱗不過鱗甲一片，給妳也無妨，但是……」
聽到「但是」這兩個字，雁回臉色就沒辦法好起來：「你想藉此威脅我，讓我陪你去尋找那些被分別封印在四方的肢體？誰知道素影真人將你肢解成了幾塊啊……這要找，得找到何年何月去……」
「只剩下三個地方了。」天曜道：「當年素影用五行封印，以木囚我魂魄，以水困我龍骨，以火灼我龍筋，以土封我龍角，以金縛我龍心。十餘年前，巨木被焚，我魂魄自巨木中逃出，於茫茫世間飄流，終是有幸覓得龍骨氣息，這才停於此山村之中，入得這彌留之際的幼兒身體，這十餘年間，我日日皆在尋求取回龍骨的方法，然而未有所得，只因那封印需我自身龍血方能破解。」
雁回明瞭，若是按照素影真人的算計來說，這理當是個死封印才對，因為肢解了天曜，他怎麼可能再爬出來給自己解開封印？
若不是他的護心鱗入得她的身體，伴隨著她長大，改變了她體質，天曜就算魂魄跑出來附上了人身，理當也是破不了其他封印的。

畢竟……沒血啊。

雁回斟酌了一會兒：「可你看，你的龍骨也找回來了，你修煉一段時間，身體裡不就有龍的氣息了嗎？然後血慢慢地不也就變成龍血了嗎？你可以自給自足的，我相信你。」

「妳所言之事確實可能，然則此事卻並非一朝一夕能有所成。」天曜目光落在墳前兩朵小白花上，他們談話也沒有多久，但這花卻已有了頹靡之勢。「而我沒有時間。」

天曜輕觸花瓣，聲音微沉：「我在此破開龍骨封印，素影不會一無所知。而在我完全找回身體之前，不會是素影的對手。若被她發現，我只能再次任她宰割。」

雁回嚥了口唾沫。

這個詞用得真好，素影對他，當真是宰割啊。一分假都不摻的……

但是要她幫他找其他的身體，等於讓她幫一個妖怪，還是一個和素影真人作對的妖怪……

雁回搖頭：「這忙我不能幫。」

天曜抬頭看她，靜靜地等著她說下去。

雁回撓了撓頭：「你也別怪我見死不救。只是你看看咱倆這情況，我確實也沒法救你。」

「這第一吧，我雖然被辰星山驅逐，但我依舊是個修仙者，以後還是要靠揭榜除妖拿酬金過日子的。幫助你就等於是完全背棄修道之義，我可是從此就會像妖怪一樣被所有修仙者追殺的。想遠一點，若是我幫你找回了所有的身體，那時候，即便你把護心鱗賞給我，我也已經成了一個背叛了修道界的人，是再入不得中原大地了，而身為修仙者，我更是去不了妖族那方。左右為難，更是難堪。」

「這第二吧，素影真人對你的所作所為委實過分，我身為一個修仙者聽了也是心驚，然而現今這大環境……仙妖之間勢同水火。素影真人是那麼大門派的掌門，你又是聽起來那麼厲害的大妖怪，哪個修道者知道你的身分不懼怕？一怕就想除掉你，正巧素影真人真還就除了你……所以，即便素影真人當年對你那般狠心毒辣，但依我看，就算這事兒傳出去，指不定還有一群道貌岸然的修仙者為素影真人拍手叫好呢……」

天曜沉默。

「還有這第三。」雁回指了指自己的心口。「雖然託你的福，讓我活到今天，但你解個封印就要捅我一刀的事兒，真不是隨便哪個人都能承受的。我覺得我們還是就此別過比較好。當然，我知道你肯定是不會就這樣放我走的，所以，來吧。」雁回手上捻訣。「打一架。你輸了就不會對我的離開感到那麼不甘心了。」

天曜看了雁回許久，並沒有動，只道：「妳還是喝醉的時候說話比較可愛。」

「謝謝，有時候我也很希望自己能一直像喝醉時那樣無所畏懼，但能醉生夢死的時候太少，人總是要活得清醒現實一些的。」雁回見天曜確實沒動作，便也收了招式，看了看手腕上的紅點，撇撇嘴，打算直接走人。「你這事是我懦弱無能不敢面對，我給自己下的這血誓，以後日日心絞痛就當給自己的懲罰了，咱們就此別過吧。我還有別的事要查。」

「若我說……」天曜在雁回身後開口，聲音雖然依舊不緊不慢，卻比方才更多了幾分冷意。「我死了，護心鱗便從此失效，妳又待如何？」

雁回腳步一頓，思量了一瞬，微微側過了頭：「你現在當真能控制自己的生死嗎？」

「依你方才所言，素影真人之所以封印你而不殺你，便是想留你一命保龍鱗鎧甲法力不散。如今雖然你魂魄逃了出來，龍骨也取了出來，但你應該也還沒有『死』的權利……吧？」

隨著雁回的言語，天曜的嘴角越繃越緊，眸中神色也越發冷凝。

是啊，素影不允許他死，所以這些年，每逢月圓之夜，他都要承受著魂魄撕裂之苦，狼狽不堪，生不如死地活著。卑微得連結束自己生命的權利都沒有。

他只有在看不見希望的黑暗裡，獨自忍受著無盡的恥辱、悔恨，還有這非人的疼痛，苟延殘喘地等待不知什麼時候會到來的黎明。

他沒有放棄的資格，所以只有破釜沉舟，堅持下去，直到找全自己的身體，然後……

殺了素影。

這些年，這份恨意一直支撐著他，也在撕裂著他。

因為這份恨意是如此強大，幾乎成了他不變成一具行屍走肉的唯一理由。而同時，這份強大的恨意，他除了壓抑壓抑壓抑，根本就無處發洩，因為他完全看不到恢復自己身體的一絲希望。

十年如一日，他就這樣在期待和絕望當中活著，活得混沌不堪。

而這時，雁回卻出現了。

帶著他的護心鱗，帶著一具擁有「龍血」的身體，就這樣從天而降，落到他的世界裡。

可想而知，雁回帶給他的是多麼有力的衝擊。她是他手中的浮木，也是他最後一根救命稻草。他拽住了她，而她卻說……想走？

若是想走，一開始就不該出現在他面前，而一旦出現了……

「你沒有去死的權利吧？」雁回又問了一遍，她細細地將天曜的神色打量了一通，然後確信地點了點頭。「如此，我便走了，你多保重。」

天曜看著雁回的背影，緩緩站起身來，拍了拍衣裳：「幾個月前我去村外之時，偶然聽見江湖傳聞，素影真人尋到了她愛人的轉世。」

雁回知道自己不應該聽天曜廢話了，但還是忍不住豎起了耳朵。

雁回想起幾月之前在辰星山大會之上看到的那個冷面仙子，她身邊確實是跟了一個凡人書生，素影將那書生看得緊，一張沒什麼表情的臉也只有在和書生說話的時候會變得溫和幾分。

轉世之說雖然玄妙，但拋開前世因果，反正素影真人現在理當是喜歡著那個凡人的沒有錯。

「她尋了那麼多年，終於還是找到了那人，這一次，想來是不會再這般容易放任她愛人死去。」天曜聲色寒涼：「若我沒想錯，她如今也是在滿天下尋找當年遺失的那片護心鱗吧。」

雁回腳步再次頓住。不用天曜再說什麼，她一瞬間就明白了他的心意。於是雁回瞪著眼轉頭望天曜，不敢置信地問：「你竟要出賣我？」

「談何出賣？」天曜向雁回靠近。「我們本是一根繩上的螞蚱。要賣，我也只是將自己賣了。」

反正他的情況也不能更壞。

天曜勾了勾脣角：「拖上妳墊背，也不錯。」

雁回恨得牙癢，五指握成拳鬆了又緊、緊了又鬆。半晌之後，雁回心一狠：「我就不幫！你去找你前情人告發我，然後咱倆一起同歸於盡吧！」

言罷，雁回隨手折了一截樹枝，扔在空中，手中結印，逕直將樹枝當作劍，馭劍而起，飛向天際。

天曜走了幾步，看著雁回飛遠的方向，眸光微動。

他知道這姑娘行事容易衝動，腦子裡想的總是與普通人不一樣，所以得了這麼個結果倒也在他的預料之中。他也不急，只看著空中雁回留下的痕跡慢慢地跟了上去。

他種在雁回身上的尋蹤覓跡的咒術雖然小，卻也不好除呢……

她想擺脫掉他，也不是個容易的事。

雁回法術恢復之後馭劍而行，不過片刻便離開了那銅鑼山裡的小山村。

但到底是身體未完全恢復，飛了一會兒她便累了，在銅鑼山腳小河旁邊揀了個地方坐下。

方才對天曜的話雖然是那樣放了，但雁回想了一會兒，心裡還是有些惴惴不安，萬一這妖龍還真是想不開去向素影真人告發了呢……

依著那妖龍口中的素影真人的作風，還不得直接把她的心挖了來取護心鱗啊！

雁回嚥了口唾沫，揉了揉感覺涼颼颼的胸膛。

要不還是回去和那妖龍打打商量吧……

雁回如此想著，卻一直沒有拿定主意，想來想去，天便慢慢黑了。雁回索性隨手撈了兩條魚，撿了柴，在河邊生了火烤魚吃，一邊烤一邊還在琢磨。

然而當她手裡兩條魚烤好的時候，旁邊忽然坐下來一個人。

一句話沒說，半點也不客氣地拿了雁回手上的烤魚便吃了起來。

雁回一愣，轉頭：「你怎麼跟到這裡的？」

來人不是天曜又是誰。

天曜顯然是餓了，並沒有搭理雁回。吃了一會兒，直到雁回動手搶他手裡的魚，天曜才側身一躲，瞥了雁回一眼，道：「走來的。」

雁回這才想起，天曜給她下的跟蹤行蹤的咒術她還沒解呢。

然而一轉念，雁回又驚呆了。

雖說她今天馭劍的時間不長，速度也不快，但好歹也是用飛的啊，這傢伙居然用走的也能趕上她……真是堅持……雁回揉了揉眉心：「我不會幫你的，現在這情況我還沒跟你說清楚嗎？」

「說清楚了。」天曜一邊慢慢吃著魚，一邊道：「但是……」他到底是抽空瞅了一眼雁回，火光將他的臉照得忽明忽暗，他冷淡的語氣中帶著點不經意的自諷：「除了跟著妳，我還能去哪兒？」

其實他這句話說得流氓又無賴，但雁回看著他臉上的神色一時竟說不出話來。

無言地望了天曜一會兒，雁回看著他這張漂亮的臉實在忍不住在心裡感嘆一聲，其實本來衝著這張臉，若有她力所能及的事情，她能幫也就幫了，但奈何偏偏是個這麼燙手的山芋……

雁回憂鬱地拿了魚也開始啃，啃了半晌，吃飽了肚子，雁回才咂巴了兩下嘴，淡淡道：「有本事你就跟著吧，反正我是不會用斷送下半生的代價來幫你的。」

天曜不說話，就像沒有聽到雁回這句話一樣。

晚上雁回在河邊簡單刷牙洗臉了一下，便揀了塊平點的地躺下了，根本當天曜這個人不存在一樣。只是睡覺前，她還是忍不住悄悄睜了隻眼睛，偷偷打量天曜。

本望著天邊月色的天曜倏爾目光一轉，精準地擒住了雁回偷窺的目光。

雁回有些尷尬，咳了兩聲，背過身子，調整了番姿勢，裝模作樣地睡覺。

然而今天知道了這麼多事，天曜的目光又一轉不轉地在背後盯著她，雁回哪有那麼容易睡得著？她保持著一個姿勢靜靜躺了一會兒，卻不曾想，是她先聽到了背後天曜呼哧呼哧變得均勻的呼吸聲。

他居然比她更有心情睡覺嗎……

雁回心裡的情緒有幾分微妙。

她轉了身子，本想趁著天曜睡著正大光明地盯著他看的。但沒想到她一翻身，轉過來看到的卻是天曜猛然睜開的雙眼。

他雙眸擒住雁回，雖然像往常一樣保持著淡漠與冷靜，但目光卻不肯放開她哪怕半分，將她每個細微的動作都收入眼中。

雁回與他對視了一會兒，直接躺著問他：「你是怕我跑了嗎？」

天曜也絲毫不避諱：「沒錯。」

「可就算你這樣盯我一夜，明天早上我還是得馭劍走的。」

「我再找到妳就是了。」

「……」

雁回覺得自己滿可悲的，在說書人口中，這樣的話向來都是霸道帝王對自己深愛的姑娘所說的話，然而到了她這裡，從天曜嘴裡冒出這句話來，雁回只覺得猶如被厲鬼纏身了一樣頭疼。

她咬了咬牙，索性坐起來打算和他好好談談人生：「我覺得你這樣纏著我很沒道理。」

天曜抱著手，聽她說。

「你看，我現在法力恢復了，而你只找到龍骨，沒有法力。從根本上來說，你是打不過我的，我不想幫你的話，你也強迫不了我。」

「再來，就算咱們退一萬步來講，即便你能像這次取龍骨一樣強迫我，但那又怎樣呢？你仔細回憶一下，想想那天我們取龍骨的狼狽模樣，是不是因為你沒將事情給我說清楚而我又不配合才鬧騰出來的？所以你得明白，如果我不是誠心幫你的話，就會變成你的累贅甚至攪屎棍。還不如你自己辦來得痛快。」

天曜聽罷，道：「說完了？」

雁回點了點頭，充滿期待地盯著他：「是不是覺得我說得很有道理，聽出了什麼感悟……」

天曜也點頭，並快速簡潔地給出了回答：「廢話很多。」

「……」

「別動甩掉我的心思，我不會任由妳離開我的。」天曜道：「睡吧。」

雁回一邊扼腕，一邊運轉內息，打算強行衝破天曜給她下的追蹤咒。衝了一會兒，雁回只恨自己前段時間貪吃太多饅頭，雖是個小咒術，但被種得太多、太深，這一時半會兒的，她還真拿這咒術沒辦法了……

此念未落，遠處樹林一陣鳥飛，撲騰著翅膀的聲音在夜裡傳了老遠。

雁回耳朵一動，望向鳥兒飛起的那方。她回頭望向天曜，兩人的目光均是一凝。

雁回道：「這下可是真睡不了了。」她沉了眸色。「妖氣升騰，麻煩了。」

天曜站起了身，拍了拍衣裳：「是衝著我來的。」

雁回挑眉：「來接你的？」

天曜嗤笑了一聲：「誰會來接我？不過是一群被吸引過來的妖怪罷了。」

「吸引？」

「我現今凡人之體卻身懷龍骨，於偷入中原的妖怪而言，我可是他們提升修為的一頓大餐。」他說著，神色不見半分驚慌。

「你也是可憐……修仙的要殺你，現在連妖怪也要吃你了。」一旁的雁回開始一邊往火上蓋土，一邊道：「你尋找其他身體之前，先尋個物事將周身氣息掩住吧，省得回頭好不容易找到了龍骨，卻拿去便宜餵同類了。」雁回將土踩實了些，直到一點煙都沒有冒出來，她背一弓往小河裡走。「鳥都驚飛了，可見來得有點多，我傷還沒好，就先撤了。你保重吧。」

雁回下了河，旁邊的人也跟著她一起下了河，一陣稀里嘩啦的水聲後，雁回盯著身邊的天曜：「你別跟著我。」

天曜像是根本沒聽見她的話一樣，學著她逆水往上走了兩步，然後點頭：「水能掩去氣息，逆水而行雖然慢些，卻能誤導前來追蹤的人往下游而去。」他讚賞道：「逃命還算有點本事。」

雁回一邊逆流而上一邊氣道：「說了不要跟著我。他們那麼遠都能衝著你找到這裡來，水還能掩蓋得了你的氣息？沒人告訴過你不要隨便拖累別人嗎！離我遠點啊！」

天曜往遠處眺望了一眼，轉頭問雁回：「閉氣能閉多久？」

雁回下意識就回答了：「調個內息能閉一個時辰……」

「那妳先把內息調下。」

雁回皺眉，望了望遠方：「來得這麼快？我剛才看鳥飛得還挺遠的啊！」

「調好了嗎？」

「……你能不能不要選擇性地忽視掉我的話？」

「不能。」

天曜話音一落，便再不管雁回準沒準備好，一伸手按住她的腦袋逕直將她按進了河水當中。此處正好水比較深，在靠近岸邊的河底處，許是有大石頭被沖走過，那處正好有個坑，坑裡有些許穩固的石頭。天曜抓住一塊，穩住身形，保證他們不被河水沖走。

深夜，在岸上看河水，裡面是一片漆黑，然而從水裡面往外看卻是清明得很。月亮星星，除了被水波拉皺了以外，都還能看得清楚。

天曜抓著雁回，將她禁錮在懷裡，是一種保護的姿態，卻並沒有保護的意思，他只是怕雁回不安分，手腳亂動，攪出動靜。

雁回也能體會出天曜的意思，因為……天曜實在把她四肢禁錮得太緊了。

雁回想動動手臂，讓天曜稍稍鬆一些，然而便在這時，一個巨大的影子靠近了河邊，雁回在河裡能清楚地看見，那是個長著巨大水牛角的妖怪。

他腦袋湊了下來，雁回以為他看見他們了，身中法力起了戒備之勢，天曜像是能通曉她心意一樣，將她抱得更緊了些，帶著她在水裡微微轉了個弧度，用自己的身體擋住了她的視線。

雁回瞬間明瞭，天曜是在告訴她，穩住。

天曜還是個少年的身體，肩膀免不了單薄，但在牛頭還在不斷地往水面探的時候，雁回琢磨了一下，最終還是選擇了相信妖怪的感覺。

她收斂掌中法力，隨著天曜一同在河底貼著躲藏著。

牛頭貼到了水面，若是他將腦袋放進水裡，就很容易看見他們了。然而，他卻在長長的嘴挨到水面後，咕咚咕咚地喝了兩口水，然後抬起頭，走掉了。

緊接著，那巨大牛妖的身後，有四、五個妖怪的影子都路過了河邊。

然後很久沒有黑影再靠近。

雁回心頭長舒一口氣。

那妖怪體形巨大，身後還跟了四、五個小妖，她現在受了傷，渾身上下別說鐵劍了，連個鐵做的武器都沒有，若當真和他們對上了，那還真是個麻煩事。

她腦袋在天曜下巴上頂了一下，示意天曜可以看著時間上去了。

然而天曜卻沒動。

隔一會兒，水面忽然又暗了下來，這次卻不是一個妖怪埋頭到岸邊喝水，而是整個平坦的河岸邊都黑了下來！

這黑壓壓的一片將雁回看得都要驚呆了。

這是……

天曜這是把這附近偷入中原的妖怪都吸引過來了吧！

這個香餑餑真是香飄十里啊！

雁回一時還挺感謝自己今天離開了銅鑼山的小山村的。

要不然這麼一網都打不盡的妖怪要是衝到了村子裡，不知又得嚇死多少個村民了。

雁回下意識地往天曜懷裡縮了縮，讓他把自己擋得更嚴實一些。天曜看了眼懷裡縮頭縮腦的雁回一眼，嘴角動了動，也沒有其他動作。

岸上的妖怪們尋了一會兒沒見著人影，便一個接一個地往下游走了，沒一會兒，大部隊便離開得差不多了。

岸邊的黑影變得稀稀拉拉起來，在離雁回他們最近的地方也只剩下一個妖怪還在上面探頭探腦地搜尋氣味。兩人在河裡目光緊緊地盯著他。

終於當妖怪打算跟隨大部隊離開時，忽然間，天曜在河底抓住的石頭猛地一鬆，一串氣泡咕嘟嘟地往水面上冒去。

天曜迅速地在河底找了另一個著力點穩住身形，但已經來不及阻攔冒上水面的氣泡。

冒上去的氣泡伴隨著極細小的「啵啵」兩聲，消失在了水面。

非常輕，在夜色的遮掩下一般本是看不出來的，然而那妖怪卻動了動耳朵，他望向冒出氣泡的水面，瞇著眼睛，然後探過頭來，離水面越來越近。

天曜抓了雁回的手，在她掌心輕輕寫了四個字「一擊斃命」。

說得倒簡單。雁回掌心出了點汗。在這樣的情況下，她動作又不能太大，用的法力又不能太多，還不能讓妖怪的死驚動前面的大部隊，最後還得是在水裡憋著氣的情況下完成這件事……

雁回一琢磨，給天曜掌心畫了個傳音入密的符，告訴他：「這事兒有難度，要是搞砸了我就直接反手打暈你，然後交你出去邀功保命，我現在先和你說一聲，免得你回頭說我陰你不講道義。」

「……」天曜輕輕回了一句：「告訴了我便算是講了道義？」

「至少我給你講了。」

不等天曜回話，雁回掌中悄悄凝聚起了法力，熱力慢慢在她周身聚攏。天曜只覺得懷裡的人越來越熱，越來越燙，他卻沒有放手，反而將雁回抱得更緊了一些。他喜歡這樣滾燙的感覺。

他本是五行為火的龍，他的身體本應該是像這個姑娘一樣燙得炙手的溫度，然而現在，他卻日日都如墜冰窖，活得狼狽不堪。

只有抱著這個姑娘，喝著她的血的時候，他才有片刻輕鬆，才能感覺活著原來可以不那麼痛苦。

天曜心裡清楚，對現在的他來說，雁回是他唯一的藥，也是讓他上癮的毒。

但不管是好是壞，他都離不開她。

便在他念頭轉換之間，雁回手中熱力化為一道利箭，逕直向已將腦袋探入水裡的妖怪眉心而去。法力沒入妖怪眉心，力道卻控制得剛好，射穿了他的眉心，卻沒有破開他的後腦杓。

妖怪睜著雙目，身形一僵，「咕咚」一聲掉進了河裡。再無聲響。

妖怪的屍體順著河水慢慢沖走。

雁回收了手，在衣服上擦了擦。若不是情況必要，她其實是不願意下殺手的。

「再忍忍。」

「法術太消耗氣了。」雁回傳音給天曜：「我憋不了多久了。」

雁回臉色慢慢變紅：「痛能忍，這真不是我說忍就能忍的，你放開我，讓我上去喘口氣，我會小心不讓前面走過去的妖怪發現的。」

「妳剛動了殺手，不能上去。」

雁回實在是憋不住了，腦袋開始發漲，滿臉通紅，四肢也漸漸變得無力。再這樣下去，妖怪是躲過了，但恐怕她也真的憋死了。

雁回拍了拍天曜的手，讓他放開。天曜不為所動，雁回直接開始掰天曜的手指。

然而她還沒掰開兩根，天曜倏爾放了雁回的腰，將她後腦杓一按，雁回腦袋被迫往前，然後她的唇就觸到了天曜柔軟的唇。

毫無防備。

雁回大驚，在水中瞪大了雙眼。

天曜絲毫不與雁回客氣，封住她的嘴，舌頭撬開她的脣齒，一口氣渡了進去。

像是怕她不夠，又長長地渡了口氣。

這……

這已經算是第二次了吧！

雁回推開天曜的腦袋。天曜盯著她，藉著剛才雁回那個還沒散去的傳音入密術對她道：「再撐一刻。」

說得如此冰冷無情，活像他剛才沒有做非禮大姑娘的事情一樣……

好吧，雖然從他的角度來說，他確實不是在非禮……

但是！

雁回扼腕，如果說上次月圓之夜在天曜神志不清的情況下，和她嘴脣相觸是在「撕咬」的話，那這次當真是在……接觸了啊！

這個妖龍說著討厭被人觸碰，討厭和人靠近，但看他所作所為，根本不像是那麼回事啊！

這柔軟的脣還有舌頭……

她又被占便宜了啊！

雁回內心戲正鬧得精采，岸上的妖怪卻忽然有了異動。

本來離開的大部隊不知道為何，開始慢慢地又往上游這方尋了過來，天曜根本無心揣摩雁回的心思，只冷眼看著河面，然後皺了眉頭。他目光在河水中靜靜搜尋了一番。

然後沉了臉色。

是血腥味啊……

死掉的妖怪的血腥味，到底是沒有逃過這些傢伙過分敏銳的嗅覺。

天曜抖了抖雁回，將她從失神中抖了回來：「妳可以上去呼吸了。」

腦海裡響起了這句話。雁回抬頭一看，然後肅了臉色。

大事不好了呀……

雁回往身體裡探了探自己的內息，估計了一番所有能聚集起來的力量，然後手一伸，逕直將天曜反抱住。天曜眉梢一挑，想起雁回剛才那句將他打暈了拿去邀功保命的話。

他還沒來得及說話，雁回便道：「怕就閉上眼睛。」

天曜覺得好笑：「妳在和我說話？」

雁回歪著嘴巴一笑，露出了小虎牙：「平時沒事，被逼到絕路的我，動起手來可是很嚇人的哦。」

雁回在心裡算計著，跟過來的這些妖怪基本都是還沒有完全化成人形的，法力都不會很強，但勝在數量龐大。而她現在氣虛，不能久戰，也施不了大法術，可她勝在敵明我暗，只要找準機會，出其不意，拚一拚還是能順利逃脫的。

「準備了啊，我要出水了。」

雁回一手將天曜抱緊。

天曜空閒下來的雙手在水中放了一會兒，然後便自然而然地抱住了雁回的後背。

上次像這樣擁抱別人是什麼時候？

在天曜的記憶裡，素影幾乎不允許天曜觸碰她，當時他只以為素影不喜被人觸碰，她是天邊的月，本就不該被人觸碰。

唯一的那一次擁抱，是素影離開他回廣寒門之前，反覆叮囑他：「十日後，你定要來廣寒門娶我。」他當時滿心愛意，情不自禁地抱了她一下，當時素影沒有拒絕。

像是擁住了滿懷的清霜，寒意刺骨，他以為以後可以用一生的時間慢慢溫暖她，結果沒想到，他的一腔熱血，全都灑給了漫天大雪。他那些炙熱的情緒，從頭到尾，只燃燒了他自己一人而已。

「要上去嘍。」

腦海中雁回的聲音將他喚回了神。

天曜不經意地收緊了雙手——好溫暖。

這個身體，溫暖得燙人心口。

雁回腳下蓄力，如同離弦的箭，猛地一下自河底射出，破開水面，掌中聚氣

「唰」地在空中轉了個圈，手中法力滌蕩而出，將周遭一圈尚未反應過來的妖怪擊倒了一大片。

妖怪們一陣哀號。雁回反手一轉，隨手吸了把落在地上的妖怪的劍過來，隨即凌空一舞，馭劍而上，然而便在她即將飛走之際，一個鐵鍊鉤猛地甩上了天，鉤住雁回的腿。

雁回被拉得往下一沉，馭劍也飛不走了。

便是這麼一瞬間耽擱的工夫，已經有下面的妖怪要順著鐵鍊往上爬了。

天曜乾脆俐落道：「砍斷腿。」

雁回眼睛都要嚇凸出來了：「你倒是瞎大方！出的什麼餿主意！」她一邊說著一邊一揮手，砍斷了腳上鐵鍊，然而鐵鉤卻已經剜進她的小腿裡，一時拔不出來。

此時此刻雁回也沒工夫叫痛，再次起勢要馭劍走，然而妖怪們哪能如此輕易地放他們走？

下方斜刺裡又是一道鐵鉤扔了過來，這次是逕直對準了雁回的腦袋。天曜目光一凝，手邊別無他物，餘光當中但見雁回頸項前繫著的碎寒玉在晃蕩，他當即沒有猶豫，手一抬，逕直拽了雁回脖子上的碎玉。在雁回還沒反應過來之際，天曜將它當作暗器一樣扔了出去，正中那揮舞鐵鉤的妖怪眼睛。

妖怪一聲慘叫，痛得滿地打滾。那一直干擾他們的鐵鉤終於不見了。

天曜催促：「走。」

雁回愕然，不敢置信：「你做了什麼！」她馭劍一歪，竟是打算下去撿那碎玉。

天曜眉頭皺得死緊，喝斥出聲：「找死嗎！」

下方妖怪嘶吼不斷，方才被雁回擊中的鳥妖，開始慢慢張開翅膀。

雁回看了碎玉一眼，最後只得一咬牙，向著遠方飛速而去。

夜風呼嘯吹亂了她的頭髮，雁回對天曜萬分惱怒，然而在惱怒的背後卻是一陣又一陣的無奈襲上心頭。

她以為自己能偷偷地留一點下來當作卑微的念想的，但人算到底是不如天算。

原來，這世間不屬於她的東西，始終都不會是她的，那些偷來的，撿來的，始終會在某個神奇的地方，從她生命裡徹底消失……

這大概就是所謂的……

天註定。

一路不分方向地急行，直到行得雁回感覺內裡空虛，連馭劍也開始搖搖欲墜的時候她才不得不停下來。

而這個時候她已經沒有讓自己穩穩落地的力氣了。「自己護好頭！」她喊著，一點沒減速地扎進了樹叢之中。

不知撞斷了多少樹枝後，才被一棵大樹攔下，然後從樹上一層層地摔了下來。

天曜要重一些，先「啪」的一下摔在地上。還不等他爬起，雁回又「啪」的一下砸在了天曜的肚子上，將他重新砸得躺了回去。

那把搶來的妖怪的劍則「唰」的一聲，插在了兩人身邊的土裡。

林中鳥兒被雁回兩人驚起，飛向天際，樹林中各種動物的叫聲一波接一波，不絕於耳。

雁回便隨著這些慌亂的動物叫聲趴在天曜身上笑了出來。她笑得萬般開心，從天曜身上翻下去，躺在地上也還在笑。

適時天已近黎明，天邊有微末的光芒破開了黑暗。

看見天快亮了，林中動物的聲音慢慢歇了下去，雁回的笑聲才慢慢平息。

她望著天，好半晌沒說話。

最後是天曜主動打破了沉默：「妳不是說要將我打暈了交出去邀功保命嗎？」

「我應該把你交出去的。」雁回這話說得低沉且略帶冷意，倒不像是在開玩笑。

天曜轉頭看了一眼她的側臉。雁回卻不任由他看，坐起身來，蜷了膝蓋，捏住還殘留在小腿裡的鐵鉤後端，咬了咬牙，意圖將鐵鉤直接拔出來。

見她如此，天曜眉頭一皺，立即翻身坐起：「不行。」他打開雁回握住鐵鉤的手。「這鉤有倒刺，妳是想把整塊肉都撕下來嗎？」

雁回抬頭看他：「大方的人還在意這些細節？剛才不是讓我把腿砍斷嗎？」

「知道妳不會砍。」天曜瞥了她一眼，站起身來，將落在一旁的劍撿了過來。

「趴下，我幫妳取。」

在這種事情上雁回倒也乾脆，逕直趴在地上也不看天曜一眼，任由他拿著把劍在她小腿上比劃。

撕開雁回的褲腳，天曜看見被鐵鉤勾住的地方已經血肉模糊了。他目光一轉，看著趴在地上的雁回頭也沒回，一副任由他折騰的模樣，他垂了眼眸，下手極輕。

這個女孩並不欠他什麼，她與二十年前的事情也根本無關。但因為她出現了，所以他便要將她纏住，幾次把她拖進危險之中。做這樣的事，他也是有愧疚的。

只是如今這份愧疚遠不足以動搖他的決心，不足以讓他放下他的「自私」，他自己也想擺脫掉這種狼狽苟活的境況。

所以即便讓雁回痛，那他也只能冷眼在旁邊看著；即便讓雁回傷，他也不能放手讓她走。

因為他也是在這世事浮沉當中掙扎偷生的……卑微者。

來。

劍下輕刺，巧勁一挑，只聽雁回忍痛的一聲悶哼，那鐵鉤便被天曜挑了出來。

雁回回頭一看，天曜將那混著血絲的鐵鉤扔到一邊，道：「傷口不深，且沒傷到筋骨，沒有大礙。」他退到一邊，想去摘片樹葉擦手。

雁回卻一聲喝道：「站住。」

天曜轉頭看她，雁回蹭了兩下，坐到天曜身邊，然後一下撕了天曜的衣襬，扯出布條給自己小腿包紮起來。

天曜眉梢微動：「妳不說一聲，就如此扯人衣襬？」

「你不說一聲就對我做的事情多了去了。」雁回抬頭嫌棄地瞟了他一眼。「沒見得我訓你啊。」

確實也是。

天曜便不再吭聲，轉身摘了幾片樹葉，又扯了幾個果子，回來遞給雁回：「再趕些路，待得靠近城鎮，妖怪們便不會如此猖狂了。」

雁回接了果子，飛快地啃完一個：「嗯，走吧。」

她撐起身子，一瘸一拐地走了兩步，卻見身邊沒人跟來，雁回轉頭一看，天曜只在身後看著她：「馭劍術呢？」

雁回翻了個白眼：「如果還能馭劍，我們會從上面摔下來嗎？你以為我不會直接趕到城鎮裡面去啊！」雁回一邊往前走一邊道：「內息耗完了，先找個靠近城鎮的地方歇歇，調理調理氣息吧。」

身後天曜大步邁了過來，雁回也沒在意。卻見天曜一步跨到了她身前，擋住她的路，然後背朝她蹲下了身：「上來。」

雁回有點愣神。

天曜側頭看她：「妳這樣瘸著腿磨著走，趕到明天也走不出幾里路，上來。」

雁回一琢磨，覺得他說得在理，而且他主動提出要背她，有便宜為什麼不占。雁回當即一蹦，跳上了天曜的背：「你要敢把我摔了，我可是會發脾氣的啊！」

天曜懶得搭理她的閒話，背了她便往前走。

天曜的肩還不夠寬厚，但趴在上面不知為何雁回還覺得滿踏實的，或許是他走路沉穩，每一步都踏得正，不偏不倚。若他只是個普通少年，若他再長大幾歲，應該是個傳統意義上很可靠的男人吧……

雁回腦袋搭在天曜的肩頭上，眼睛隨著他步伐的頻率開始一眨一眨地要閉上。

適時天曜剛走上一個山頭，晨光破曉，雁回半夢半醒之間恍似看見了許多年前，凌霄帶她回辰星山的模樣。

她也是這樣趕了一夜的路，睏得連走路都在打偏，但她害怕耽擱師父的行程，不敢說累，不敢言睏。她努力睜著眼睛跟在凌霄身後走，走著走著世界就黑了下去。

等她再醒過來的時候，就是這樣，趴在凌霄的後背上，看見辰星山的大門在她眼前打開。陽光自山門之後傾斜而下，光華刺目，將整個辰星山的亭臺樓閣照得像畫中的仙境。

她不由自主地發出驚呼，呼聲傳入凌霄耳朵裡，凌霄微微側了頭，在她耳邊帶著笑意道：「雁回，從此以後這便是妳的家。」

那時凌霄的語調，是她這輩子再難忘懷的溫柔。

那時的雁回覺得，她真是這世界上最幸運的孩子……

而現在，雁回不自覺地摸了摸自己的脖子，那裡空空如也。除了回憶，那座山竟然什麼東西也沒有給她留下。

天曜不停歇地一直走到中午，終於看見了一條大路。路上雖沒有行人，但見路上還留有車轍的痕跡，想來此處離城鎮不遠了。

天曜本想叫醒雁回，但聽得她呼吸聲「哼哧哼哧」地喘得正歡，他默了一瞬，便繼續沉默趕路。沒多久便在路邊看見了一個破廟，天曜將雁回帶到破廟之中，將她放下，然後轉身去廟外林子裡摘了一些野果充飢。

等他回來的時候，雁回還躺著沒醒，天曜本道是她昨夜累極了，睡不醒，但在她身邊坐了一會兒，天曜便覺得有點不對勁兒。

雁回的呼吸很快，額上有冷汗滲出，眼睛雖然閉著，但能看見她的眼珠在飛快轉動。
天曜皺了皺眉頭：「雁回？」
雁回沒醒，但眼珠卻轉得更厲害了一些。
天曜一思量，伸手晃了晃她：「醒過來。」
便是這一晃，如同扎了雁回一刀一樣，她猛地張開眼，「噌」的一下就坐了起來，大口喘著氣，滿頭大汗跟不要錢一樣往下淌。她捂著心口，驚魂未定地抹了把汗。
天曜一直盯著她，見狀，疑惑道：「作惡夢？」
雁回搖了搖頭，又喘了一會兒才稍微安歇下來：「鬼壓床而已。」
聽得這三個字，天曜覺得新鮮：「鬼壓床？」
「經常有的事，習慣就好。」她雖這樣說著，但心裡還是有些打鼓。自打凌霄賜了她符之後，她便鮮少撞見鬼，也很少被鬼壓床了，這青天白日的，還能在睡夢中壓住她，看來不是個能輕易驅走的孤魂野鬼……
雁回抓了抓頭髮，覺得有點頭痛。
最近是犯太歲還是怎麼了，怎麼麻煩事麻煩人一個接一個找上門……
「妳乃修道之人，卻為何到現在還會被這類邪魅沾染？」
雁回一邊抹著冷汗一邊道：「我怎麼知道？打小就能撞見這些不乾淨的東西，尤其容易被他們纏上，後來修了仙也沒能擺脫掉……」

雁回說罷，忽然捂住了自己的心口，默了好一陣，才抬頭看天曜：「之前你說，是你的護心鱗入了我的心房，才能保我活命至今吧？」

天曜點頭。

「我天生心臟有缺陷……取了你的護心鱗我活不過十日……因為你我才活了下來，也就是說，我這條命，本來是早就應該消失的，我本來應該是個……死人……」雁回失神呢喃：「難怪難怪，難怪如此……」

不是她天賦異稟，而是她本來就該是他們的同類！

這個護心鱗，把她變成了半人半鬼……

第六章 命懸一刻

雁回記得，剛入辰星山的時候，她和師姊子月的關係還沒有那麼差。

子月是個性格驕傲，但秉性不壞的小女孩。

剛入辰星山的時候，弟子們的飲食要進行嚴格的控制，雁回每天都被餓得前胸貼後背。

而那時身為大師姊又與她住一屋的子月會偷偷藏吃的給她。給雁回食物的時候，子月雖然態度是傲嬌了一些，但心地卻很好，雁回心裡也是很感激她的。

而後來，入山沒多久，雁回便被山間小鬼纏住了。小鬼寂寞久了，便拽著雁回天天找她玩，不分場合不分時間地騷擾雁回，雁回不勝其煩，卻不知道怎麼驅走他。在旁人眼裡，雁回不是一個人走在路上忽然開始手舞足蹈，就是在一個沒人的地方自言自語地大喊大叫。

她這些極為詭異的行為惹得眾人不願與她接觸。

但那時子月還是每晚都要給雁回拿吃的來。有次子月攢了一堆好吃的給雁回端回來，雁回看著正眼饞，那小鬼忽然就出現了，他鬧著讓雁回陪他玩，雁回努力地忽略他，那小鬼竟然生了氣，趴在子月手中托盤之上對著子月的脖子比劃。

一副要將子月殺掉的模樣。

雁回終是忍無可忍，一巴掌掀翻了食盤，用剛學會的法術捉住了小鬼。

子月性子傲嬌，哪容得了自己的好意被人如此對待，當時便與雁回急了，拽了雁回一把。雁回手一鬆讓小鬼跑了，她心急去追，不小心將子月掀翻，子月摔痛，哭號不已，而雁回也沒工夫管她，追著那小鬼而去。

最終雁回到底是將小鬼捉住收了，也從此與子月結了怨。

事後凌霄問她為何如此對待子月，她支支吾吾了半天，直到凌霄肅了面色，雁回才慌得將自己能見鬼的事情告訴凌霄。

她很小便知道自己這個異能是不討人喜歡的，甚至會被有的人當成異類妖怪，她害怕凌霄將她逐走，但凌霄到底沒有那麼做。

他翻了很多書，念了很多咒，終於給她畫成了符咒，印在她身上，這才讓她日後少了許多麻煩……

若是沒有凌霄的話，她的生活，是可想而知的悲慘……

而這讓她有如此多麻煩的異能，卻是因為她心裡的這塊護心鱗。

雁回摸著胸口，抬頭看天曜。兩人沉默了許久，天曜先開口打破了沉默：「抱歉。」

他說得這麼直接，倒讓雁回愣了會兒神，然後垂頭低聲道：「你道什麼歉？」其實確實也怪不得天曜，大概沒有誰會比他更希望他的護心鱗從來沒有離開過他的胸膛，況且，他的護心鱗雖然讓她有了這個麻煩，但至少是讓她活下來了。

沒有什麼比活著更重要，這個道理雁回是知道的。

「說來我還應該謝謝你，可是……」雁回道：「不管我們的淵源有多深，我還是不能繼續幫你下去的。」

天曜靜靜地看著她。一雙清澈的眼眸裡清晰地映著雁回的身影，太過清晰，反而讓與他四目相接的雁回有點不好意思起來。

雁回轉過了頭：「昨天晚上救你，就當我是報了這段時間你給我吃給我喝的恩情，這前面人氣那麼重，想來離城鎮也不遠了，各大仙門應該都有弟子在此處看守，妖怪不會那麼肆無忌憚的。你現在身上雖有龍氣，但大多數仙門弟子並不會知道那是什麼，你頂著人類的身體走應該不會有多大困難，只是小心別再遇到你那倒楣的前任就是了。」

雁回道：「我們就在這裡別過吧。」

天曜一張嘴，還待說話，雁回一聲嘆息，然後猛地抬手，一擊打在天曜的頸項處。

天曜便直挺挺地倒在了地上。

「其實，如果能說得通的話我是不願意動手的，但是你這樣纏著我，我也是真沒辦法了。就這樣吧。你別怪我。」雁回將天曜拖到破廟的角落，用枯草將他蓋了蓋。

「我走了，再見。」

言罷，雁回不再耽擱，一瘸一拐地拖著腿，出了破廟。

天曜不能和她待在一起了，和被厲鬼壓床的她待在一起，天曜的處境只怕更麻煩也說不定。為了他們兩人都好，還是各自分開行動比較妥當。

這日晚間，雁回終於瘸著條腿走到了最近的小鎮上。打聽到鎮上有個富得流油的員外，整日欺凌鄉野，橫行霸道極了，雁回毫不猶豫地去了他家後院，挑了兩件好的衣裳穿上，然後順手牽了點銀子走了。

晚上她找到客棧，喚大夫來給她受傷的腿換了藥，又包紮了一遍。

弄到月上中天的時候，終於是弄好了。

她好好刷牙洗臉了一番，在床上躺了下去。

適時月影自窗外投射進來，在地上灑下明晃晃的光亮。

雁回睜著眼睛半天沒有閉上。

按照常理來說，這樣的夜晚她一般都是在想，如果今晚睡著再被鬼壓床了要怎麼辦，明天沒人喊她，她該怎麼起床……

然而今晚，雁回腦海裡卻沒有這些顧慮。

她的思緒不由自主地飄遠了。她忍不住想，現在天曜的穴道應該已經解了吧？他約莫是能自由活動了吧？有沒有妖怪找到他呢？

如果沒有妖怪找到他的話，雁回算了時間，憑天曜的步行速度，要走到這裡來估計得到明天早上，而明日一大早她的內息應該能恢復一部分，到時候她再去買把稱手的劍，馭劍遠遠一飛，就可以徹底擺脫天曜了。

心口的疼痛讓雁回感覺極為不適。她知道這是她給自己種下的血誓帶來的疼痛。她違背了自己的誓言，雖然是喝醉酒時亂下的誓言，但違背了就是違背了，受到懲罰也是應該的。

只是隔不了多久，等她法力完全恢復，衝破這層血誓也是輕而易舉的事情，到時候她就能徹底地和這段時間的生活說再見了，從此過上她所嚮往的自由自在江湖逍遙的生活……

沒等她將自己的心願想完，忽然之間，雁回只覺心口又是一陣尖銳的疼痛，這下比剛才一直隱隱牽扯的疼痛還要強烈，讓她身體都不由得抖了一下。

雁回咬牙，將這疼痛壓了下去。

她側了身子，揉揉自己的心口，告訴自己習慣就好。然而下一瞬間，尖銳的疼痛再次扎在心尖之上，這次疼得讓雁回不由自主地渾身都縮了一下。

她嘶嘶地抽了兩口冷氣。

閉上眼睛強迫自己睡覺，然而詭異的是，在她閉上眼睛的那一瞬間，她竟然看見了月光之下樹影婆娑的樹林。

雁回一睜眼，尖銳的疼痛又扎疼了她的心房。這一次不用閉眼她也在腦海裡看見了搖晃的樹影，不停搖晃的畫面之中還有妖怪的身影一閃而過。

天曜！

這是天曜看見的場景！

雁回猛地坐起身來。

是天曜在倉皇逃跑，他被妖怪發現了！

雁回咬牙，理智在告訴自己，她不應該去找他，不應該去救他，她今天既然離開就應該有將他生死置之不顧的決心。

然而心口的疼痛卻一陣勝過一陣。

她不應該管他的。

她和他的牽扯越多便越難脫身。

腦海裡，天曜猛地摔倒在地，跟在他身後的一個妖怪飛快地撲了上來，一爪抓向天曜的肩頭，天曜卻憑藉著身體的靈活就地一滾，反手抽了妖怪的刀一刀扎進了他的胸膛。

妖怪的血染了他一身，他沒有猶豫，爬起來便繼續往前。

對於一個只有人類身體與力量的少年來說，他已經是極為厲害了，但此時他的身後跟著還有十根手指都數不過來的妖怪……

終於雁回一咬牙，不由得破口大罵。

她翻身而起，取了客棧牆上掛著的裝飾用的桃木劍，然後一把拉開了客棧的窗戶，連外衣都沒有繫緊，便馭劍而出，逕直向著她所感應到危險的那個方向而去。

天曜在月色的照耀下倉皇而走，他跑得太快，沒有停歇，本應該因運動而紅潤的臉色此時卻白成一片，過量的運動使他滿嘴皆是血腥氣味。

他神色沒有慌亂，頭腦還在理智地分析著有多少逃離這裡的可能性。

他殺了妖怪，身上染了妖怪的血，這血的腥氣太重，不管他跑得多快，也不可能擺脫妖怪們，就算有水也不可能徹底掩掉這刺鼻的血腥氣息。

那該怎麼辦……

天曜努力地想著辦法，然而不管他怎麼想，最終都只覺得是死路一條。

除非老天眷顧，否則他沒有生機，別無他法。

而老天，向來是吝嗇於對他施與恩惠……

背後妖風襲來，天曜側身要躲，然而這記妖風卻極為強悍，逕直將天曜掀翻在地。他在地上狼狽地滾了許多圈，直到撞上一棵大樹才停了下來。

天曜咳了一聲，一口血自嘴中溢出，落在了衣裳之上。

他垂著頭，看著月色之下的樹影輕輕搖曳，恍惚間，他好似感覺月色將大地照耀成了一片明晃晃的白色。

黑色的影子一步一步向他靠近，殺氣凜冽，時光彷彿又退回二十年前，他此生第一次委靡在地，毫無抵抗之力地看著面前的人對他舉起了長劍。

想到那個場景，天曜竟是「呵」的一聲笑出聲來。

原來，他的命運便是如此啊！

不管如何掙扎，不過是再變為一縷孤魂，不生不死地飄蕩於蒼茫世間。

既然他掙扎也是無用的，那就這樣吧，認了這樣的命運吧……

妖怪影子舉起了大刀。

天曜嘴角噙著冷笑，閉上了眼睛，連看也懶得再去看自己的命運一眼。他好似已墜入比黑暗更幽深的絕望之中……

刀風凜冽，斬下來的一瞬間幾乎吹動天曜的頭髮。然而便是在這千鈞一髮之際，忽聽「噹」的一聲巨響，宛如平地驚雷，在他耳邊炸響。

面前的薄涼月光被一個身影擋住。

略微熟悉的氣息在鼻端流走。

天曜睜開眼睛，但見身前一個瘦弱女子的背影替他擋住了殺氣凌厲的大刀。

桃木劍與刀刃相接的地方有法術的光華流轉，他聽見身前的女子艱難而堅定地說著：「此人今日之命，由我來護。」

天曜仰頭看著她，黑瞳映入光輝，已然失神。

「你們自己拾掇拾掇，打道回府去吧。」她一聲低喝，逕直將那渾身肌肉的妖怪揮開三丈遠的距離。

桃木劍在空中一舞，以一種保護的姿態擋在他的身前，面前的女子，背影挺拔……

雁回側過臉瞥了天曜一眼：「還活著沒？」

月華在雁回臉上流轉而過，將她的側臉勾勒出了乾淨的輪廓，天曜看著她映有月光的眼瞳，一時失神得忘了答話。

雁回一皺眉，桃木劍向後一劃，「啪」地打在天曜的腦門上，將天曜打得一怔，只聽雁回嫌棄道：「你死了我可就懶得救了啊！」

天曜呆了半晌後，捂住被打得有些痛的額頭，倏爾一聲低笑。

雁回皺眉：「笑什麼？被打傻了嗎？」

天曜捂著額頭低笑了許久：「倒是第一次，遇見妳這樣的人。」

明明走了，卻又不顧安危地回來，於絕望之中，於危難之中，將他救起……

神奇的是，她明明做了一件對他來說那麼震撼的事，而她自己卻毫不自知。

「廢話那麼多。」雁回一轉頭，盯向面前被她擊開三丈的牛頭妖，剛才她那一擊絲毫沒有吝惜著法力，所以現在牛頭妖還在暈乎乎地甩腦袋。

在牛頭妖身後黑暗的森林裡，還有幾個黑影在賊眉鼠眼地打量著他們。只是礙於剛才雁回那一擊之力，不敢貿然上前。而在更遠的地方，草木發出窸窸窣窣的聲音，顯然是還有妖怪潛伏其中，伺機而動。

四周皆是妖氣殺氣，雁回握緊手中桃木劍，神色凝肅。

這兩天一直疲於奔命，她法力雖然恢復了，其實並沒有留存多少，要對付一個妖怪可以，但若是被群起而攻之的話只怕撐不了片刻。

為今之計，只好詐一詐，讓這群妖怪知難而退了。

雁回穩下心神，氣沉丹田，開口：「我乃辰星山人，爾等妖邪竟妄圖在中原大地為非作歹，當真是活膩了？」

辰星山的名頭對妖怪來說還是有一定威懾力的，一時間，林間草木中的沙沙之聲不絕於耳，將這夜氣氛渲染得更加詭異緊張。

雁回腳下聚集法力，一步踏出，火焰法陣在她腳下展開，一剎那間便擴出去了五丈遠的距離。一個巨大的圓在眾妖腳下展開，火焰陣法閃耀勝過了月色，將諸多妖怪的模樣都照了出來。

放眼望去，雁回方圓五丈內少說也站了二十來個妖怪，他們有著各式各樣奇怪得令人懼怕的臉與身形。

被雁回框進法陣裡的妖怪一時皆是驚慌不已，紛紛要逃，然而火焰法陣卻將他們腳下黏住，讓他們動彈不得。

雁回的目光在他們臉上一一劃過，見所有的妖怪都害怕得開始發抖的時候，雁回氣息一沉，一聲低喝：「都給我滾！」

與此同時，她令陣法炸開，逕直將所有的妖怪都彈了出去。

得以脫身的妖怪登時四處竄逃，林間一陣窸窸窣窣的亂響。不過片刻，樹林中的四周妖氣消退。

月色依舊安靜地落在地上，身邊詭異的氣氛卻已不再。

雁回又站了一會兒，直到周圍再無動靜，才舒了口氣，一下便毫不顧形象地坐在了地上。

她揉了揉胸口：「這樣的場景再來幾次真是要折壽，還不如回去和壓床的鬼折騰來得輕鬆。」雁回喘了一會兒，回頭看天曜，見他還一臉戒備地倚樹坐著，她擺了擺手。「行了，妖怪都暫時被唬走了，我們也搞快點，省得他們發現不對又轉了回來。」

雁回說著就要站起身。

卻聽天曜忽然道：「別動。」

雁回身體一僵，忽聽「唰」的破空之聲自遠處而來，一支箭飛快地貼著雁回的耳邊飛過。

雁回一愣神，但見箭在空中劃過的時候竟然留下了一道若有似無的仙氣，而這氣息卻並不如雁回平時在辰星山感受到的那樣清純，而更像是……

「邪修。」天曜冷冷開口，而這兩個字聽得雁回只想仰天長嘆。

在修道過程當中走火入魔或者心術不正的人會練邪門歪道，這樣的修道者修道界將他們稱為邪修，此等人心性不穩，喜好殺戮，比起自己修道更傾向於去搶奪別人的修為。

比起正統修道者，他們的舉動則更像妖怪，甚至比一些妖怪更不如。

「這還有完沒完了？」雁回一聲長嘆，她所有的法力剛才都拿去唬妖怪了，這下碰上了個邪修，還是個善於隱蔽自己氣息的傢伙，敵在暗她在明，形勢真是大大不利……

「雁回。」天曜在雁回身後輕聲一喚：「過來。」

雁回一轉頭，見他蒼白的唇角上還有沒有擦乾淨的血掛著，她皺了皺眉。

「你要留遺言嗎？」她說著，還是乖乖退到天曜身邊蹲下。

她蹲得離他還是有點距離，天曜默了一瞬，又道：「耳朵湊過來點。」

雁回依言將耳朵湊近天曜，但是目光緊緊盯著前面樹林。箭的方向是從前面來的，那人也必定就在前方，只可惜她現在沒了法力，調動不了五感，完全察覺不出他所在之地……

天曜看了看雁回離他還有半個身子遠的耳朵，他只好探身上前，湊近她耳邊，直到嘴脣都快碰到她耳廓時，才用極低的聲音開口：「他收斂了氣息。」

雁回本來心裡還在琢磨這事，全然沒想到天曜已經靠得她這麼近，近得連吹出來的熱氣都將她的耳朵撓癢。雁回幾乎是生理反應一樣地覺得心頭一緊，臉皮一熱，一瞬間幾乎連雞皮疙瘩都要被天曜吹了出來。

她立馬退開了一點距離，怔怔地望著天曜。

而此時天曜卻目光清明，神色嚴肅，弄得雁回連「你怎麼調戲我」這句話都沒好意思說出口。

此情此景，天曜是如此一本正經，雁回便只好在心裡唾棄自己俗世念頭太多——誰讓這小子，除了身分以外，模樣聲音都是她喜歡的那種類型……

雁回清了清嗓子，將自己的心思也放到了正事上：「我看出來了。」

見雁回又退遠了點，天曜皺了皺眉頭：「耳朵湊過來。」

確實該把耳朵湊過去，萬一讓邪修聽到他們的話，可不就大事不好了嗎……於是雁回又克服了一下心理障礙，然後把耳朵湊到天曜脣邊。

天曜只正色問：「身體裡還有多少內息可供支配？」

雁回繼續清嗓子：「基本沒有，有也就夠點個火了。」

天曜微一沉吟，繼而開口：「妳聽我說，他一直躲在暗處不敢動手，直到現在他也只能以暗箭偷襲妳我，可見此人法術不高。只要妳能看見他，以妳之力，或可憑外家功夫將其制伏。」

這句話終於將雁回飄飄忽忽的心神給抓了回來，她定睛看著遠處樹林，皺眉道：「可我現在內息不夠，無法令五感更加敏銳，看不見他。」

「我教妳心法，妳在自身運轉一個周天。」

雁回一愣，便聽天曜已在她耳邊念了出來。當即雁回也顧不上其他，仔細聽了天曜的話，然後照著他所說的心法在身體裡慢慢運轉起了內息。

這時遠處暗裡的邪修似察覺到了不對勁，又是一支利箭破空而來。

天曜剛說完最後一個字，隨手撿起地上石子，在空中對著那來箭一打，箭立即偏了位置，「啪」的一下扎進天曜身後的大樹之中。

天曜看著箭尾所指的方向，對調息好了的雁回道：「妳專心看西北方。」

雁回定睛一看，登時被自己所見驚呆，她觸目之地宛如白晝，林間草木清清楚楚，那躲在樹後之人更是無所遁形：「他藏在樹上。」

雁回輕聲道：「距離有點遠……等等。」

雁回望向更遠的地方，然後皺了眉頭：「妖怪們找回來了。」

天曜眉頭一蹙：「幾個？」

「不多，四、五個。」雁回轉頭，看了一眼天曜的衣服，然後毫不猶豫地動手將他外衣連同裡衣一起扒了下來。「你身上氣味太重。」

天曜本對雁回扒他衣服有點怔然，但聽得這話，只好愣愣地由著雁回將他衣服扒了，然後雁回將自己鬆鬆套在身上的外套丟給了天曜。

「此處三里地外有條河，流向城鎮那方。咱們往那邊跑。」雁回回頭看了一眼。「邪修也發現妖怪回來，他往西邊跑了，也不用費心對付他，他的動作會引起妖怪的注意。咱們趁現在趕緊跑。」

天曜點頭，任由雁回將他扶了起來，然後兩人一瘸一拐地往河的方向而去。

天上月色依舊蒼涼，兩人跑得狼狽至極。

粗重的呼吸在夜晚顯得那麼倉皇，但天曜轉頭一看，見雁回一臉堅毅。她絲毫不對這樣的逃命感到絕望，好像在更悲慘的境地裡，她也依舊可以站起來，對著那些痛苦說沒關係……

倚靠著雁回的身體，天曜只覺得溫暖。

直達內心的溫暖……

「跳下去！」雁回說著，拉著天曜一頭跳進了河裡，在水流的衝擊下，雁回並沒有放開他的手，只將他拉著拽著，奮力地順著河水流動的方向往前游。

那麼拚命……

天曜在水波激蕩之中看著雁回的臉，只覺腦袋越來越沉，然後暈了過去。

雁回這邊正在奮力地游水，忽覺自己抱著的人往下沉了一瞬，她一愣，慌張地將天曜拉了起來，但見這人已經閉了眼暈了過去，她氣得直抽天曜的腦袋：「早不暈晚不暈，你偏偏要在現在給我添麻煩！」

天曜醒過來的時候，發現自己躺在一張柔軟的床榻之上。

他已經許久沒有睡過如此柔軟而溫暖的床榻，愣了許久，直到屋外傳來雁回的聲音才將他喚回神來。

「我要三份元寶肉，一定要多加肉、多加肉、多加肉。」

「好咧。客官還要點什麼湯與菜嗎？」

「不要，有好酒的話給我來一壺吧。」

小二應了，咚咚咚地下了樓去。

天曜掙扎著想坐起身來，但一動，胸腔便是一陣劇烈的疼痛，他無奈又躺了下去。此時，聽見他的動靜，雁回便走到他身邊。

她瞥了天曜一眼：「別逞強了，我探了探，你都給撞出內傷了，先乖乖躺幾天吧。」

這話不用雁回說，天曜自己也知道，在被那壯實妖怪打到樹上的時候天曜便察覺自己傷得不輕，以至於他根本沒了掙扎的力氣。只是他習慣了去隱忍疼痛，直到跳入河中，疼痛實在超過了身體能負載的程度，這才暈了過去。

他並沒有接著雁回的話往下說，只轉了話題道：「修仙修道者，大酒大肉毫不忌諱，妳便不怕被擾了修行？」

雁回翻了個白眼。「還敢嫌棄？」她哼道：「要不是靠我平時吃得多，你以為我能把死人一樣的你拖到鎮上來？」

天曜動了動腦袋，感覺到自己的肩膀處有被拉扯過的痠脹感，他問雁回：「妳當真是用拖的！」語氣中並不是懷疑，而是肯定。

她確實是用拖的，還差點把天曜的褲子都給磨破了……

雁回清了清嗓子，扭過頭坐到桌子邊喝茶去了。

房間裡沉默了半晌，最後是天曜打破了沉默：「妳不是說不管我了嗎？」

「我是不想管你啊！」雁回撇了撇嘴。「但奈何我是個正義又心善的女孩子，怎允許有人在我面前被妖怪殺死……」

天曜眉頭一皺打斷了她的話：「妳看見我了？」

「你的護心鱗讓我看見你了。」

「哦。」天曜微微垂了眼眸，略微深邃起來的眼瞳，不知在想些什麼。

雁回也沒在意他打斷了她的話，只自顧自道：「因為我看見了，身為一個修了這麼多年仙的人，我委實攔不住自己的良心，只好救你一救啦！」

她說得輕輕鬆鬆、漫不經心，一副像是在開玩笑的樣子，但任誰都知道，昨天那場景，她來了，有極大的可能也是陪著他一起死。

可她還是來了。

天曜閉上眼，眼前還有她站在自己身前被月光投射出來的剪影。

「妳既然回來了，救了我，那可就走不了了。」

雁回放下茶杯：「誰說走不了了？腿長在我身上，我想走就走，走去哪兒都行，只是現在看你可憐……」雁回頓了頓。「你要是被修仙修道者追殺，我可不管，但你要是落到妖怪手裡我就看不下去了。你聽好了，我現在的良心僅限於保護你，不讓你受妖怪的欺負。」

天曜轉頭看她，只揀了她一半的話說：「妳打算怎麼保護我？」

「我有個好友，她那兒有不少稀奇寶物，或許有東西可以遮掩住你身上的氣息，讓那些妖怪聞不到你這香餑餑的味道。」

天曜點頭：「確實很必要。妳友人所在之處離此地多遠？」

「就在離這小鎮不遠的永州城裡。」

「明日便進城。」

雁回瞥了他一眼：「拉倒吧，就你這小破身體，先安心在這客棧乖乖地養兩天吧，省得在路上被顛出了重傷，我可不管給你治。」說到此處，雁回想起了什麼一樣，從旁邊拿來了紙與筆，動手寫了「帳單」二字。「熟歸熟，帳還是要算清楚的啊！從昨天到現在，我給你治病的，給你住宿的、熬藥的，等等一系列花銷可是要記在你的頭上……」

「你現在沒錢沒關係，但萬一哪天發達了呢。我不要你多了，一五一十給我還回來就行，嗯，還是得算上利息……」她一邊說一邊扳著指頭開始算。

模樣比昨天來救他的時候還要嚴肅、認真。

天曜看了她幾眼，然後不忍直視地扭過了頭，閉眼裝睡。

晚上的時候，雁回在房間角落打了個地鋪，原因無他，當然是為了省錢。

她不吵不鬧，天曜也便隨她去了。

可是睡到半夜的時候，天曜被渴醒了，他忍了一會兒，到底是開了口：「雁回。」

沒人應他。他以為雁回睡著了，便又喚了兩聲，可雁回始終沒答應，天曜不由得想到那日在破廟，雁回被鬼壓床時出現的情況。他微微皺眉，然後忍著胸口的劇痛，站了起來，慢慢挪到雁回睡覺的角落。

雁回果然是滿頭大汗，閉著眼睛眼珠亂轉。天曜晃了晃她。

雁回猛地睜眼，比起上次，這次她要淡定許多，她沒有直接坐起來，只是躺著喘了好一會兒氣，然後拍地板氣道：「這是要天天來了啊！有完沒完！」

雁回把目光落在天曜身上：「你這兒有沒有什麼驅鬼的心法，教我一個唄，那天你教我的心法我發現挺頂用的。」

「妳有我的護心鱗，我教妳我的心法，自是最為合適。」天曜道：「只是我並不知曉驅鬼法術，從來沒這個煩惱。」

雁回只得無奈地嘆了口氣：「算了，你回去睡吧。」

接下來的這一晚，雁回便睜著眼睛坐到了天亮。

第二天雁回睏得不行，勉強在正午的時候小憩了一會兒，也不敢睡得太死。可到晚上的時候，她實在憋不住睏，靠牆坐著也睡著了。

毫無疑問，像昨晚一樣，雁回又被鬼壓床了。

再次被天曜晃醒的時候，雁回怒不可遏，大聲喝斥道：「你的事也不是我能做主的，你天天壓著我做什麼！」

聽得這話，天曜微微挑了眉：「妳與那鬼還是舊相識？」

雁回臉色難看了一陣，她抹了把額上的汗，然後沉默了會兒才道：「之前不知道，今天晚上她一直在我耳邊吵吵，我算是知道了……」

天曜盯著她，等她靜靜地說下去。

雁回瞅了天曜一眼，心裡覺得這是個很長的故事，本不打算告訴他，但雁回看了看窗外的月色，想著如果沒人說說話，她不一會兒又得睡著了。

她一聲嘆息，開了口道：「其實，她以前也壓過我……」

其實這女厲鬼算來還真是雁回的舊相識。她被趕出辰星山一事也與這女鬼有不少關係。

說來不過兩月前，那時辰星山的修仙大會剛開完沒多久，弟子們都恢復到了平常的作息當中，雁回便如往常一樣每天上上早課，練練功，打打坐，偶爾和師姊們吵吵嘴，給彼此添添堵。日子也就這麼平靜無波地過著。

直到某天晚上，雁回忽然就被鬼壓床了。

其實從真正意義上來說，那還不算鬼壓床，因為女鬼並沒有如這次一般將她壓得動彈不得，女鬼只是出現在了她的夢中，然後一直絮絮叨叨地對她說：「救救我女兒救救我女兒，救救我女兒吧。」

雁回忍了兩天沒理她。

但雁回的處事原則向來是事不過三，到第三天的時候，她就出離憤怒了。她被吵醒之後，壓制著脾氣出了屋，到了沒人的地方，畫了個陣法將那女鬼喚了出來。

她和女鬼說：「我不知道妳是誰，也不知道妳女兒是誰。妳不能因為我能見鬼就隨隨便便跑到我的夢裡，打擾我的生活。這是不對的。」

女鬼一身白衣，身後晃蕩著三條白色的狐狸尾巴，看這氣息應該是剛死不久的三尾狐妖。

狐妖這種東西，尾巴越多的越是厲害，而今在青丘待著為妖族偏守一方的妖族首領便是九尾狐一族。領頭的據說是個快要成仙的大九尾狐，雁回沒見過，對他們也不感興趣。她對狐妖說：「妳一個妖怪，雖然是死了的妖怪，但膽敢到我辰星山來放肆，也算是有點個性，我不收妳，妳自己快去投胎吧。」

三尾狐妖不走，只一臉哀怨地望著雁回，自顧自地說起了自己的事：「我女兒被你們辰星山的人捉了，被關在心宿峰，妳幫我救救她好不好？救救她，她還小。」

「聽起來很可憐。」天曜在此處插了句話進來。「但依著妳『救是品德高尚，不救是理所當然』的言論，妳大概沒什麼感觸才是。」

雁回白了天曜一眼：「你知道我收到過來自這些幽魂的多少次無理請求嗎？有的說得可憐其實是騙你的，有的甚至會編造一件事情，讓你去幫他，等你幫了他，你就會發現他真正的目的是想殺了你，然後借屍還魂。」

「……」

「所以啊，每次聽到這種事情，我當然會心存懷疑。」雁回撇嘴道：「而且那時我不想幫她，還有個原因……」

天曜看著她。雁回乾脆盤了腿，像以前師姊們湊在一起說八卦一樣對天曜道：「你知道辰星山有二十八座山峰吧。」

「嗯，以天上二十八星宿命名的山峰。自成天然陣法，使辰星山相比於其他靈地更加靈氣充足。」

雁回點頭：「沒錯，辰星山每座山峰由不同的師叔負責看管，而這三尾狐妖所說的心宿，隸屬於凌霏……」雁回頓了頓，神情變得有些不屑。「凌霏是我辰星山出了名的冷面大美人，她戀慕我師父的事情整個辰星山都知道。」雁回道：「所以我不喜歡她。」

天曜望著雁回，聽她帶著幾分無所謂的語氣道：「原因很簡單，因為我看不順眼。」

天曜沉默。

雁回仰慕她師父，這件事天曜在先前與雁回相處的過程當中已經猜出了一個大概，但現在聽雁回如此直白地說出來，天曜還是不由得有些訝異。

在訝異的同時，他忽然發現，自己竟有點排斥知道這件事。但奇怪的是，他根本就不知道自己為什麼排斥。

或許是因為，師徒之間，別說在修仙修道者眼裡是罪惡之事，連有的妖怪族群裡，也不允許這樣的事情發生，他們認為這是倫理綱常的一部分。

天曜沒有說話。

雁回繼續道：「不過她也不喜歡我啊，大概……是因為嫉妒吧。啊對，說來這個凌霏或許你知道也說不定。」雁回望著天曜。「她在入辰星山師門之前，還有個名字叫素娥。她是廣寒門素影真人的親妹妹。」

天曜一怔，默了許久，聲色微冷地「呵」了一聲，道：「我不知道。」

因為素影，從來沒告訴過他，她身邊親近的人，到底有哪些。

「據說廣寒門清修極苦，而她們姊妹父母均已不在，素影自己要統管門派事宜，無法顧及妹妹，於是便將素娥送到了辰星山，拜在清廣真人門下……」雁回繼續說著凌霏的事，旁邊的天曜面無表情地聽到這裡，生硬地打斷了雁回的話：「所以那狐妖呢？」

雁回知道天曜不想再聽這些，便也沒再繼續說下去了，隨著他轉了話鋒，說那狐妖的事。

「你先前確實也說對了，我那天晚上真的就拒絕了那狐妖的請求，但她卻沒走，接下來的幾天還是夜夜出現在我的夢裡，有時候在哭，有時候又在求我，我最後，到底是沒禁得住她那樣磨……」

天曜挑了眉：「妳幫她去要人了？」

雁回瞥了他一眼：「我能去要嗎？」她道：「且不說我和凌霏的關係本來就不好，便說那狐妖女兒的身分。她女兒之所以會在辰星山，那只能是被辰星山弟子當妖怪捉來的。她被關在囚禁妖怪的牢裡，我一個修仙的弟子去要凌霏放了一個妖怪？他們會當我瘋了的。」

「……」

天曜點頭：「原來妳做事，也是有記得帶腦子的時候。」

雁回自然沒有天曜貶低得那麼笨。

但是那三尾狐妖讓雁回去放走她女兒，雁回沒答應的時候，便開始不由自主地留心心宿峰的眾弟子休息換班的時間，待得被狐妖磨得沒辦法終於答應時，雁回已經很清楚地掌握凌霏門下看管妖怪囚牢的弟子換班班次與時間了。

雁回雖然入門晚，但她學東西奇快，本就是他們這一輩弟子當中最出色的一個。

在知道了換班時間之後，只稍加易容，雁回便輕易地在他們換班的時候混進了心宿峰的囚牢。

只是在放跑妖怪的時候，出了點岔子。

凌霄也抓妖怪回來關過，雁回也曾看守過關妖怪的囚籠。她本以為心宿峰的囚牢與她看守過的牢房差不多，一個妖怪一個洞，鎖著鐵柵欄，掛著大鐵鎖，上面貼幾張封印。

但當雁回走進心宿峰的囚牢時便被驚呆了，裡面空氣非常渾濁，又熱又悶。雁回本以為是此處本來如此，當看到一個狹小的囚牢裡被關了二十來個妖怪的時候，雁回霎時便明瞭此處為何如此沉悶了。

因為地方太過狹窄，妖怪們擠作一堆，臉上都是不正常的潮紅，像是沒呼吸到足夠的空氣一樣。

但見穿著辰星山弟子服的雁回走進來時，眾妖皆是畏懼地望著她，拚命地往牢籠角落裡縮。一雙雙顏色各異的眼睛惶恐地盯著雁回，寫滿了不知所措。

所有的妖怪看起來年紀都很小，對妖怪來說他們應該都算是在十四、五歲的年紀。雁回聽說這次的妖怪是凌霏與其他幾個峰的師叔分別出去捉的。

看來捉回來之後，他們把小妖怪和大妖怪都分開關了。

而且奇怪的是……這裡關的，竟然都是狐妖。

雁回皺著眉在牢門前站了一會兒，便是這一會兒的時間，有個小女妖竟怕得哭了出來。

雁回目光落在她身上，旁邊有個身著褐衣的妖怪少年便立即擋住了那小女妖的身影，少年盯著雁回，目光仇視：「你們又想做什麼？」

雁回挑了挑眉，也不解釋，直接問：「誰是白曉露？」

沒人回答。除了那滿眼仇恨的少年，大家都怕得瑟瑟發抖。

雁回嘆了口氣，這下可麻煩了，她要放狐妖女兒走，那肯定是得打開牢門的。現在這一堆妖怪被這樣關著，她開了牢門只放走一個那是不可能的，別的妖怪又不傻，肯定也會趁機逃跑的。

她不能說出自己是來救人的，但如果就這樣喊的話，他們自然會以為她要對他們不利，除非白曉露是傻子，否則怎麼會自己站出來？

琢磨了一番，雁回撓了撓頭，只有威脅道：「不自己站出來的話，我可就要隨便抓個替死鬼走了啊！」沒人會想死，一定會有人出來指認白曉露，雁回是這樣想的。

但她沒料到，自己話音未落，那少年便直接道：「妳別在這裡嚇唬人，我跟妳走就是。」

雁回瞪著少年深吸一口氣，臭小子搶什麼話，逞什麼英雄，真是壞事。

「妳開門吧，我跟妳走，要殺要剮，悉聽尊便。」

「誰希罕你跟我走了？」雁回甩了個嫌棄的眼神兒給他。她心下暗自想著，這些妖怪都還小，身上沒有殺氣也沒多少危害，而且將這些小妖怪放出去，亂亂心宿峰弟子的視線也更方便回頭她帶白曉露走……

想到此處，雁回嘆了口氣，兀自嘀咕：「好吧好吧，反正都做了這事兒了，也不在乎鬧大點兒。」

雁回看了牢中眾狐妖一眼，道：「我不是來害你們的。」說著，她伸手將牢籠上貼著的封印一張張撕了下來，然後一巴掌拍碎了門上大鐵鎖，堵在門口道：「誰是白曉露？說出來我就把你們一起放了。」

做到這地步，即便少年再逞英雄也已經沒用了，因為妖怪們的目光自然而然地聚集到了白曉露身上。

看著那個渾身發抖的小女孩，雁回舒了口氣，讓開了牢籠的門：「都走吧。」

聽了這三個字，大家都還是有點猶豫，但有一個脫困心切的女妖往牢門的地方走了兩步，那褐衣少年立即道：「別信她的，有詐。」

雁回瞥了那少年一眼，也沒解釋。但那女妖到底是極想離開這個地方，一咬牙一狠心，一頭鑽出了牢門，雁回也不攔她，任由她跑了出去。

雁回抱著手倚牆站著，有點吊兒郎當：「你們都不走？」

此話一落，那些妖怪蜂擁鑽出了牢門，不一會兒外面便有心宿峰的弟子發現妖怪跑出去了，外面雞飛狗跳地鬧成了一片。

很快，牢裡就只剩下了少年和還有些呆怔的白曉露。

雁回自己走進牢裡，也沒管那少年，蹲在白曉露面前，看著還有點發抖的她，摸了摸她的腦袋。

想想這麼可愛的小女孩已經沒了娘親，雖然是個妖怪，但雁回還是有幾分感慨的：「妳娘託夢讓我來救妳，跟我走吧。」

白曉露仰頭看她：「娘親？可是娘親……已經不在了。」

雁回看著有黑氣在身邊聚集，她知道是三尾狐妖來了。雁回往旁邊望了一眼，但見那一直只會重複訴說自己故事的三尾狐妖盯著自己的女兒，溼潤了雙目，她嘴唇輕顫，神色說不清地複雜難過。

雁回一嘆，將白曉露拉了起來：「沒時間了，我先帶妳出辰星山再說。」

雁回帶著白曉露出了牢門，而那褐衣少年還立在牢籠當中。在雁回快出去的時候，褐衣少年忽然一步攔在雁回面前，緊緊盯著她，嚴肅地問：「妳是修道者，為什麼要幫妖怪？」

少年比雁回還矮一個頭，雁回聽得這問題笑了笑，帶著幾分不正經一爪子掐住了少年的臉，捏了捏，盯著他的眼睛道：「那是因為你還不懂什麼叫女人的溫柔似水。」

她放開了少年的臉，然後把他推到一邊：「別擋路，姊姊忙著呢。」

少年驚愕地摸著自己的臉，盯著雁回，然後慢慢地漲紅了耳朵，再發不出一言地盯著雁回牽著白曉露走遠。

天曜聽到此處，瞥了一眼還在沾沾自喜的雁回一眼，默不作聲地喝了口茶。

「我的魅力也是大，就那麼捏了捏臉，就俘虜了一個妖怪少年的心。」雁回感覺很驕傲。

天曜聲色平淡道：「人家只是為了妳的不要臉而替妳感到臉紅。」

雁回一默，斜眼看天曜：「你嘴巴怎生得越發毒辣了？晚上偷著喝辣椒水啦？」

天曜又喝了口茶：「然後呢？妳帶著那狐妖女兒，逃出辰星山了嗎？」

雁回撇了撇嘴：「路上是被幾個心宿峰的弟子發現了，但是憑著我的機智還是騙過了他們，插科打諢地讓他們到別的地方去尋別的妖怪了，然後我就把白曉露救出去了。」

天曜意外地挑了挑眉：「如此說來，妳是將那狐妖女兒成功救出來了的，但為何現在這狐妖又找上了妳？」

「並沒有……」雁回嘆了聲氣，顯得有些困惑與苦惱。「當時我雖然是將白曉露送出辰星山了，但後來……她跑得太慢，又被人給抓回去了。」

「所以，現在狐妖是讓妳再去救一次她女兒？」

「大概就是這麼回事吧，但我現在根本回不去辰星山，再加上這狐妖只是在我夢裡又哭又叫地吵，我完全聽不出她在說什麼。」雁回揉了揉眉心。「而且，這次感覺她身上的戾氣變得比上次還要更重一些，簡直一路奔著厲鬼的方向發展了……」

天曜聞言沉默了一瞬。

雁回繼續道：「妖怪們在心宿峰關得好好的，忽然間就全部跑了，這事掌管心宿峰的凌霏自然是要徹查，然後查著查著，就查到了我身上。我帶著白曉露逃跑時撞見的那幾個弟子，指認我當天確實出現在了心宿峰，然後他們……對白曉露逼供，終是逼出了我。」

「於是妳就被驅逐了？」

雁回撇嘴搖頭：「光是放跑幾個妖怪，師父是不會趕我走的，我從前到現在，闖的禍可多了去了。」

「哦，那是為何？」

雁回腦袋倚在牆上，回憶了一下，然後笑得很甜道：「啊，大概是因為我揍了凌霏吧。」她歪著嘴笑，露出了小虎牙，看起來有點邪惡。「揍得好爽。」

「……」

要說到雁回被趕出辰星山這事，一半是因為情勢所逼，還有另一大半，大概就是因為她實在忍不住自己這個暴脾氣吧……

凌霏徹查心宿峰狐妖逃跑一事沒多久就查到雁回頭上的時候，雁回咬緊了牙，打死不承認。而後白曉露被捉了回來，嚴刑逼供之下，小女孩終是在昏昏沉沉當中供出了雁回。

凌霏便立即命人押著雁回到地牢去當面對質，還不忘將平日裡便極有威信的幾個師叔一併請過來圍觀監督。

雁回被幾個弟子帶到地牢時，看見的便是一副宛如三堂會審的嚴肅架勢。她瞥了一眼，沒看見凌霄，心裡登時便明瞭，凌霏這次是抓到她的小辮子，要收拾她了。

牢裡的小狐妖被吊了起來，打得一身是傷。雁回見了，皺了皺眉頭，但見所有的弟子與師叔皆是一副理所當然的模樣，她便只好沉默下來，暫不發言。

凌霏沉著臉站在雁回面前，開口第一句話便極為嚴厲：「雁回，勾結妖族，私放心宿峰囚籠妖怪一事，妳可認？」

雁回默了一瞬，心裡還在組織語言。哪想便是她這一沉默的時間，凌霏對牢中弟子使了個眼色，該弟子點頭領命，手臂一揮，一鞭子抽在了白曉露身上。

小女孩被打得痛極，一聲尖叫，從昏迷當中醒了過來。

白曉露目光慌張地四處張望，看見了雁回，倏爾目光一亮，但又看了看四周站著的仙人，她倒是懂事地咬住了嘴，沒有吭聲。
凌霏自是將白曉露的神情都納入眼中，她冷冷問：「狐妖，妳且將妳先前招認的話，再當著她的面說一遍。」
白曉露怯怯地看了雁回一眼，咬著嘴巴，沒有說話。
凌霏目光一寒，牢中弟子又抬起了手。
「別打了。」雁回喚道：「是，那些狐妖都是我放走的。」
幾個來聽審的師叔開始私語起來。
「好一個雁回。」凌霏冷笑。「凌霄師兄憐妳身世可憐，將妳帶回辰星山悉心教導，而今妳卻是這般回報師門的？勾結妖族，私放妖邪，夥同他們盜取寶物……」
心宿峰竟還丟了寶物？
「等下。」雁回不等凌霏說完，便打斷了她的話，抬頭直勾勾地盯著凌霏。「我是私放了妖怪，但我沒有勾結妖族，更沒有夥同他們盜取什麼寶物。」
「哦，若不是勾結妖族，妳且說說，妳是為何要私放狐妖？」
「……」雁回望著天頂，面不改色道：「都是一群小妖怪，毛都沒長齊，我覺得他們可憐便放了。我沒有勾結別的妖族。」
凌霏又是冷哼一聲：「妳卻當我們是那三歲孩童般好騙？」
雁回撇了下嘴：「好吧，我說實話，她娘託夢來讓我救她女兒出去，我被纏得沒法了，便來放了她女兒，喏，她娘現在就站在妳背後，正盯著妳後腦杓呢。」

「放肆！」凌霏黑著臉喝斥雁回。「竟然還敢胡言亂語！」

說謊話不信，說實話也不信，雁回乾脆看了看天，閉嘴不言。

凌霏整理了情緒又繼續問：「盜走我心宿峰寶物的是何妖怪？去了何處？妳若肯實話實說，便算妳將功補過，我與妳師叔便肯將妳從輕發落。」

「我不知道。」雁回道：「我連心宿峰上有什麼寶物都不知道。」

凌霏目帶高傲地看了雁回一會兒，然後微微側過頭看向囚牢裡的白曉露：「她不願意說，有人自會替她說。」

籠中弟子收到凌霏的眼神，幾鞭子乾脆俐落「唰唰」地便落在了白曉露身上。白曉露痛呼，整個牢房之中，除了雁回皺了眉頭，其餘沒有任何一人對這樣的行為有所異議。

「雁回既然要救妳，妳必然也知曉其中計畫，將心宿峰寶物的去向交代清楚。」凌霏轉身，帶著天生便高人一等的優越感走向牢門前，她望著裡面的白曉露。「不說實話，我還有辦法讓妳更痛十倍。」

白曉露哭得嗓子都微微啞了，許是因為太痛，所以神志都有點不清晰，她先是搖頭說：「我不知道。」然後又喊著：「姊姊救我！」

她說這話，讓所有人的目光都在雁回身上短暫地停留了一瞬。

凌霏更是帶著三分挑釁七分蔑視地盯著雁回，她那眼神雁回懂，她是在說：

「妳這卑微的螻蟻，竟還妄圖與我來鬥，這下，我看妳還能翻出什麼花樣。」

雁回不喜歡被冤枉，不喜歡被挑釁，不喜歡被挾持。而她不喜歡的所有事情，凌霏都在這一瞬間做到了。

「住手！」雁回聲音微沉。「你們這麼欺負人家孩子，不怕她去世的母親晚上去找你們嗎？」

凌霏冷笑：「修仙修道人，何懼那般陰邪？妖物邪祟，活著我不怕，死了更有何懼？」

雁回望向三尾狐妖的魂魄：「妳聽見了，以後晚上別來找我了，找她便行。」

凌霏輕蔑地掃了雁回一眼，目光又落在白曉露身上，但見她還是嘀咕著「不知道」，凌霏便不耐煩地皺了眉頭：「死活不招，留著也無用，割了喉丟出辰星山吧。」

她話音一落，牢中弟子竟應了聲「是」。

雁回心下一驚，立即喝道：「住手！」她道：「我說的話，你們真的不信，假的不信，說到頭，妳只想聽妳自己想聽的話吧。好啊，妳說，妳想聽什麼，我說給妳聽。」

凌霏冷冷地望著雁回：「身為辰星山弟子，竟如此偏袒一妖怪，雁回，妳說與不說，事實都已擺在了面前。」凌霏回頭與幾個師叔說道：「無須再審了，雁回私通妖邪罪名已成事實，心宿峰寶物去向既然問不出來，我便親自去尋。將這狐妖殺了，拋出辰星山。」

「誰敢殺她！」雁回被凌霏的這一席不分青紅皂白的話徹底撩撥怒了，她一抬頭，眸中火光一閃，一條火焰自那行刑弟子的長鞭底部燒起，一瞬便將那鞭子燒成了灰燼。

雁回竟然敢在這麼多師叔面前，為了袒護一個妖怪而動手……

這讓在場所有人都驚呆了。

凌霏見狀大怒：「放肆！」她說了這兩個字，一記法力甩出本欲教訓教訓雁回，以樹立自己的威嚴。然而誰也不承想，她甩出去的那記法力被雁回自己豎起來的一堵火牆給擋住了。

雁回在火牆之後盯著她，不屑地勾了勾嘴角：「凌霏師叔需勤加修煉啊！」

話音一落，雁回在所有人都沒反應過來之際，將火牆化為一條火龍，捲著凌霏的法力，攜著摧枯拉朽之勢猛地撲向凌霏，逕直將凌霏生生壓在牢籠精鐵柵欄之上。

沒人會想到，雁回竟敢擋住凌霏的法術；沒人會想到，雁回竟能擋住凌霏的法術；更沒人有那個膽子去想，雁回竟然敢毫不猶豫地連本帶利地將這個攻擊給還了回去，將凌霏打得如此狼狽……

所有的人便帶著幾分呆怔看著凌霏在雁回的火龍攻擊下，衣服燒起，頭髮燃起。然後高傲盡毀，手舞足蹈地給自己施法滅火。

雁回看著她像猴子一樣跳，只冷冷地說道：「凌霏師叔，妳修道時心思都用去哪裡了？就這樣，妳還敢放言說不懼妖邪？」

凌霏終是狼狽地撲滅了周身的火。她是素影真人的妹妹，來辰星山並不是普通地修仙，她幾乎成了兩派友好的象徵，向來被人禮待有加，而今竟然被比自己小一輩的弟子燒了衣裳和頭髮，這簡直是奇恥大辱！

凌霏怒不可遏，一抬頭，掌中法力凝聚。

雁回見狀沉了目光，也不客氣地運起了內息。便在凌霏出手之際，一道法力牆從地上驀地立了起來，將凌霏的法術阻攔在外，而雁回的手也在這一瞬間被人擒住。

雁回一愣，下一刻便覺一陣刺骨的寒意扎進骨頭之中，她抬頭一看，抓住她手腕的人，不是她師父凌霄，還有誰。

「師父。」

「師兄！」

凌霏見凌霄來了，則是更強了氣焰。「雁回委實放肆。」

凌霄將雁回的手甩開。雁回的手臂便沉沉地垂了下去，手腕上一層寒冰凝結，但冷意卻沒有凌霄眸中寒氣甚。

「與同門師叔動手，妳倒是越發目無尊長，肆意妄為了！」

雁回心頭火尚未消，但被凌霄責罵，她便默默地受了。別人都不能讓雁回委屈自己，但凌霄不同，因為……是師父啊！

「師兄，雁回此次勾結妖族，私放妖邪，偷盜心宿峰寶物，如今更是氣焰囂張不服管教，在場師兄弟皆有所見，實在不可姑息！」

凌霄盯著雁回，沒有說話。

旁邊一個蓄了點鬍子的真人道：「凌霄師弟，你這徒弟著實太過大膽。」

凌霄默了一會兒，沉聲道：「妳有什麼話說？」

雁回抬頭，盯著凌霄：「我是放了妖怪，但我沒有勾結妖族，更沒有夥同妖怪偷取心宿峰寶物。」

凌霏冷哼：「還在狡辯！」

雁回目光一轉，看向凌霏，聲色也是冷中帶著不屑：「至於凌霏師叔……是啊，我打她了。我也沒想到她那麼不經打。」

一句話，讓在場的人都沉默了下來。

是啊……誰也沒想到。

大家一時也評判不出，到底是雁回太厲害，還是凌霏學術不精……

「雁回目無尊長，放肆妄為，責二十鞭，帶回柳宿峰，禁閉十日，再做懲罰。」

最後是凌霄給了責罰，然後雁回便被帶回了柳宿峰，待得十日之後，雁回領到了她的懲罰，以勾結妖邪的罪名，被驅逐出山。別的事情雁回無須再問了，雁回只知道，凌霄終是相信了凌霏的話，定了她的罪名。

凌霄沒有相信她。

雁回說罷當時的事，神色並沒什麼變化，她只撇了撇嘴：「然後下山了沒錢，我聽友人介紹就去揭了個榜，打算下半輩子靠捉點討厭的妖怪為生，沒想到遇見了你。」雁回一嘆。「也是流年不利。」

天曜聽罷，倒沒有管雁回這句責怪，只道：「那狐妖女兒呢？」

「我都被關禁閉了，哪還知道她的消息啊！不過看當時那陣勢，我後來猜，她應該是被殺了……」雁回又是一嘆。「但如今看來，定是還在哪兒掙扎活著呢。不然她娘也不會又來找我了。」

「說了去找凌霏啊，我如今一個被驅逐出山的人，能幫什麼忙……」雁回抓了抓頭，最後一擊掌。「反正躲不過，乾脆我找她出來談談得了。」

天曜微怔：「找她出來？」

雁回一轉頭，看著天曜甜甜一笑：「你還沒見過鬼吧。」

「……」

「我讓你長長見識。」

「……」

第七章 狐血迷香

雁回覺著這三尾狐妖的鬼魂如今變得有點不對勁兒。她不敢大意，便特意挑了正午的時間，找了個鎮裡鮮少有人的柳樹林，擺好了陣法。

她坐在陣法正中，搓了搓手：「你壓著那陣法的線站著，要是看見那狐妖想上我的身，立即把旁邊的那塊石頭給我踢遠點。動作要快啊，要不然我被如今這好似厲鬼一樣的狐妖上了身，你我都不好過的。」

「我沒妳那般遲鈍。」天曜明顯對雁回這樣一而再再而三的叮囑有些不耐煩。

「妳只管作妳的法去。」

雁回撇嘴，倒也沒再和他爭個口舌之快，只閉了眼，捻訣。不一會兒，雁回身邊便黑氣升騰，宛如地上燒起了來自煉獄的火焰一般。

天曜是看不見這黑氣的，但他也能夠感覺到四周陡然降了下來的溫度。

雁回被這黑氣唬得連法也不想作了。這戾氣……怕是已經要成厲鬼了。

便在雁回心顫想要放棄的前一刻，三尾狐妖驀地出現在雁回面前。

她半透明的魂魄飄在空中，周身隱隱透出一些暗紅色，披頭散髮，面容死白又枯槁，但那雙泛著紅光的眼瞳之中卻滲出些許陰厲殺氣，看得雁回不由自主地嚥了口唾沫。

這世間天道自有輪迴，有強大執念讓自己滯留在世間的鬼魂一千個裡挑不出一個，而能變成厲鬼的，更是一萬個鬼魂裡挑不出一個。雁回活到這麼大，見了不少小鬼老鬼，有成天哀哀戚戚的，有喜歡捉弄活人的，但還愣是沒見過這般不說話便讓人打心眼兒裡發寒恐懼的厲鬼。

她瞥了天曜一眼，示意天曜隨時做好踢翻陣眼石頭的準備。

天曜自是不用她提醒，自從三尾狐妖現身的那一刻，他的腳便落在了石頭邊上。

天曜別說厲鬼，連鬼也沒見過。三尾狐妖現身的那一刻，天曜便察覺出了不妙，這一身氣息，十分不善。

三尾狐妖根本不在乎旁邊站著的天曜，只直勾勾地盯著雁回，也不說話，也沒動作。

雁回輕咳了兩聲，小心翼翼地試探著問了一句：「要不……您先坐？」

狐妖沒動靜。

雁回討了個沒趣，她摸了摸鼻子：「那啥？今天把妳叫出來，其實我是想和妳談談關於妳女……」

雁回話沒說完，忽然之間，一股陰風撲面而來，那狐妖竟瞬間飄到了雁回面前，狠戾至極地盯著雁回，烏青得發黑的嘴吐出陰森森的三個字：「去救她。」

「哎呀！我的姥爺舅舅大姑媽！」雁回被嚇得捂著心臟往後倒。

天曜見狀要去踢石頭，雁回又捂著心口連忙伸手制止了他：「等等。」

狐妖沒趁著這一瞬間上她的身，想來也是想和她好好談談的，雁回打算努力試著去溝通。

她屁股在地上磨蹭了兩下，讓自己盡量離三尾狐妖遠一點，然後才穩了情緒道：「大姊。」她如此稱呼狐妖。「妳看，先前妳讓我去救妳女兒，我去救了不是？後來我被淩霏查出來了，在那個牢裡，妳親眼看著的呀，我也努力地想救妳女兒了，但結果妳也知道的不是……」

天曜看著雁回一副閒話嘮家常地和狐妖說著道理，那模樣簡直和銅鑼山村裡嘮嗑的大爺大媽們沒什麼區別……

看來，對付厲害的鬼，她也有自己的一套手段……

「我的本事就那麼點兒，妳所託之事確實是為我所難，而且，我現在都不是辰星山的人了，要去辰星山救妳女兒，更是沒有辦法……」

「不在辰星山。」狐妖聲音沙啞，情緒倒是比剛才要穩定了一些，身上黑氣也微微安靜下來。

雁回一怔：「那在哪兒？」

「永州城。」

永州城……那不就是前面不遠的那個城嗎……

雁回與天曜對視一眼，然後雁回摸著下巴道：「所以，妳是一直跟著妳的女兒到了這永州城的？」

狐妖點頭。

難怪。雁回心道，先前她在銅鑼山的時候沒有被壓，原來是因為這狐妖沒找到她，現在她自己帶著天曜到了這裡，離永州城近了，所以這三尾狐妖才又找上門來。

這倒也是緣分……

雁回心下一聲嘆，只道自己流年不利，流年不利啊。

「曉露……很不好。」狐妖說著，面露哀戚，一雙看起來極為駭人的眼睛裡慢慢暈出了溼潤的氣息，然後一滴血淚順著她的臉頰滑下。「我護不了她，妳幫我再救救她。她還那麼小……」

雁回沉默了一瞬，隨即問：「怎麼會到永州城來呢？辰星山的人放過了白曉露，然後她又被別的修仙門派抓了嗎？」

「辰星山之人……」狐妖說到這兒像是想到了什麼可怕的事情，捂住了臉，渾身發抖，似怒似恨。「他們……他們將曉露賣給了永州的商人。」

雁回微微一愣，她一直知道這世間所有的仙門為了維持自身的開銷都會做一些買賣。這些買賣有的能見得人，有的則不太見得了人。她在辰星山的時候也只是個小弟子，未曾接觸過這些師叔前輩才會接觸的領域，是以她也不知曉，辰星山竟然會……

買賣妖怪。

天曜在一旁皺了眉，插話道：「普通人為何要買妖怪？」

雁回也覺得奇怪，一般沒有修仙的人躲妖怪都躲不及，為何卻要做這樣危險的買賣？

狐妖渾身顫抖著沉默了一會兒，發黑的手從臉上微微滑下，她睜著一雙可怖的眼睛，露出驚惶的神色：「他們拿狐妖的血熬成迷香，將迷香抹在身上，就能讓人為其痴狂。」

雁回與天曜皆是怔然。不同的是雁回是驚愕，而天曜則陷入了沉思。

「等等……」雁回揉了揉太陽穴，不敢置信地又問了一遍。「我沒太聽懂。他們拿狐妖的血熬什麼？」

「迷香。」狐妖道：「女子將其抹在身上便能令男人對她痴狂，男人亦是如此。」狐妖手指用力幾乎要將自己的臉劃破。「九個狐妖的血方能熬成一小瓶迷香，商人賣的是天價，王公貴胄們卻爭相購買此香。」

雁回眨著眼睛想了會兒：「妳會不會搞錯了？這世間哪來這種方法？人的血妖的血一樣都是血，拿水一煮，放鍋裡一熬，熬出來的都是血沫沫，嗯……或者做成血豆腐，軟軟的入口，口感還不錯……」

「不會弄錯。」狐妖搖頭。「我便是這樣被放乾了血，死在永州城的。我便是如此死在了那裡……」

雁回一默。

「所有仙門捉到了狐妖，在送過來之前，都會生取狐妖內丹，讓其沒有反抗能力。商人拿到我們之後，會以祕寶日日吸取我們身體裡的靈氣，待得七七四十九天吸乾靈氣之後，他們便殺妖取血，輔以靈氣，熬煉成香。」狐妖說到此處，情緒又開始激動起來，她周身黑氣暴漲，頭髮飄浮，雙瞳開始變得赤紅，她恨聲道：「那每一瓶香都是活的，都是狐妖的命，他們將我們的血抹在身上去吸引其他的人，他們樂此不疲，他們以此為傲，他們炫耀自己剝奪了我們的生命，你們修仙修道之人說妖即是惡，可這些人才是惡，你們修仙的人是幫凶，也是惡！」

狐妖手上指甲暴長：「你們，全都該與我一樣，到地獄裡去！」她聲音尖厲，儼然一副失去控制的模樣。

雁回心下一凜，立即對天曜大喝：「踢！」

天曜也不猶豫，一腳將石頭從陣眼上踢開。

三尾狐妖的身形立即消失。雁回連滾帶爬地從陣法之中跑了出來，在她離開陣法的那一瞬間，被圈住的那塊土地像是被炸了一樣，塵土翻飛，飄飄繞繞地飛了好一會兒，才慢慢落地。

天曜看了一眼旁邊有些怔神的雁回，問：「她走了？」

雁回失神道：「應該是回永州城去了。」她將畫出來的陣法用腳抹平了，然後道：「我們到市集裡去吧。柳樹林陰氣太重。」

她說了這話，自己便恍恍惚惚地往人多的市集裡走。

天曜也一言不發地跟在雁回身後。

雁回其實現在也是不敢相信剛才聽到的事情，或者說……不願意去相信。

仙門竟然會做這樣的買賣，仙門的掌門人，竟然允許這樣的買賣存在，凌霄……竟然也允許……

雁回想起在很久之前，剛遇見凌霄時，在隨著他去辰星山的路上，凌霄斬殺了一個襲擊村莊的妖怪。當時他白衣翻飛宛如謫仙的模樣，看得雁回幾乎想要叩拜。她崇拜凌霄，仰慕凌霄，她想要像凌霄一樣有力量斬遍天下妖魔，然而凌霄那時卻對她說：「殺心不可無，不可重。即便妖是惡，在斬殺惡妖的時候，也要心懷慈悲。」

即便殺戮，也要心懷慈悲，雁回一直將這話記著。

而現在，凌霄竟然容忍這樣毫無慈悲可言的殘忍買賣，在自己眼皮底下發生。

是她這麼些年都將自己師父想錯了，還是這麼些年，她的師父慢慢地變了……

正午日頭正毒，走在熙熙攘攘的小鎮街道之上，雁回卻只覺得遍體生寒。

一路沉默地走回客棧，雁回在桌邊一直沉默地坐了一個時辰，然後一拍桌子：「我要去救白曉露。我要去查，到底是哪些仙門在做這樣的買賣，我要知道……」

她要知道，這事是不是凌霄首肯允許的。

天曜聞言，看了她一眼：「很好，我也對此事頗感興趣。」

雁回轉頭看他，但見天曜已經將包袱都收拾好，一副打算馬上就走的模樣了。雁回問：「你是想背負起身為妖怪的責任，要去解救同類嗎？」雁回點頭。「你也是個熱血的妖。」

天曜瞥了她一眼：「不，我只是去找自己的東西。」

雁回一愣：「什麼東西？」

「方才那狐妖說，商人們有一祕寶可吸取狐妖靈氣。」天曜眸光閃爍著些微寒芒。「七七四十九天就能將數十個狐妖的靈氣吸取乾淨，除了我的龍角，一時我還想不到哪個法寶能有此本事。」

雁回呆怔，這才想起，傳說中，龍的角便是吸取天地精氣的至高法器。

若是那些商人用的是天曜的角……

那這事，可就越發複雜了。

為了防止在去永州的路上再被妖怪襲擊，雁回與天曜趁著白日跟著一個商隊一起上了路，人多且有護衛，一般妖怪在白天是不會輕易動手的。

趕在永州城關閉城門之前，雁回和天曜終是到達了永州城。

永州是中原大城，很多通往西域或者南方的貨物都在此集散，人口繁多，魚龍混雜。

入了城，天色已近昏黃，雁回與商隊老闆道了別，然後領著天曜熟門熟路地往城西走。天曜見狀問了一句：「妳常年在山修道，為何如此熟悉這永州城？」

「以前我陪師父到永州城來收過妖，認識了一個好朋友，後來只要下山我都往這兒跑。前段時間不是被趕出辰星山了嗎？我就在這兒混了些時日。永州城大，別的地方我不熟，但是去她那兒我哪條路都能找到。」她正說著，忽然瞅見迎面走來幾個穿著官服的人。

雁回腳步頓了一瞬，天曜只聽雁回自言自語地嘀咕：「忘了這事……」然後他便覺得袖子一緊，雁回二話沒說拽著他鑽進了一邊的小巷子裡，三繞兩拐的，又跑到了另一條街上。

天曜看著並不打算跟他解釋剛才行為的雁回，道：「妳還得罪了官府的人？」

雁回擺了擺手：「我哪有那工夫招惹官府去？就是永州城這裡有點小破事兒，不值一提，耽誤不了咱倆，你跟我走就是了。」

天曜便沒有再問。

轉過幾個坊角，一棟三層高的花樓出現在兩人面前。

「我朋友住這裡面。」

天曜抬頭一看，花樓正中掛著個巨大牌匾，烙了金燦燦的三個字「忘語樓」。二樓往外伸出來的陽臺上坐著兩個穿著華麗，但略顯暴露的姑娘。

竟是這種地方的朋友……

天曜腳步一頓，皺了皺眉頭。

雁回全然不管他，自顧自地往前走，到了樓下，對著樓上揮了揮手：「柳姊姊，杏姊姊！」

這個時辰對於她們來說客人還少，於是兩個姑娘便在妳一言我一語地嘮閒話，聽得雁回這聲喚，兩個姑娘轉頭一看，其中有一個站了起來，瞇著眼笑了：「我道是誰呢，這麼猴急就來了，原來是咱們才華橫溢的雁公子回來啦！」

聽得這個稱呼，天曜轉頭，神色微妙地看著雁回。

雁回受了天曜這一眼，也沒忙著解釋，只對著兩個姑娘笑道：「多日不見，兩位姊姊可有想我？」

話音還沒落，另一個姑娘也趴在欄杆上，懶懶地看著雁回笑：「唷，還帶著人哪，又是哪家被雁公子迷成了斷袖的男孩子呀？」

天曜眼神越發微妙了。

雁回轉頭瞥了天曜一眼，竟也順著那兩個姑娘的話說道：「是呀，這個小哥把心落我這兒了，死活纏著我不放呢，怎麼擺脫也擺脫不了，可愁煞人了。唉，只怪自己魅力太大。」

天曜眉頭皺得死緊：「不知羞恥，胡言亂語。」

雁回撇著嘴斜眼看他：「前天還拽著人家的手說無論如何都不會放我走的呢，今天就變成胡言亂語了。你這心變得也比四月的天氣快。」

「……」

樓上兩姑娘捂著嘴笑了一會兒，雁回便也不逗天曜了，對她們道：「兩位姊姊，我有事找弦歌呢，她可在樓裡？」

「在後院樓裡坐著呢，去找她吧。」

雁回應了，進了忘語樓的門，然後逕直往後院找去。

路上，雁回聽得天曜在她身後道：「妳倒是欠了一身的桃花債。」

「且不說你這話說得對不對……」雁回回頭瞥了他一眼。「就當你說對了，我欠了桃花債又如何？我欠的債，要你幫我還啦？」

天曜被噎住了喉，無語地閉上了嘴。

雁回一路找到後院，但凡路上遇見的姑娘都笑嘻嘻地與她打招呼。其實，如果不是這能見鬼的體質讓她以前行為異常、舉止奇怪，她在辰星山與師兄師姊們的關係應該也不會鬧得那麼差才是。

雁回以前偶爾會抱怨自己這雙眼睛，為什麼要看見那些髒東西，知道是護心鱗的作用後，她在某些片刻，也會閃過這個念頭。但轉念一想，這鱗片吊著她的命呢……

於是那些師兄弟關係全部都靠邊站了。

活著，才是這世上最珍貴的事。

雁回心裡有一搭沒一搭地琢磨著這些事，沒一會兒已走到後院的另一座樓閣的二樓了。

她敲門，裡面有人應了：「進來吧。」

雁回領著天曜進了屋，開口便歡歡喜喜地喚著：「弦歌大美人。」她語調拉得老長，頗有幾分逛花樓的客人吊兒郎當的模樣。

屋裡正主一襲紅衣，端正地坐在屏風後面，聽到這個聲音，頭也沒抬，一邊喝著茶一邊問：「叫得這麼歡，可是拿到榜單的賞錢了？」這聲音宛如清泉叮咚般悅耳。

繞過屏風，看見這個女子，饒是天曜也不由得一驚，這人當真是一看之下便有種讓人感覺窒息的美。眉目之間、舉手投足，便是輕輕動動眼珠，翹翹手指，也有一番魅惑至極的風情韻味。

雁回蹦躂到弦歌身邊，一屁股坐了下去，也沒客氣，逕直端了弦歌桌上的一杯茶喝了起來：「別說了，這一路走得簡直坎坷。」

「那妳來找我，是又缺錢了還是缺地方住了？」開口的語氣雖然帶著嫌棄，但她眉眼卻帶著調笑。

「哪能啊！」雁回忙道：「說得好像我每次找妳都是為了來蹭吃蹭喝的一樣。」

「不是嗎？」

「是。」雁回把腦袋湊到弦歌面前，厚著臉皮裝可憐。「不可以蹭嗎？」

弦歌見狀，勾唇失笑，眉眼一轉，拿食指將雁回的腦袋戳到一邊去，道：

「也不知在哪兒學的這些調戲姑娘的本事，起開，礙著我倒茶。」

雁回連忙獻殷勤：「我來倒，我來倒。」她將桌上三個杯子擺好，然後一一倒了茶。

弦歌的目光在杯子上轉了一圈，這才落到站在一旁的天曜身上，看了一圈，又收回了目光，端了雁回倒的茶，啜了一口，道：「卻是第一次見妳將人往我這兒帶，又這麼急著給我獻殷勤，說吧，這位小哥是個什麼身分，妳可是給我找什麼麻煩來了？」

「不是一個麻煩。」雁回咧著嘴笑，伸出了兩個指頭。「是兩個。」

弦歌眉梢微動，放下了茶杯，也沒急著問，先招呼天曜坐下，然後道：「妳說說看，到底是怎麼樣的兩個麻煩。」

雁回收斂了嬉皮笑臉的神色，道：「一是關於這小子，他的身分……我不能說。但妳應該也能感覺出來，他身上的氣息並不普通。」

「嗯，他身上這氣味勾人，宛如藏了什麼祕寶。」弦歌道：「妳回永州城這一路，想來走得可不容易吧。妳要麻煩我的這第一件事，可是要我幫他把這氣味兒掩住？」

天曜微微眯了眯眼睛，這是一個美得危險，也聰明得危險的女人，能察覺到他身上氣息的人必定不是普通人。方才他一路走來，留心看過道路布置，這個「忘語樓」裡處處含著隱晦陣法，並不是個簡單的地方。

「對對對，就想讓妳幫我這個忙。」雁回這方誇著弦歌：「我的小弦歌簡直就是住在我心裡的小公主啊！」

弦歌聽著雁回誇張的表揚，笑罵：「皮！」

「那妳有沒有辦法幫我這個忙呀？」

弦歌想了想：「我知曉有個寶貝名喚無息，是個無香無味的香囊。」

雁回一愣：「無香無味的香囊？」

「對，它的香味便是無香無味，可以掩蓋一切氣息，或者說，可以吸納一切氣息。」

雁回與天曜同時亮了眼眸。這次雁回還沒來得及開口，天曜便問：「那香囊何處可尋？」

「前些日我這兒正好弄了一個來，你若要，回頭我命人取給你便是。」

天曜誠摯道謝：「勞煩姑娘。」

「不用謝我，你謝雁回便是。我倒是鮮少見她這般熱情地幫人忙。」

天曜瞥了雁回一眼，但見她一副尾巴都要翹到天上去的模樣，那本來很簡單便能說出口的「謝謝」二字卻好似變成了鯁住喉嚨的刺，讓他怎麼也吐不出去，於是他沉默地看了雁回半晌，一轉眼，別過了頭去。

雁回：「……」

弦歌將兩個人的互動看在眼裡，輕輕笑了下，接著問：「第二件事呢？」

雁回想起這事，面色肅了下來，她斟酌了一番開口：「弦歌可知最近有仙門的人在永州城裡買賣妖怪？」

弦歌又輕輕抿了口茶，沉默地聽著，沒有搭話。

「近來我無意中知曉永州城裡有人從仙門手中專門買賣狐妖，再以狐妖之血煉製迷情迷香，賣給王公貴族，牟取暴利。弦歌可知，現今這城裡到底有誰在做這些買賣？」

弦歌手指輕叩茶杯，發出了細微的清脆之響，隔了許久，弦歌才道：「妳這第二件事，便是想讓我查出買賣妖怪的幕後之人？」

雁回點頭。

弦歌沉默了一會兒：「此事，卻有些令我為難了。」弦歌站起了身，一襲豔紅紗裙曳地，她慢慢踱步到了窗邊，望了一眼外面的永州城。

「若照妳所說，此事涉及仙門與達官貴人。中原萬事，何事不是這兩個勢力來定奪的？既然他們覺得此事可行，默許此事，那雁回——」弦歌轉頭看雁回，面色比剛才嚴肅了三分。「這事，即便是罪大惡極，那也是可以做的。我即便想幫妳忙，恐怕……也是力不能及。」

天曜聞言，眼眸微沉，弦歌說的話很直接也很殘酷，但也是現實。

這個世道，「正義」與「道義」也總是聽隨掌權者的話。

雁回沉默了半晌，搖了搖頭：「沒有什麼罪大惡極的事情是可以做的。」天曜聞言，目光微深，他轉頭看了雁回一眼，但立刻，雁回便又笑道：「不過，妳說的卻也是個理。」她神態輕鬆了些許。「這事確實為難弦歌了，那便不查了，只要能弄到那個香囊，對我來說便已是極大的幫助。」

雁回一口喝下杯中微涼的茶，然後站起了身：「那我今晚還是在妳這裡蹭個住的地兒哦！外面住客棧太貴了。每天荷包都在疼。」雁回說著，領著天曜往外走。「我去找柳姊姊給我布置房間啦。」

弦歌聞言，只在窗邊沉默地看著雁回，臨著她出門之際，弦歌又道：「雁回，我不知是誰來求妳辦此事，但就我看來，這事會陷妳於危險之中，有時候，人總得活得自私一點。」

雁回腳步微頓，她扶著門，轉頭看弦歌，咧嘴一笑：「弦歌還不知道嗎？我是多麼自私的一個人啊！」

晚上，忘語樓開始忙碌起來，樓裡絲竹之聲不絕於耳，鶯歌燕舞，好不熱鬧，但前院的熱鬧並沒有吵到後面來，中庭就像一個隔開了聲音的屏風，讓後院保持著夜該有的靜謐。

雁回與天曜被安排住在後院一個小樓之上。透過窗戶雁回能看到忘語樓那樓裡晃動的人影。她夾了一口菜，望著那方道：「吃完了飯，待會兒咱們去樓裡逛一逛。」

天曜一挑眉，沉默又微妙地將雁回望著。

雁回轉頭一看，看見天曜這眼神，放了碗：「你這什麼眼神？你以為我要去幹什麼？那裡是這永州城裡達官貴人聚集的地方，有酒又有美人，指不定在他們被酒色迷暈腦袋的時候能探到什麼消息呢。」

也對，這本就是最容易探查消息的地方。

天曜望著雁回，眸光微動：「妳不是與妳朋友說不查此事了嗎？」

「我什麼時候說了？我只讓弦歌不查，又沒說我自己不查……得趁那些傢伙喝得爛醉之前過去。」雁回扒了兩口飯，囫圇吞了，然後也不管天曜吃沒吃飽，連趕帶推急急忙忙地把天曜推出了屋子。「我換個衣服咱們就過去。」

天曜現在對雁回說風就是雨的脾性也摸得清楚了，當下心裡竟是沒有半分氣，他只看了看還沒來得及放下的碗裡的飯菜，走到一邊站著吃完了。

待得他想直接將空碗放到後廚去的時候，雁回又拉開了門：「男子的頭髮要怎麼弄來著？你教我綁綁。」

面前雁回穿了一件靛色的男子長衫，看樣子是束了胸，胸前比平日平坦許多。她拿著梳子梳頭髮，但是怎麼都弄不好髮髻。她皺著眉頭，又弄了一會兒，才鬆了手：「不成，你幫我梳吧。」

她往屋裡走了。

天曜愣了愣，便也只好跟著她往屋裡走。

雁回在梳妝檯前坐下，把自己的頭髮都梳到了頭頂，然後把梳子往天曜的方向遞：「快來。」

天曜將碗放到桌上後，走到雁回背後，下意識地本想接過雁回手裡的梳子，但抬眼見鏡子裡兩人的身影，他手上動作一頓：「梳髮一事過於親密，唯女子丈夫、父母可幫——」

「你咬也咬過我，扒也扒過我，就梳個頭髮咱倆還能擦出什麼火花嗎？」雁回嫌棄地翻了個白眼，逕直打斷了天曜的話。「這時候你還在意梳頭這回事兒了？放心吧，咱倆不可能的。」

天曜一琢磨，也是。

他接過雁回手裡的梳子，不客氣地把她頭髮握住。

他們倆，雖然關係非同一般，但他們各自心裡都有自己的盤算，情愛一事於現在的雁回而言，無力沾染，於天曜而言，更是避之唯恐不及。他們倆誠如雁回所說——根本不可能。

天曜便暫且拋開了那些細小的顧慮，將雁回的頭髮一點一點地梳整齊，然後盤在頭上，拿髮帶綁住。

他做事很專心，目光沒有從她頭髮上移開一點兒。

雁回從梳妝的銅鏡之中看見天曜的眉眼，不禁想，天曜這個人，越接觸便越發現他其實是個行事細心、作風沉穩、遵禮守節的人，那個銅鑼山的老太太養他長大，他便真的對老太太有感恩之情，可見他還有顆知恩感恩的心……如此推斷，二十年前，他或許是個生性溫和的妖怪。

而現在……他卻成了連笑也不會笑一下的人，陰沉又淡漠。

素影真人當真可算得上毀了天曜的千年道行，硬生生地打亂了他的生命軌跡啊！

「好了。」天曜一抬眼，看見鏡子裡正望著他的臉發呆的雁回。他皺了皺眉。「簪子呢？自己插上。」

說完他便轉身走了。

雁回立刻隨便抓了根簪子插在頭上，跟著天曜往前面忘語樓走去。

雁回拿了把摺扇在胸前扇著，扮成一副富家公子的模樣。路上的姑娘們都認識她，見了雁回一個個都「雁公子雁公子」一邊叫一邊笑。

雁回也應得坦然，顯然做這事也不是一次兩次了。

兩人走到忘語樓中，雁回領著天曜上了二樓，尋了個位置坐下，然後問天曜：「你上次在小樹林裡教我的心法再教我一次，那個能讓我看很遠的法術，讓我來探探。」

天曜瞥了雁回一眼：「我教妳的東西，一次就該記住。」

「當時情急嘛，學了就用了，根本沒把心法放在心上，你這次教了我我就能記住了。」

天曜便又與雁回說了一遍，雁回果然立即便上了手，只是這一次，不過只用了一瞬間，她便立即捂住了耳朵：「太吵了。」

「上次在樹林，四周安靜，如今環境嘈雜，妳便要會控制意念，聽妳所想聽，見妳所想見。」

雁回苦著臉道：「說得容易。」雖然她嘀咕了這句話，但還是慢慢放下了手，忍受著嘈雜的聲音與周遭刺目的光芒，慢慢去適應這些環境。

到底是學得快，沒一會兒時間，雁回便能控制著耳朵過濾掉她不想聽的聲音，而把她想聽的聽得越來越清晰。

她側著頭細細探著。

姑娘們的輕笑、男人們的高談闊論盡數納於耳中，卻沒有任何一個人在討論關於買賣妖怪之事。就好像整個永州城，根本沒人知道這件事情一樣。

雁回皺緊眉頭。

但在此時，雁回忽聞一道略熟悉的聲音從忘語樓外傳來：「當真見了？她又到這裡來了？」

與此同時，雁回往門口一望，但見一個穿著絲綢錦袍，滿身書生氣息的……小胖子踏進了忘語樓。像是有什麼神奇的感應一樣，胖乎乎的男子一眼便望向二樓，恰好與雁回四目相接。

「唉，又來個麻煩……」雁回不自覺地嘀咕。

天曜聽見她這句話，順著她的目光望去，也見到了那圓潤的書生。
那男子踩著重重的步伐，也不管旁人的目光，逕直上了樓，走到雁回身邊。他望著雁回：「雁……雁回。」他好似十分激動，連話都有點說不清楚了，又好似帶了點小心翼翼。「妳回來了。」
雁回飲了口茶，這才轉了目光看向他：「原來是王鵬遠公子啊，好久不見。」
只一聲招呼，便讓王鵬遠漲紅了臉，他語塞了許久，然後磕磕巴巴道：「好……好久不見，前段時間聽說妳也來過這裡，但那時我……我……我正忙，便錯過了，今天……今天……」
「今天我該走啦！」雁回站起身笑了笑，然後伸手去抓天曜。天曜想要抽回手，卻被雁回死死握住。雁回轉頭看天曜，笑得天真無邪中暗含警告：「和我一起走哦，天曜。」
天曜：「……」
王鵬遠愣了愣，看著雁回握住天曜的手，然後目光有些詫然地在天曜臉上掃過：「雁回……他……他是？」
「哦。」雁回輕描淡寫地應了一句。「我現在和他一起呢。」
天曜嘴一動，雁回便又轉頭望著他，微微咬著牙對他笑：「是不是呀，天曜？」
「……」

王鵬遠如遭雷劈：「一……一起？你們……」

雁回便也不管他，帶著天曜，擦過王鵬遠的肩頭走了。獨留王鵬遠一人在二樓之上泫然欲泣，欲哭無淚。

到了後院，雁回方舒了口氣：「白天明明都躲著走了，怎麼還是給看見了。」

天曜甩開雁回的手，擦了擦：「那便是別人口中，被妳迷成了斷袖的男子？」

「幾個姊姊開我玩笑罷了。」雁回道：「他現在知道我是個女人。」

天曜對此事並沒有多大興趣，是以打趣了雁回一句便也止住了話頭，問起了正事：「方才妳在樓裡，可有聽到關於買賣妖怪的事？」

雁回搖了搖頭：「來這忘語樓的皆是永州城非富即貴的人，但別說買賣妖怪了，連迷香一事也無人提及，就好像這城裡沒人知道一樣。」

天曜沉思了一會兒：「或者說，他們都還沒有到知道此事的身分？」

這個說法讓雁回倏爾亮了眼睛。照之前狐妖所說，那些迷香都是賣給王公貴族的，畢竟是捉狐妖取血而成，熬煉的迷香必定極其稀少，有錢不一定能買到，還得有權才是……

「等等。」雁回忽然道：「他說不定能探到什麼消息！」

「誰？」

雁回往回一指：「剛才那個胖子。」雁回道：「你別看他那樣，他其實是這永州城知府的兒子，以前聽說他還有個姊姊嫁進皇宮當了皇妃。他爹是這永州城的一把手，若有什麼事情要在這城裡做，肯定是要經過他爹的允許的。」
這倒讓天曜好奇了：「如此身分，雖是富態了些，但什麼女子求不到，為何卻喜歡妳？」
「凌霄以前經常來永州城除妖，偶爾會帶上我，有一次這小胖子去城郊上香的時候被妖怪纏住了，我救了他，然後……哎，等等，你剛才那話是什麼意思？喜歡我怎麼了？」
天曜一本正經地也回頭望了望二樓：「去套他的話吧。」
一談正事，雁回便順著天曜的話說了：「今天不行，現在回去目的太明顯了，明天他還會來找我的，我們守株待兔即可。」
雁回說完這話，卻半天沒聽到天曜的應聲，她一抬頭，但見天曜正盯著她。
雁回奇怪：「看什麼？」
「沒什麼。」天曜轉過頭，脣角微微一勾，言語輕細得連現在耳目聰睿的雁回都沒聽清楚。「看笨蛋而已。」
這邊雁回與天曜經過後院一起踏入小閣樓當中，兩人並沒有發現，在他們身後，王鵬遠躲在柱子後面，目光帶著幾分怨恨盯著兩人，即便已經看不見他們的身影了，也沒有離開。
「公子……」僕從在一旁輕聲喚道：「咱們該回去了，不然老夫人該擔心您了。」

王鵬遠嘴脣抿得緊緊的：「雁回是我的。」

「公子？」

「我要讓雁回變成我的。」他說著這話，雙目因為嫉恨而變得赤紅。

第二天一大早，雁回剛起床，便有樓裡的姑娘來敲她的房門。姑娘說王知府家的公子已經來了好一會兒了，在院裡池塘邊的亭子裡等著她呢。

雁回聽罷點了點頭，難得沒有嫌王小胖子纏得煩，好好地梳洗之後便隻身見他去了。

雁回覺得，這王小胖子對她是有點非分之想的，她要是笑著和這小胖子套套話，小胖子也許就一股腦全交代了，但要是帶上天曜，這小胖子若是吃了醋，那可就不好了，是以她便沒有喊上天曜。

待得走到水榭旁邊，一身華服的小胖子一見到雁回便立即站了起來，還是如平常見到雁回時那般緊張，鼻頭微微冒著汗，他輕輕喚雁回：「雁回，妳來啦！」

「嗯，你找我什麼事兒啊？」

王鵬遠看了看旁邊的姑娘，他身後的小廝便喚著那姑娘和他一起走了。王鵬遠是什麼身分？忘語樓的姑娘自是不敢駁了他的意思的。於是姑娘看了雁回一眼，見雁回對她放心地笑了笑，這才走了。

等閒人走完了，王鵬遠才道：「我……我就想來和妳說說話。」

雁回一聽滿意極了，說話好啊，她也正想和他好好說話呢。

雁回倒了兩杯茶，自己一杯，給王鵬遠一杯，打算聽他好好說，然後找個契機插話進去，將想要打聽的事給打聽出來。

「你說吧，我先聽著。」

王鵬遠緊張地在衣服上擦了擦手心的汗，隨即在自己的衣服兜裡摸來摸去：

「我……我今天早上其實還準備了個小禮物想給妳。」

雁回一愣：「這個就算了吧，咱們說說話就好。」

「不不……我準備了滿久……妳還是看看吧。」

說著王鵬遠便將衣服裡的東西摸了出來，是個非常精緻的小錦袋。錦袋之中飄散出了一股奇異的香味，吸引著雁回將目光落在錦袋上面，越看她便越是想知道這錦袋裡面裝的是什麼。

「這是何物？」

雁回看得眼神都有點發直了。

王鵬遠見狀，嚥了口唾沫，然後打開錦袋的口：「給妳看。」他將錦袋遞到雁回面前。雁回專注地去打量，只見袋子裡面是一小撮暗紅色的粉末，奇香無比，她越是想分辨出這是什麼香味，便越是分辨不出。

而且嗅著嗅著，她竟覺得……眼前的事物都開始變得恍惚起來。

王鵬遠見雁回雙目漸漸失神，一副被奪了心魂的模樣，小心地打量了一下雁回，見她當真沒了反應。王鵬遠高興地笑了笑，抹了一把頭上的汗，收回手中的錦囊便要往嘴裡倒。

然而在即將將粉末倒進嘴裡之時，一隻手忽然拽住了王鵬遠的手腕。

「此乃何物？」天曜聲色沉靜如水，帶著幾分懾人的殺氣。「不老實說，我便卸了你整條胳膊。」

王鵬遠從小到大被家人護得好好的，除了他老子敢凶他幾句，何人能用這種姿勢和這種語氣與他說話？他驚慌轉頭看著天曜，但見天曜眼裡殺氣森寒，王鵬遠被嚇壞了，一聲大叫，手一抖，錦囊便劈頭蓋臉砸在了天曜臉上。

紅色的粉末撒了天曜一臉，天曜下意識地閉上眼，然後用手去擦雙眼，王鵬遠便趁著這個機會掙脫，連滾帶爬地跑了。

天曜抹了一把眼睛，舌頭下意識地舔了舔嘴唇，當他嘗到粉末的味道時，立即怔住了神。

這是……

血的味道。

但明明聞起來，卻是一股令人著迷的香味。這到底是……

天曜正想著，忽聽「咚」的一聲，是一旁中了招的雁回一頭栽在桌子上，天曜眉頭一皺，伸手搖了搖她：「雁回？」

雁回跟著他手搖晃的力量晃蕩了兩下，然後睜開眼，腦袋搭在桌子上，望了天曜一眼。

雁回瞇起眼睛，不知為何，她的眼睛這時候好像被施了什麼法術似的。她看著天曜，感覺天曜身上發出了一閃一閃的耀眼光芒，這個世界好像除了天曜，其他都變得模糊起來。

她之前便覺得天曜這皮相長得挺好，但從沒有哪天像今天這樣覺得，天曜簡直已經好看到了驚為天人無以復加的程度……

「雁回？」

許是覺得她的眼神過於迷離，天曜皺著眉頭喊了她好幾聲：「妳有無大礙？」

雁回眨著眼睛，微微回了些神，她坐直了身體，目光卻一直停在天曜臉上，挪不開：「應該……沒有事，就是腿腳有些發軟……」

看著天曜，她其實不只腿腳有些軟，渾身都有些不自覺地軟了。

天曜眉頭緊蹙，只道是雁回中了毒，他看了看四周，但見無人尋來，只好道：「妳在這兒坐著，我去將妳好友找來，看她對這凡人的毒有無研究。」

「等等。」雁回一聲急喚，幾乎下意識拉住了天曜的手。「別走，別離開我。」柔軟中微帶沙啞的聲音一出口，不僅天曜呆了呆，連雁回自己也呆了呆。

天曜看著雁回這一臉紅暈的模樣，才反應過來不對味兒，他念頭一轉，下意識地覺得既然不是毒藥，那必定就是迷藥。但一想，又覺得蹊蹺，若是迷藥，那小胖子為何不將雁回約在屋裡，卻要約在這水榭之中……

天曜口中略一回味，方才嘗到的那粉末的血腥味還在……忽然間，天曜想起那三尾狐妖關於迷香的描述，以狐妖之血……熬煉而成。

那方天曜在失神沉思，這方雁回也在沉思，然而現在她腦海裡反反覆覆想的卻是……

天曜的手好大好暖，好想抓住就不放，好想讓他再多碰碰她……別的地方。隨著這股念頭湧出的，還有雁回深藏於心的羞恥感，以及她腦中殘存的理性在嘶吼：「小胖子，你竟然敢在這種地方給我下藥！是想表演給誰看不成！」

雁回努力地想讓自己把天曜的手放開，她盯著自己的手，在心裡一百次威逼自己趕快放手，要不然就剁掉。然而最後她卻發現，她心裡有一千個念頭在讓她貪戀天曜溫暖乾燥的手，把他握緊點，握得更緊點，然後……據為己有。

雁回覺得自己大概是瘋了。

「雁回。」

別喊她的名字，心尖尖都酥了！

「我想，妳大概……」

別說了，她也知道她大概是忽然瘋了。

「……是中了狐妖的迷香。」

雁回一愣神，這句話傳達到大腦之後，雁回一抬頭：「你說什麼？」然後她又看見了天曜的臉……跟自帶神光一樣，好耀眼！

「他剛才給妳嗅的，大概便是我們一直在找的，用狐妖血煉製而成的迷香。」

「這死胖子……」雁回乾脆用另一隻手捂住自己的眼睛，讓自己不看見天曜，誠心誠意地裝瞎子。她沉默了好一會兒，才問：「可我為何……現在卻是看見你，會頭暈目眩、渾身無力、形容痴狂？他下錯藥了嗎？」

天曜聽見雁回如此形容，默了默，略有些不自然地咳了一聲，然後掰開雁回還拽著他的手。

雁回掌心一空，幾乎是不由自主、失落地「啊」了一聲。

天曜全當自己沒聽見，在一旁坐下，回憶著剛才的場景開了口：「他給妳嗅了迷香，但見妳失神之後便想將那迷香吃掉，想來，那迷香使用並非誰都能吸引，或許只能吸引特定的一人，由其聞香之後，另一人吃下迷香，則可使嗅香之人為之痴迷，此法有些類似於蠱術裡面的子母蠱。」

「所以說……他剛才沒吃那迷香，被你吃了？」

「他方才要吃，被我攔住，迷香不慎撒在我臉上，我便舔了脣角，嘗了一點——」

雁回出離憤怒了，逕直打斷天曜的話：「沒長輩告訴過你不要隨便亂吃東西嗎！」她氣得拍桌子。「你說，現在我愛上了你，要怎麼辦！」

她將這話這麼赤裸裸地喊了出來，天曜扭頭沉默了許久：「為今之計只有快些找到那買賣妖怪、製出迷香的地方，或許可找到破解之法。」

雁回琢磨了一陣：「也好，至少那小胖子這下是徹底暴露了他和買賣妖怪之人，必定有勾連的關係。直接找他就成，算是有了個門路。」

天曜點頭：「他剛走不久，我們趕快些，在路上還能攔下他。」

「即便他回家也沒關係，那永州知府的宅子，我還是記得路的。」

「如此，現在便走吧。」天曜站起身，但是雁回卻沒動。他回頭看雁回，但見雁回一隻手還捂在眼睛上。

她坐著，對天曜揮了揮手：「你先走你先走，別讓我看見你，弄得我臉紅心跳的，怪難堪。」

「……」天曜轉過了身。「這種話妳不說出來或許會更好點。」

雖然這樣說，但他還是聽了雁回的話，先乖乖走了。

聽不見天曜的腳步聲，雁回這才將捂著眼睛的手放了下來，拍拍胸口：「乖乖，這感覺可真是磨死人了。」

雁回離開水榭，恍然想起天曜大概是找不到永州城知府宅子在哪兒的。

她急急追出忘語樓，但見天曜果然在忘語樓外負手等她。

適時陽光傾瀉而下，將天曜原本有些瘦削的背影照得高大。

雁回便在這一瞬間又聽到了自己心頭「撲通撲通」的強烈跳動。她甩了甩腦袋，狠狠捶了一下自己的心口。「別鬧，克制。」她說著，深呼吸了幾口氣，邁步上前。「知府宅子往這邊走，那小胖子膽小，被你一唬指定往家裡跑……」

走到天曜身前，雁回一回頭，看見天曜戴了半截面具的臉，然後呆住。

面具背後的眼睛一轉，天曜盯著雁回：「現在的情況，這樣更好與妳說話。」天曜粗略解釋了一句。「走吧。」

可雁回退了兩步，雙手緊緊捂住臉，卻大大地張開了指縫，露出了眼睛：「趕快把面具摘了摘了摘了！」

「……」天曜隱忍地開口：「妳不是說看見臉會……不好嗎！」

「那你該拿塊黑布將腦袋整個兒裹一遍啊，戴半截面具算什麼？你知道何為猶抱琵琶半遮面嗎！你這絕對是在故意勾引我吧！」雁回理直氣壯道：「我告訴你，我現在可是吃了藥的人，你再這樣衣著暴露，我要是沒忍住對你做了什麼，你可別怪我。」

「……」天曜微微咬牙，他忽然發現，在面對如此流氓的雁回時，他竟然……毫無招架能力。

嘆息之後，天曜便也順著雁回的話將戴在臉上的面具摘了。當解開繫在後腦杓的繩子，單手將面具摘下來後，天曜一轉頭，略有些凌亂的髮絲在他額前飛舞掃動：「這樣可消停了？」

他看著雁回，雁回也看著他：「我走你前面好了。你跟著我，盡量別讓我知道你的存在。」雁回一手捂著鼻子，邁到天曜身前，腳步又急又快，像是在逃命一樣。

「……」天曜看著雁回倉皇的背影，一時間竟是覺得哭笑不得。

雁回捂著鼻子，越走越怒。她揣著一肚子火趕上了王胖子。

「王鵬遠。」雁回沉著嗓音喊了一聲。

王鵬遠一回頭，但見雁回氣勢洶洶宛如煉獄厲鬼似地向他奔來。王鵬遠立馬掉頭喚了身邊兩個侍衛：「擋……擋一下……」

話音未落，不等兩個侍衛反應過來，雁回二話沒說，上前一步，下手如風，啪啪兩下敲在兩個侍衛的脖子上，兩侍衛便如同木頭人一般被雁回定住。

雁回在旁邊人都還沒來得及看熱鬧的時候，拽了小胖子的衣襟，拖著他便拐到了一個深巷當中。

雁回一手撐在王鵬遠耳邊，瞇著眼盯他，王鵬遠一臉驚惶地瞅著雁回：「雁……雁回，我……」

「膽兒肥啊！」雁回一笑，卻是滿臉的殺氣和狠戾。「說，給我下的那迷香是哪裡來的？」

王胖子緊緊貼著牆壁站著：「我……昨日，買的……」

「上哪兒買的？」

王鵬遠目光往旁邊轉了轉。雁回眼睛一瞇，一把揪住了王鵬遠的耳朵：「聽不見我問話嗎？那你這耳朵要來也沒用，我幫你撕了可好？」

「不不不！」

王鵬遠以前雖然纏過雁回，但雁回礙於他的身分，以及不想給辰星山抹黑的念頭，便一直忍著他，但凡來永州城遇見了他，大多數時候是走為上計。而這一次，雁回氣得不行，反正現在也沒了辰星山弟子這個身分，她可管不了那麼多，現在便將威逼恐嚇的手段都拿了出來。

王鵬遠幾時見過這樣的雁回？是以現在嚇得面色鐵青，腿都抖成了篩子：「我聽見問話了，聽見了……我說。」

雁回瞇著眼睛：「給我說清楚些。在哪裡買的？和誰買的？」

「在……在城南天香坊，與鳳銘堂主買的……」

鳳銘。

聽到這個名字，雁回微微瞇了瞇眼睛。

要說這個名字，其實雁回並不陌生，但凡在這人世江湖遊歷過幾天的人，理當都是知道這個名字的。那是掌控整個中原武林情報網的七絕堂副堂主，生性殘暴，為人冷傲，是江湖上人人畏懼的一個狠角色。

若是這樣的人，那做出殺妖取血熬煉迷香之事情，雁回便也有點理解了。

只是這七絕堂……

雁回這方正沉了眉目，身後響起一道對此刻的她來說宛如天籟的聲音：「迷香解藥可有？」

這聲音忽然響起，雁回只覺雙腿一瞬間都有些麻了……

她連忙甩了甩腦袋，又惡狠狠地拍了拍牆壁，瞪著王鵬遠：「快把解藥給我拿出來！」再這樣生活幾天，她大概真要瘋。

王鵬遠用驚恐的目光看看雁回又看看天曜，一雙眼睛裡怕得含起了熱淚：「沒……沒有解藥。」

雁回反應了好一會兒，才消化了「沒有解藥」這四個字的意思，然後她拚命地遏制住捏死王鵬遠的衝動：「沒解藥的毒你也敢買？沒解藥你還用在我身上？」

「我……我想讓妳喜歡我，怎麼可能讓妳再有機會離開我！」王鵬遠大聲道：「妳是我的！」

「是你大爺的！」雁回一咬牙，心底怒火中燒，一拳砸爛了王鵬遠耳邊的牆。「你有本事倒是下藥下準一點啊！你看你下到誰身上了，你個豬！」

天曜可是妖龍，被一個天底下最厲害的修仙真人抽筋剝皮的妖怪，他註定是要走上復仇道路的，註定是要腥風血雨的，讓她愛上這樣一個人，還不如真的愛上一頭豬，過上每天吃精飼料、睡舒服大床的安逸生活……

磚石「啪啪」兩聲落在地上。

王鵬遠嚇傻了，然後雙眸迅速地湧出了淚水：「妳……妳好凶……」

雁回懶得去聽王鵬遠的話，拽了他的衣領又將他拖著走：「去城南，先給我好好問問有沒有解藥。」

「我……我不喜歡妳了。」

雁回哪管他喜不喜歡，拽著他面無表情地走。

王鵬遠一邊哭一邊解釋：「別去別去……買的時候他們便說了，沒有解藥。」

雁回停了腳步，聽王鵬遠繼續哭道：「雁回，妳昨天便說，妳與這人在一起，那，既然你們在一起，這……這迷香，下與不下又有何不同？」

雁回頓住，揉了揉疼痛的眉心。

「別讓我去天香坊……他們說買了迷香是不能告訴許可外的人的……」

這句話讓天曜與雁回同時蹙了眉頭。

天曜問：「有許可的是何等人？」

「三品……以上的官員，還有特定的人……」

三品以上……這樣算來，還當真是只有真正的貴人才可購買這迷香。雁回沉思了一陣，一鬆手，將王鵬遠放了：「成，我不捉你去天香坊，那今日之事，你也別與他人提起，我們各自當此事不存在。」

王鵬遠搗蒜般點頭，可見他對天香坊的人也是有一定懼怕的。

「從今往後，你也別再來招惹我，否則……」雁回眼睛一瞇，王鵬遠下意識地往後縮了一下，緊接著又退了兩步。

「不招惹不招惹！」他又退了兩步。「再也不招惹了。我走了！」話音都沒落，他便連滾帶爬地跑走了。
雁回拍了拍手，但聽天曜在身後道：「我們這便去天香坊探探。」
「不急。」雁回沒有回頭，只理了理自己的衣服道：「我們先回忘語樓一趟。找弦歌一起，吃個午餐。」
天曜不明所以，雁回瞥了他一眼，不打算解釋，本只想甩個高深莫測的眼神，但與天曜四目相接的那一刻，雁回便瞬間不由自主地臉紅了，她只好轉了頭捂住了臉，急吼吼地喊：「別看我別看我，心又開始跳了！」
「……」
雁回與天曜回到忘語樓時，弦歌好像才懶懶地起床似的。她坐在桌子旁邊，長長的黑髮還沒有盤起，柔順地落在了地上，一副慵懶的姿態讓她更顯柔媚。她看了雁回一眼：「知曉我醒得晚，妳便這般把男人帶到我房裡來了？」
雁回都沒回頭看天曜一眼，便道：「他不愛女人。」
天曜：「……」
其實雁回說得沒錯，在經歷過那樣的事情之後，但凡是個有感情的動物，都極難再去愛了，即便眼前之人再似天仙，在天曜眼裡，也不過一朵繁花而已。
可是弦歌聽了雁回的話之後，意味深長地「哦」了一聲，饒是善於隱忍的天曜，也衝動得想把雁回的嘴巴縫上。

弦歌招了招手：「先都坐吧，但聞早上那王家公子又來找妳，妳還追出去了，都幹什麼了？」

「王胖子給我下了狐妖血做的迷香，卻犯了傻，讓我愛上了這傢伙。」雁回往身後指了下。「然後我就去揍王胖子，讓他給我解藥了。」

弦歌本是隨口寒暄一句，但得到了這個答案，端茶的手微微一僵。弦歌抬了眼眸，目光落在雁回臉上：「哦……」

「我問他上哪兒買的迷香，他說是在城南天香坊，鳳銘手上買的。」

弦歌吹了吹茶，喝了一口，沒有搭腔。

「我要是沒記錯，鳳銘是七絕堂的副堂主，而弦歌，妳這忘語樓，也是屬於七絕堂的吧。」

聞言，天曜一驚，但當事的兩個人——雁回與弦歌卻都沒有太大反應。

天曜皺緊眉頭，心裡只道雁回衝動，既然這弦歌與七絕堂同屬一窩，那他們探得迷香線索一事，又如何能直接告訴弦歌！

可天曜還沒擔心完，弦歌便放下了茶杯，頗為無奈地一笑：「那般告誡妳，讓妳不要蹚渾水，妳還非得往裡邊邁腿不可。回頭泥足深陷了，我可不管拉妳。」

弦歌這話帶著打趣，而雁回卻一反平日嬉皮笑臉的神態，正色道：「此事有關辰星山名譽，有關我師……凌霄。弦歌，妳知道，別說蹚渾水，前面便是架了口鍋燒沸油，我也會跳下去。」

弦歌一嘆：「痴兒。」

雁回這時卻笑了：「彼此彼此。」

弦歌放了茶杯，看了天曜一眼：「不是說藥下到他身上了嗎？妳不去在乎妳的『心上人』，卻還那般著緊辰星山的事，妳那迷香，當真對妳管用了？」

「管用啊，我現在一看他就跟看到太陽一樣，閃閃發亮的。」

天曜頗有負擔地按了下額頭。

雁回接著道：「但這不影響辦正事。」

因為對於雁回來說，辰星山和凌霄，從來不只傾慕與喜愛這麼簡單。那是她混雜了無數種感情，永遠不可能放下的——心結。

護心

第八章 天香險境

「談正事吧。」雁回道：「我素來知道這七絕堂雖是亦正亦邪，給錢就辦事，但該有的大義與人性卻並未泯滅，這狐妖迷香的買賣，怎麼看也不是你們的一貫風格。」

七絕堂本是江湖一個神祕的組織，十幾年前名不見經傳，卻在這十來年間漸漸發展壯大，成了一個赫赫有名的情報與暗殺組織。

其名氣之大，勢力之深，不僅在江湖之中，便是仙家門派裡也有他們的探子，傳說只要付得起錢，就算想知道皇帝昨晚親了幾下妃子的臉蛋都行。而暗殺的人上至朝堂下至江湖，七絕堂除了不殺皇室中人與仙門中人，別的，沒有哪個活路不接。

天曜這十幾年在偏僻的銅鑼山裡，對外界的消息少有涉獵，即便有，他的心思也落在各大仙門中去了，哪裡會關注這些江湖門派的消息？

是以他對這七絕堂可以說是一無所知。

而雁回，則是早在當年認識弦歌的時候，就對這些事情有個大概的瞭解了。

這忘語樓是七絕堂在永州城立的一個點，因為永州的地理優勢，大江南北的人都往這裡聚集，大江南北的消息自然也都往這裡來。在這忘語樓裡的姑娘、小廝，包括後院的廚子與掃地的大娘，無人不是七絕堂的耳目。

弦歌端著茶杯靜靜地琢磨了一會兒，道：「妳不如先跟我說說，妳是怎麼知道此事的？」

「有個被殺了的狐妖給我託夢，讓我來這裡救救她同樣被抓來放血的女兒。」說到此處，雁回順口提了句：「說來，這事要是你們七絕堂在做，弦歌，妳別的或可不管，不如先幫我這個忙，替我將那個叫白曉露的小狐妖給要出來，讓她娘安個心，我瞅著她娘都快變成厲鬼了，這兩天雖然不知跑去哪兒了沒來找我，但隔些日子……」

「這恐怕不行。」弦歌放下茶杯，敲了敲杯沿。「我便實話與妳說，那狐媚香確實是七絕堂在做，然而沒有經我的手。我是知道此事，卻也要硬生生地裝作不知道。」

雁回皺眉：「為何？」

弦歌看了天曜一眼。

雁回頭也沒回，只對弦歌道：「妳就像我現在一樣，當他是個死人。他如今和這世上誰都沒有關聯，就算聽到消息他想出去說，也找不到人聊天的。」雁回總結：「就是活得那麼孤獨。」

「……」

天曜再一次發現自己對雁回的話……無法反駁。

弦歌被雁回的話逗得微微一笑，隨即便收斂脣角弧度，正色道：「雁回，妳到底並非七絕堂之人，並不知曉如今我門中狀況。老堂主去世時，少主年紀尚幼，少主叔父鳳銘打著輔佐少主的名號，掌控了七絕堂幾乎所有的權力。」

「我懂，爭權奪利嘛，我要是鳳銘，我指定在妳家少主小的時候把他做掉。」

雁回歪著腦袋想了想。「可現在你們少主鳳千朔活得還好好的呀，吃喝嫖賭一樣沒少，納了一百房小妾勝過皇帝後宮之類的，我以前在山上都能聽到關於他那些驚世駭俗的傳聞。」

弦歌眸光微微一暗，隨即像是在調節氣氛一般，笑了笑。她並沒順著雁回的話來說，而是跳了過去：

「這些年少主在幾位長老的扶持下，慢慢將七絕堂主管情報這塊的權力收了回來，然而七絕堂真正的實力卻依舊掌握在鳳銘手中。而這買賣狐妖製成狐媚香一事，也確實給七絕堂帶來了可觀的財富。」

「儘管錢財滾滾而來，少主卻有遠慮，捕殺狐妖取血煉丹一事若是叫青丘妖族那邊的人知道了，只怕是不會善罷甘休。彼時妖族無法拿仙門之人出氣，而購買狐媚香的達官貴人自是會將製作狐媚香之人推出頂罪，我七絕門雖在江湖上有所立足，但若被妖族盯上，怕是……滅頂之災。」

雁回沉思了一陣：「所以鳳千朔現在是想讓鳳銘停止做此事，卻無法命令他停下來是嗎？」

弦歌點頭：「雖然一開始少主與幾位長老還有我已經知曉，但鳳銘權力在此，我等如今只好裝作不知。因為少主既不能首肯此事，以免日後萬一被青丘所知，找不出藉口將責任推諉至鳳銘身上，也不能公開勒令停止此事，鳳銘若反，七絕堂必定大亂。是以如今這情景，我們也只好睜一隻眼閉一隻眼，全當不知曉便也罷了。」

雁回點了點頭，這些權力之間的博弈與深沉算計，她雖然聽得懂，卻沒心思去參與。

「所以我沒辦法幫妳去要人，只能裝作對鳳銘之事毫不知情。」

天曜在兩人身後沉思，雁回卻站起了身，道：「不是好消息也不算壞消息，至少我現在知道了，即便我去鳳銘那裡搶人，也不會和妳有衝突。」

弦歌聞言眉頭一蹙：「妳要硬闖鳳銘天香坊？」

「自是沒有那般蠢笨的。」雁回擺了擺手。「妳別憂心了，剩下的事我自己想辦法，妳只要繼續裝作毫不知情就好了。」

雁回一轉身就閉上了眼睛對天曜道：「咱們走吧。」

「等等。」弦歌輕喚。

雁回一嘆：「妳別擔心，也別阻止，反正這件事我是要查下去的。」

「強牛。」弦歌輕輕斥了一聲，而後起身行至梳妝櫃旁邊，取了一個米色香囊出來。「知道攔不住妳。妳昨日不是找我要這東西嗎？我命人取來了，喏，拿去。」

雁回這才轉身一看，那是個極普通的小香包，沒有香味，甚至連顏色都沒其他香包好看。她接了過來，瞅了一眼，轉身遞給天曜：「你戴著試試看。」

天曜接過香囊，手指無意間與雁回相觸，他自己倒是什麼感覺都沒有，只是雁回卻像被雷電觸了一下似的，渾身一顫，連忙收回了手。

這天曜現在對雁回來說就像是一個禁忌，不能看不能碰，連說話的聲音最好都少聽，一聽一看一碰，保證腿軟……

天曜將無息香囊佩戴在身，沒一會兒便像是清風吹過，天曜身上的奇怪氣息霎時消失不見。

雁回點頭：「當真管用。」

天曜一轉眼眸，盯住雁回：「妳呢？」

聽見天曜與她說話，雁回下意識地望向天曜，然後與他四目相接，於是又毫不受控制地紅了臉：「……我我我，我什麼！你轉過頭去！別用這種眼神看我！」

天曜依言側過頭去，正色道：「看來這迷香並非單純的香，而當真類似種進身體的蠱術。」

「若是這狐媚香當真那般好解，那些人也不會以天價來求此一香了。」弦歌道：「鳳銘請了不少仙家弟子看守狐妖，你們若是要去天香坊救人，須萬加小心，我待會兒會命人繪天香坊坊內布置圖給你們，你們便到夜深之時再去吧。」

「知道了。」雁回回身對弦歌作了個揖。「謝過小娘子了。」

「皮。」弦歌一笑。「在我這兒將午餐吃了吧。」

「不了，我現在要去找個人。回頭布置圖繪好了，妳遣人送到我房裡就行。」

雁回說著，向弦歌道了別，然後走出了小閣樓。

回到房裡，天曜跟著雁回進了她的房間，問她：「妳方才說要找的，是何人？」

雁回這邊一跨進房門便忙著挨個將窗戶關了個死緊，屋子裡的光線變得昏暗下來，天曜挑了挑眉：「妳要幹麼？」

「辦正事。」雁回道：「可你要是再說話，我可就要辦你了。」

「……」於是天曜即便千言萬語，此時也盡數噎在喉中。

雁回將桌上茶水倒了點出來，然後在地上畫了個陣法，與那日在柳林當中畫的陣法是一模一樣的。天曜此時大概悟了，她是想把三尾狐妖的魂魄喚出來。

這次雁回用茶杯壓在陣眼上，於是天曜便自覺地站到了茶杯邊上，雁回看了天曜一眼，兩人都沒說話，但都明瞭彼此的意思。

雁回放心地坐在法陣當中，然後捻了訣。

可這次狐妖好似當真不在雁回身邊，她招來了許多孤魂野鬼，也沒有找到狐妖的魂魄。最後是一個小野鬼告訴雁回，前天有個與雁回描述得很像的厲鬼衝進了城南天香坊裡，大鬧一通之後，被一個很厲害的道姑給收了。

難怪這些天沒來纏著她。雁回繼續問：「那厲鬼被收去了哪兒？」

「這我就不知道了。」小野鬼在空中轉了幾圈。「妳找厲鬼做什麼？他們都很凶的。」

「城南天香坊裡面的壞人在做壞事。我找厲鬼去鬧鬧他們。」

小野鬼點了點頭：「天香坊裡的狐妖們都死得好慘的，永州城裡的鬼魂本來不多的，現在新添了好多狐妖的鬼魂。他們每天晚上都在哭，身上的戾氣也一天比一天重，弄得我們鬼心惶惶的。」

雁回聞言，眼睛一亮：「你說，新添了很多狐妖的鬼魂？」

「是呀。」

「你能幫我找兩個過來嗎？」

小野鬼點頭：「我認識個狐妖姊姊，我去找她。」

說完小野鬼便離開了。

雁回坐在陣法裡暗自謀算，天曜看著她的側臉，看她全神貫注地構想計謀，恍惚間又好似見了那晚蒼白的月色與雁回挺直的背影，還有她微微側過頭時，看他的神色。

這個姑娘平日裡大剌剌愛耍流氓，但認真的時候，卻莫名地讓人感覺可靠又心安。

沒一會兒，小野鬼回來了，他喊了聲：「姊姊，我跟狐妖姊姊說妳要去鬧天香坊，他們就都來了。」

雁回一愣，什麼叫……都來了？

她還沒來得及反應，忽然之間，陣法當中一陣白霧，小野鬼的身影霎時淹沒在其中，一瞬間，雁回的陣法裡擠滿了半透明的狐妖鬼魂。
他們圍成了一個圈，把雁回困在其中。
雁回看著四周陰氣中帶著些許怨氣的狐妖，默默地嚥了口唾沫：「大……大家好啊，這麼多啊……」
小野鬼的聲音在狐妖之中傳出：「姊姊，妳慢慢談，我走啦！」
雁回當真是哭笑不得，她目光掃過周遭的鬼魂，粗粗數了一下，這裡站著的，就有二、三十個了，變成鬼的都有這麼多，那天香坊……當真是取了不少狐妖性命。
「妳要對付天香坊？」其中有狐妖開了口。
雁回咳了一聲：「我想去救人，然後偷一件製狐媚香的關鍵東西。」
說完這話，陣法之外的天曜微微一怔，他透過鬼魂透明的身體看著坐在中間的雁回。雁回從來只說要救人，要查這事情，要證明凌霄的正直與清白，她從來沒提過一句關於要幫他取回龍角的話。
但是，她卻是一直記在心裡的……
天曜微微垂下眼眸。
只覺空冷了許多年的心，為了這句好似與他什麼關係都沒有的話，微微一暖。
雁回卻並不知曉天曜在那方是以什麼樣的心態聽著她與狐妖們的魂魄說話，

她只望著為首的女狐妖道：「我想讓你們幫個忙，你們願不願意？」

狐妖沒有半分猶豫，直直地盯著雁回：「妳要我們做什麼？」

他們眸中皆是仇恨的烈焰，幾乎能燃燒魂魄。

雁回指了指陣外的天曜：「我要你們給我和他，打個掩護。」

夜半時分。

熱鬧了一天的永州城也陷入了寂靜當中。

城南天香坊內，工作卻沒有停止，坊間點著燈，將夜照得昏黃，關押狐妖的地方在一塊平地上，一隻狐妖一個鐵籠子，周遭沒有任何遮蔽物。任何一隻狐妖只怕是伸伸腿，也能被外面巡邏的仙門弟子看見。

仙門弟子會惡狠狠地敲打鐵柵欄：「動什麼呢，急著去投胎啊！」

狐妖便只好將腿收回來，在地上蜷成一團，等待死期的來臨。

整塊空地上，瀰漫著的是極度壓抑的恐懼。

忽然，一隊穿著與此處仙家弟子不同衣裳的人走了過來，籠中的狐妖們霎時變得更加緊張。他們都知道，在這樣的人來的時候，就意味著，今晚又有狐妖要被帶走了。

白曉露蜷縮在籠子的角落裡，驚恐至極地看著那三人往她這個方向走來，然後站在了她旁邊的籠子門口。

「開鎖。」為首之人吩咐，另一人立即從一大串鑰匙裡面找到了相應的那把。鑰匙入鎖，白曉露看見旁邊的狐妖雙目睜圓，脣色蒼白，一句話也說不出來，怕得開始渾身痙攣。

當他被人架住時，白曉露將頭埋了下去，不忍再看。

「娘親，娘親……」她已不知多少次像這樣在心底呼喚，卻沒得到回答。

忽然之間，平地一絲風動，帶著不尋常的寒意掃過這片囚禁之地。埋著頭的白曉露忽聽牢籠發出「叮叮咚咚」的聲音，竟是牢門被這並不大的風颳得來回震顫。

所有的狐妖牢籠皆發出了這樣的撞擊聲，一時間平地上吵成一片。

仙家弟子只覺奇怪，轉來轉去地看，卻並沒發現什麼不對，這裡全是被摳了內丹的狐妖，他們連一絲妖氣都沒有發現。

但是牢門卻依舊在震顫，聲音越來越大，越來越響，就像是有他們看不見的東西在拚命地拉扯著牢門，傳遞著來自另一個世界的憤怒……

仙家弟子皆是心頭發怵，一時間腳下大亂，大家都驚慌地來回張望，不知道是什麼在作祟。

在大家都極度驚恐的時刻，根本沒有人注意到，在黑暗的角落，兩個仙家弟子已經被打暈，扒光了衣服，然後塞進麻袋，堆在角落裡。

雁回與天曜換上了仙門弟子的衣服，混進了仙家弟子之中。他們佯裝慌亂，在牢籠之間穿梭。

雁回東張西望，來回在尋找白曉露。天曜則努力感知著龍角的氣息。

「我看見白曉露了。」雁回輕聲道：「你的龍角呢？在這裡嗎？」

天曜搖頭，他微微閉上眼睛，腦中像是有幅圖一樣，道：「從此處往坊內走，穿過三個院子，我的龍角被放置在屋中。」

雁回有些驚訝：「怎麼好像你來過這裡一樣？」

「我感覺得到它。」天曜說得波瀾不驚。「它是我身體的一部分。」

她心裡的護心鱗還是他身體的一部分呢。雁回撇了撇嘴，腦子一轉便道：「待會兒我負責擾亂這些仙家弟子，你裝作慌不擇路地跑去叫人，有狐妖魂魄會跟著你走，等你到了那地方，他們會像現在這樣給你打掩護，你只管取龍角便是。然後你拿著龍角自己走，別管我，我在這裡把這些狐妖放了，帶著他們會有些拖累。」

天曜挑眉：「妳要將他們都放了？」

「順手。」

她說完，往白曉露那方又走了幾步，大喊了一聲：「是……是鬼啊！」這一聲喊，讓本就驚慌不已的眾人更是心底一寒。

有人便開始跟著喊：「是狐妖的鬼魂找回來了！」

雁回不嫌事大地加了一句：「來找咱們索命了！」

一時間，眾人皆是大慌，有的連滾帶爬地開始往外面跑。

雁回給天曜使了個眼色，但是當看到天曜正定定盯著她的眼睛的時候，雁回這個眼色便生生地拋成了媚眼。

天曜：「……」

雁回反應過來：「……」她捂住臉。「趕快走。」

話音未落，便在這時，忽覺一股帶有涼意的清風徐來。

天曜倏爾神色一變，身形霎時僵在原地，定定地望向天邊的一個方向。雁回看了他一眼，還不知他此時為何一副被雷劈傻了的神色，正要問，卻見一道清光凝成的法陣自天而降。

宛如破開烏雲的月色灑向大地一樣，驅散了黑夜的渾濁。

牢籠敲擊的嘈雜聲音登時消失，而在雁回耳朵裡則聽到了狐妖鬼魂們宛如遭受重擊一般的驚聲尖叫。

不過一瞬間，平地之上再無一隻鬼魂。

雁回驚駭，這到底是何等人物……

她抬頭一望，但見白色紗衣的女子宛似自月中踏來，仙風拂袖，青絲繚繞，一雙秋水眸卻是天生帶著清冷薄涼意。她腳尖輕落於地，不染纖塵。

素……素影真人！

雁回更是愕然，她……她怎麼會到這種地方來！

然而怔愕之後，雁回下意識地往旁邊一望。但見天曜盯著素影真人，一雙眼眸將她擒得死緊，眸中神色混濁至極，其中混雜的情緒是說不清的憤怒、驚愕、仇恨。

雁回全然體會不了此時的天曜毫無防備地撞見素影到底是個什麼心情。她第一個反應就是，反正不能讓素影撞見天曜。

天曜像被引走了魂魄一樣，盯著素影，雙目漸漸變得赤紅。他好像是恨不得能此時此刻撲上去將素影咬死撕碎。

雁回內心暗暗叫苦，現實很殘酷啊！如果天曜撲上去，被咬死撕碎的可是他呀！

說不定還是他們兩個！

雁回心頭惶惶然之際，天曜卻是腳步一動，彷彿就要如離弦的箭一樣殺出去。

雁回一把拽住他的手，擋在天曜身前，她轉頭看他，此時狐妖迷香對雁回都不管用了，在生死面前，天曜頭頂上的神光都消失了，她盯著天曜，瞪著眼搖頭，眼神裡只問他四個字：「你想死嗎？」

你想死嗎？你想死嗎？這樣衝出去，你是想死得很慘嗎？

天曜沒有法力，他沒能掙得開雁回。於是他終於將目光從素影身上挪開了，盯住了雁回。

四目相接，雁回這才看清楚此時天曜的眼睛裡，是多麼冰冷，宛似刺骨的冰針，一針一針地扎進她的皮膚裡，越扎越深，好似能浸入骨髓。

雁回不得不承認，即便向來膽大任性的她，也被天曜的目光嚇住了。

這是隻真真正正的千年妖龍，不是假的。

至此刻雁回才省悟，他之前對她都沒有認真地生氣過。

而現在也不過是對素影的恨意還沒來得及收拾，就讓她看見罷了。

可即便如此，他眸中的光芒再是扎人，再是讓她震撼，她也不能讓他衝出去的。

於是雁回轉了目光不看他，但還是堅定地擋在他身前，抓住他的手，一點也不肯放鬆。

她不知道站在她身後的天曜此時是什麼反應，但慢慢地，涼颼颼的後腦杓，開始不再那麼涼了……

想來，天曜也是冷靜下來一些了吧。

兩人一通眼神交流，沒多大動作，此時素影離他們尚遠，藉著夜色的掩護，穿著仙門弟子衣裳的他們還沒有被發現。

素影走過幾個牢籠，站在平地的中央，她略略瞥了幾眼在場的仙門弟子：「區區故弄玄虛的邪物，竟擾得一眾仙門弟子自亂陣腳，不成體統。」她開口，聲色似冰。

聽見素影的聲音，雁回只覺手開始疼痛起來。她低頭一看，竟是天曜緊緊地握著她的手掌，關節用力得泛白。

好嘛……捏她的手總好過衝出去玩命。

雁回只得咬牙忍了。

「真……真人教訓得是。」

有仙門弟子應了素影的話，大家紛紛彎腰作揖。

看著大家一個個作了揖，雁回愁得不行，到時候大家彎了腰，要是天曜不彎腰還這麼直愣愣地將素影盯著，那註定是……

手上一鬆，天曜將雁回放開了。雁回一愣，一時沒將他的手抓回來，她心裡「咯噔」一聲響，卻見身後的天曜學著別的仙門弟子一樣，彎腰作揖，對著素影垂下了頭。

雁回看著他彎曲的脊梁，想到他先前與她說的，他愛一個人，卻被抽筋剝皮的那番話，雁回一瞬間竟覺得心頭一疼，像是狐媚香作祟，又像是嵌在她心口的護心鱗作祟。在這瞬間，她似乎能感受到天曜的不甘、怨恨，還有無法與人訴說的這二十年的難言隱忍……

時至今日，迫於無奈，他卻還得向他如此深愛過，現在又如此痛恨著的人作揖。

雁回只覺心口疼得發酸。

現實，有時候真的很殘忍。

雁回一抬手，彎下腰，也對素影行了禮。她與那些仙門弟子一樣，開了口：「真人教訓得是。」

此時從院外急急踏來一行人。為首的男子身著明紫色的大袍子，胸膛前下襬上皆是金絲繡虎，在夜色裡火光中金絲閃閃發亮，襯得來人好不富貴。

「這都是在搞什麼名堂？」他一邁進院子便開始沉聲詢問，聲音低如悶雷。「大半夜何事喧譁至此？」

聽見他的聲音，院裡的仙門弟子們又齊齊行了個禮：「鳳堂主。」

原來來者便是這天香坊的主人，七絕堂掌著實權的副堂主鳳銘。

「素影真人？」見到院中靜立的女子，鳳銘也微微愣了愣。「您怎麼來了此處？」

素影轉了身去，點了個頭：「鳳堂主。」她聲色間帶著特有的清冷。「我在坊內歇息，卻覺此處氣息有異，便私自來了，還望堂主莫要見怪。」是道歉的話語，卻沒有道歉的意思。

素影何等身分，便是那坐著龍椅的人與她說話也得客客氣氣地奉著，鳳銘當即臉上便堆了笑：「真人哪裡的話，真人能留心坊內之事已是給我再大不過的幫助了，如何還能怪罪？」鳳銘往四周掃了一眼，張望四周的狀況。

當目光掃到雁回與天曜這方時，雁回幾乎是下意識地將天曜擋得更多了些。她到底是怕這些人太過敏銳，萬一弦歌的無息香囊對於他們來說並沒有做到真正的無聲無息呢……

但好在鳳銘的眼光只是一掠便過，素影更是看也未曾往他們這邊看過。對於在高位站慣了的人來說，誰會那麼認真地在意下面人的情況？

「可有狐妖逃出，或別的損失？」

鳳銘問的是旁邊的人，旁邊人連忙答了句沒有，素影真人卻插了話道：「此處不過殺戮過重，有些死不瞑目的妖怪前來作祟罷了。」

聽聞真的是鬼魂作祟，有的弟子變了臉色。他們很多人頂多在中原仙家地盤捉過幾隻小妖，對這種玄之又玄的鬼神之說還是有所敬怕的，就像他們對有飛升資格的素影真人有一種盲目的崇拜一樣。

畢竟大多數人即便修仙，一輩子也是毫無所得。

感到大家的畏懼之意，素影淡淡道：「這些妖怪活著的時候鬧不出花樣，死了便更無可懼。我已在此地布下驅邪陣法，邪魅鬼祟再難靠近。諸位只負責好好看管籠中狐妖便是。」

旁邊鳳銘立即道：「既然素影真人都開了口，大家也都可安下心，好好做事，幾隻野鬼，亂不了大局。」

仙家弟子皆頷首稱是。

鳳銘兩步行到素影身邊：「真人，恰巧我這便要去找你呢。」

「何事？」

鳳銘聲音低了下來：「關於那香……」

素影眸光微動，只在這一瞬，透露了點人氣兒出來。

「還是這邊來談。」鳳銘畢恭畢敬地在前面引路，素影邁步跟了上去。

兩人走遠，交談的聲音漸漸不聞，拐出院子之後，更是連人影兒也看不見了。

雁回心裡琢磨著素影真人現在在此處，且方才言辭裡透露出已經在這裡小住了幾天的意味，現在鳳銘又主動與她談論起這狐媚香，也就是說她與這香或許有千絲萬縷的聯繫。雁回想要查這件事的主使者，當然不能這麼容易就看著線索在自己面前溜走。

她心頭默念先前天曜教給她的心法，一時間周遭草木拂動之聲也細細傳入她的耳朵裡，一開始是有些吵鬧的，但很快她便凝聚心神，找到了素影所在的方向，可她剛來得及聽清楚鳳銘說了一句：「……那隻狐妖的血太過難煉，或許得等到九九八十一日方……」

鳳銘話未說完，素影一直前行的腳步聲忽然一頓：「何人使用妖法？」

這一聲輕斥嚇得雁回連忙斂氣屏息，慌忙將自己的感官撤回。雁回心頭猛跳，完全沒有想到素影真人竟會敏銳至此，連隔著這麼遠用個天曜教她的心法也能感覺得到……

當真不愧是被奉在頂端的真人。

她心頭正在打鼓，素影又去而復返，站在院子門口，目光細細掃過院中籠裡狐妖，轉頭問鳳銘：「這裡的狐妖內丹可皆被取過？」

鳳銘一愣：「自是都由各仙家取了再送過來的。」

素影點了點頭，雁回但見素影眸中光華一過，心道，糟糕，她定是在查看每人身上的氣息了，雁回本就修的仙法，倒是不怕她看，而天曜……

若無息香囊確實能讓大羅金仙也看不出他的氣息，那他現在便是個普通人，一個普通人穿著仙門弟子的衣裳，同樣能引起懷疑啊！

雁回緊張得心跳如鼓。素影真人當年既能對天曜做出那般事，想來不是什麼心慈手軟的主……

正心亂之際，雁回忽覺手掌有些癢，天曜在她掌心裡飛快地寫著：「渡氣於我。」

他寫得那麼快，若是換作別人，雁回不一定能反應過來他寫的是什麼，但對於天曜她好似有一種心照不宣的默契。

將體內仙氣渡給天曜或能解一時之急，這法子對找回龍骨之前的天曜或許無甚關係，畢竟是個普通人的身體。但現在他找回了龍骨，身體正在慢慢適應妖龍之氣，若是強行注入仙氣，輕則氣息紊亂，重則經脈逆行，不是什麼好辦法。

但總好過死。

雁回一咬牙，握住天曜的手，仙氣在她掌心流轉過去。

天曜渾身一顫，想來是難受至極。

但他只是抿著脣，垂著頭，眼神間看不出任何痛色。左右已經習慣了吧，肉體的疼痛與不適算得了什麼？更痛的，他也都經歷過了。

雁回鬆開手，仙氣在他周身流轉，無息香囊還來不及將他的氣息吸納進去，而素影的目光已經掃過他們這一片。

躲過一劫，暫時無礙。

素影上前一步，眸中神色似在深思。

不能撐太久，雁回心知，渡到天曜身上的仙氣禁不住細細探究的。但此情此景，他們又要如何脫身……

「門主。」

卻在這時，空中倏爾傳來一聲喚，一名身著廣寒門紗衣的女子翩然而來，她神色有幾分急切，慌張行至素影身邊，與她耳語了幾句。素影清冷的面容像是冰面被打碎了一樣。

她愣了許久，一句話也沒交代，周身氣息一動，霎時便消失了，眾人連她的去向都沒有看清楚。

那前來通知的廣寒門弟子也是急急地追隨而去。

一時間，平地之上的眾人皆竊竊私語，說著素影真人的閒話。雁回豎耳一聽，聽到了書生兩個字。

是素影真人找到的她愛的那人的轉世？

雁回這邊心裡還在琢磨，旁邊天曜卻像是腿軟一樣向後一退。雁回轉頭一看，但見天曜臉色煞白，一副內息大亂的模樣。

她又轉頭看了看院子裡的仙門弟子，院門口的鳳銘擺了擺手道：「好了好了，大家都安靜些，方才素影真人道此處有人用了妖法，諸位各自查探一下，看看是否角落裡藏有妖物，相信以諸位的能力不會讓妖邪在此為非作歹。」

依著鳳銘的話，大家開始在院子裡尋了起來。

「今日不能救人了，咱們走吧。」

天曜點頭。

雁回在天曜身後支撐著他的身體，與眾人一般往角落裡走。待得躲到一個死角，雁回攬住天曜的腰，一個遁地術，霎時遁出了院子，待得再一落地，周遭已變成雁回在忘語樓的房間。

雁回剛在房間裡站定，天曜便一口血從嘴裡吐了出來。

雁回嚇了一大跳：「你不是經脈逆行要死了吧？」

天曜沒有應她，自己在床邊坐了，盤腿調息，隔了好一陣臉色才慢慢變好。

雁回一直在旁邊盯著，越看便越是覺得這個妖龍活到今日當真不易。待得天曜睜了眼，四目相接，雁回下意識地問了句：「你沒事吧？」

天曜搖頭：「些許氣息紊亂而已，無妨。」

其實她想問的是，今天撞見了那位，他心裡沒事吧。但看著天曜一副不想提的模樣，雁回難得貼心地沒將這句話問出去，她默了一瞬，嘆了口氣，一抬手竟摸了天曜的頭：「好心疼。」

說出這三個字，天曜愣了愣，雁回也愣了愣。

房裡燈火搖曳，雁回此時便在天曜漆黑的眼瞳裡看見了自己慢慢變紅的臉。然後雁回便用手貼著天曜的臉頰，將他的臉推到了另一邊，讓他不要用那雙漂亮得過分的眼睛看她：「理解一下吧，我現在是吃了藥的人。」

換作平時，便是打死雁回，她也沒辦法去摸人家腦袋，張口就對一個男人說出心疼這兩個字啊！

天曜也依著雁回移開腦袋，雁回的掌心有點燙，貼在他因為氣息混亂而變得冰涼的臉上，只讓天曜覺得溫暖。恍惚間，他心頭竟生出了一股在她掌心蹭一蹭的衝動。

知道有人心疼自己，知道有人在安慰自己，即便那是藥物的作用……也能實實在在地讓在冰冷黑暗中蜷縮了那麼久的天曜感到無法言喻的暖意。

其實與雁回也並沒有相處多長的時間，但他卻好像已經好多次感受到了來自這雙手和這個人的溫度。

他眼眸微垂：「謝謝妳。」

「什麼？」

天曜默了默，其實他想對雁回說很多謝謝，但最後卻只說了句：「謝謝妳今天拉住了我。」

「這有什麼好謝的？」雁回收回了手，因為她覺得如果再把手心貼在天曜的臉上，她的手大概就要燙得燒起來了。「難道我能看著你衝出去送死，然後連累我嗎？」

雁回在衣襬上擦了擦手，好似能擦掉手心裡的火一樣。

「不過說來，那素影真人竟當真被咱們糊弄了過去。」雁回有點不能理解。「要換作是我像她那樣對別人做了這種事，不說夜夜睡在懼怕之中，只怕也是日日良心不得安生，只要有一點關於那人的風吹草動，我怕是都要如驚弓之鳥一般忐忑的。她確是心大。」

天曜默了一瞬，是呀，素影確是心大。

二十年後再見，她已不識得他。

可若是素影，若是她換了身體，掩了氣息，變了身分，即便隔上一百年，天曜也不會認錯她的眼睛。

「畢竟是不一樣的。」天曜開口，神色三分薄涼七分嘲諷。「對於素影來說，我是妖怪，是跳板，是利用的工具。誰會記得二十年前用過的筷子的模樣？」

他仇恨一個人，但這世上最無力的，恐怕莫過於當他用盡一切去仇恨那個人的時候，那人卻已經選擇將他遺忘。

多麼讓人無力、無助，又無可奈何。

「那就讓她記起來。」雁回道：「讓她知道，你不是筷子，是和她一樣會笑、會痛、會傷心難過的人。」

天曜望著雁回，看了很久，久到窗外的月光好似都挪動了方向，照到了雁回臉上。這一瞬間，他忽然就理解雁回之前說的自帶神光是個什麼效果了。

委實耀眼。

他盯著雁回，看見她又開始慢慢紅起來的臉，他的嘴角連自己也沒察覺地動了一下：「妳說這樣的話，是打算幫我把剩下的部分身體都找回來嗎？」

雁回一愣，然後肅了神色：「我剛才說什麼了？」她眼珠子一轉。「今天事沒成，咱們明天還是得另外商議計謀的。天晚了，你就在這兒睡吧，我餓了去找點東西吃。告辭。」

雁回一邊說著一邊退出房門。

天曜聽著雁回的腳步聲急急忙忙地下了樓，竟是一時失笑。

待笑意過去，他抬頭望著空蕩蕩的屋子，剛才沒覺得冷，怎麼雁回一走，便覺得四周皆是無邊空寂。

透骨涼意，難以壓制。

昨日狐妖沒救到，龍角也沒拿到，雁回與天曜無功而返。

雁回一琢磨，覺得還是得再去一次。只是現在知道素影真人在天香坊坐鎮，無論如何都不敢再那般隨便地找幾個鬼魂打個掩護就跑去了。

若是再像昨天那樣撞見，恐怕就沒有那麼幸運能脫身了。

第二天一大早，雁回隻身去找了弦歌。

這日弦歌醒得早，一手握著茶杯，一手拿著張字條細細看著。

雁回推門進去的時候就見弦歌正把茶杯放在脣邊輕輕摩擦著，也不喝茶，神色專注地看著字條，無意間便流露出一股誘人的魅惑感。

「弦歌。」雁回喚了一聲，弦歌一雙天生帶著水霧的眼眸才落到了雁回身上，雁回幾步蹦躂了過去，在她身邊坐了，嬉皮笑臉地開玩笑。「哎，妳說那些男人見過了妳這樣的美人兒，可還怎麼去喜歡別的姑娘啊？如果我是男的，妳對我還需用什麼狐媚香？只要瞟我一眼，我就能愛上妳了。」

弦歌一聲笑：「就數妳嘴甜，妳要是男人，還不得把全天下的姑娘都給騙來吃了？」弦歌往雁回身後瞥了一眼。「妳小跟班今天竟沒與妳一道來？」

「小跟班？他明明就是個牛皮糖，現在受傷了在屋裡躺著呢，我便沒叫他過來。」

「傷了？」

雁回嘆了聲氣：「昨天我不是去天香坊查事情嗎？結果撞見了素影真人，什麼都沒做成，天曜還給傷了。」

「這倒是得好好養養。」弦歌說著，晃了晃手裡的字條。「不過也不算什麼都沒做成，至少，我的線人算是徹底安插進去了。」

看著弦歌手裡的小字條，雁回一愣。

弦歌接著道：「昨天妳鬧了他們後院，才給了我這個機會。」

「好啊……」雁回連著前面的事情一想，登時反應過來。「妳一開始就知道素影真人在天香坊裡，故意不告訴我，就想讓我把事兒弄大點兒，讓我去引起他們的注意，然後方便妳安插自己的人手進天香坊吧！」

弦歌也不隱瞞，點頭承認了：「與妳說了倒顯得麻煩，我便自作主張瞞了妳我的謀劃，左右素影真人也是仙門中人，若是知道妳的身分，我想她約莫是不會過多為難妳的。」

是……如果只有她一人的話，素影真人說不定還真不會為難她，但她和天曜在一起……

不過想想也對。

弦歌並不知道天曜與素影之間的恩怨，而且之前也給了天曜無息香囊。在她看來，素影是一個仙門掌門，不會對帶著一個普通人的仙門弟子做什麼過分的事，所以做這樣的安排在弦歌的理解裡，應該不算缺德。

但是……

「妳就這樣利用我啊。」雁回撇了一下嘴，有點不開心。「妳有謀劃與我說，妳怎麼知道我不會配合呢？這樣做，萬一出個什麼岔子，妳便不想想，素影真人要是見我去救妖怪，把我當仙門的叛徒，真將我殺了怎麼辦？就算素影不殺我，鳳銘發現了我要殺我怎麼辦？」

就算不殺她，把天曜殺了……

那多委屈。人家可是掙扎著拚命苟延殘喘了二十年，差點兒就被這樣給玩沒了……

弦歌想了想：「我相信妳。」

「……」雁回看著弦歌默了許久。「看在妳漂亮的分兒上我才忍住沒打妳的。」弦歌失笑：「別氣了，昨天就算素影真人不在，你們也不一定能從鳳銘手裡救出人。」弦歌揮了揮手中的字條。「妳不是還要查這件事的始末嗎？像妳昨天那樣闖進去可什麼都查不到。」她勾脣一笑。「來，我的人已經幫妳查出來了。全靠你們昨日那一鬧。」

雁回連忙將字條接過來一看，感嘆：「果然是為了那個什麼她愛的人的轉世。」

原來是素影花了大力氣找回來的那個愛的人的轉世根本不喜歡她，素影惱了，這才翻出這麼個缺德的祕方，交給鳳銘來煉藥。

雁回將紙拍在桌子上，有點氣憤了：「她到底是什麼意思？就為了逼一個不喜歡自己的人喜歡自己，殺這麼多狐妖？」

弦歌抿了口茶，回味了一番才不徐不疾地開口：「素影真人的往事我倒是曾查探過。江湖上流傳了許多關於素影真人的傳說，有說她愛上妖怪的，有說她與你們辰星山清廣真人有情的，可大多傳說盡是不實，我這裡卻有最真實的一個說法。」

雁回手指在桌子上一敲：「說來聽聽。」

「二、三十年前，素影真人曾練功走火入魔，致使經脈逆行，周身仙法盡失，於山野之中被一凡人將軍所救。她遂迷戀上那人，兩人情投意合，恩愛至極。然則時逢中原與北戎開戰，將軍上陣殺敵，身受重傷，素影真人為救他，用盡辦法，而最終將軍仍舊撒手人寰。」

雁回摸著下巴琢磨，如此算來，時間也與天曜說的差不多能對上。二十年前他遇見素影真人的時候，大概就是素影真人滿天下尋找為將軍續命之法的時候吧，所以素影真人打起了龍鱗鎧甲的主意，將天曜給……

可龍鱗鎧甲最後卻因為差了她胸膛裡這塊護心鱗而沒有成形，所以將軍才死了。

雁回摸了摸自己的心口，感受著裡面強健跳動的心臟，一時心情有點複雜。

「而今年，大約便是在小半年前，素影真人竟是找到了那將軍的轉世。」

雁回搖了搖頭：「轉世一說，玄之又玄，誰能知道誰轉成了誰呀？是看鼻子看眼睛認出來的啊？那是認兒子呢。」雁回撇嘴。「素影真人這信得不可靠。」

「妳說不可靠又有何用？素影真人當真信了她找到的人便是那將軍的轉世。」弦歌繼續道：「這一世的將軍成了書生，名喚陸慕生，是個溫潤的性子。在遇見素影真人之前，陸慕生已有心儀之人。可素影真人何許人，不由分說，逕直將陸慕生帶回了廣寒門，日夜與其同出同入，不叫他再有機會接觸到以前的生活。」

雁回沒忍住道：「養狗呢……」

「約莫陸慕生與妳想的一樣吧。」弦歌喝了口茶。「所以過了這麼幾個月，也沒有任何消息說，陸慕生被素影真人的真情感動得接受了她。」

「誰會接受這樣的愛……」

「對啊，誰會接受這樣的愛？」弦歌垂了眼眸。「但因為生性太過剛硬，想不出別的辦法，所以素影真人便想到了要做這樣的藥。藥物前期需要製作實驗品，需要大量狐妖的血。許多仙門想與廣寒門交好，再加之是獵殺妖物，許多仙門便參與了其中，但很大一部分，或許並不知道，廣寒門拿這些狐妖來，到底做了什麼。」

「實驗品？」雁回皺眉。「妳說現在做好的這些狐媚香，就算賣成了天價，也都還只是實驗品？」

弦歌點頭，將雁回手中的字條接過，在上面灑了點茶水，只見紙上立即浮現出了另外兩行字。

「真正的狐媚香，必須以九尾狐之血方能煉成。」

雁回聞言一默。

殺狐妖是一回事，殺九尾狐妖可就是另外一回事了。那可是妖族的正統王室，妖族極重血緣，若是冒犯了九尾狐一族，那說不定就是引發仙妖大戰的事了。

「素影……」雁回不由得肅了神色。「她不會真的瘋到這種程度了吧？」

「不知道。」弦歌將紙揉進了茶杯裡，將它徹底浸溼，讓上面的字盡數暈在了茶水裡。「不過值得慶幸，看樣子，他們現在還沒得到真正的狐媚香。」

「這對妳來說也是條好消息。」弦歌笑了笑。「現在的狐媚香，看施加劑量的多少，被施加者會不同程度地愛上施加者。我看妳這程度，約莫只是愛上了那牛皮糖的皮相罷了。不用去尋解藥，隔個幾日藥效約莫就沒了。」

這倒確實是個好消息，雁回也已經受夠了看看天曜就開始臉紅的自己。

真是一點也不帥氣。

「好了，這些都是小事。」雁回將話題拉了回來。「儘管現在知道了這事的前因後果，但那些狐妖我還是要去救的，弦歌，妳幫不幫我？」

天曜的龍角也得拿出來，要不然她今日救了這些狐妖，明日他們又抓了別的狐妖補上，治標不治本，就像她先前在辰星山救白曉露一樣，白費工夫。

弦歌慢條斯理地喝茶，然後眼眸微微一抬，媚眼如絲：「不幫妳，我著急插暗線去天香坊做什麼？」弦歌放下茶杯。「不過這事，等妳的牛皮糖小哥傷好了再來商議也可。近兩日，我看素影真人自己也有麻煩。」

想到昨晚素影真人最後跟著尋來的人急急忙忙跑掉的場景，雁回點了點頭，起了身：「既然妳眼線都安插進去了，這幾日消息應該不會斷。昨日我們該是打草驚蛇了，緩個幾日也好，那今日我便先回去了。」

「走吧。」

弦歌說了這話，門外便進來了一個丫鬟，將一封書信捧了進來：「樓主，堂主來信了。」

雁回目光在信封上掃過，龍飛鳳舞的「弦歌親啟」四字顯示著那人性格的張揚。雁回回頭一瞥，只見弦歌從丫頭手上接過信，儘管極力掩飾，但還是透露出了一分與平時的淡然不同的心急。

她一開始讀信，便像是進入了另一個世界，再不管其他。

雁回默默地離開，出門掩上房門之際，忽聽弦歌帶著幾分小女生的雀躍說了句：「堂主隔幾日將親臨忘語樓，這幾日，做好迎接的準備。」

「是！」

雁回關上了門，一聲嘆息，弦歌啊弦歌，七絕堂堂主鳳千朔娶了一百個小妾了，可謂是個以好色聞名天下的傢伙……

妳到底喜歡他什麼啊……

她一嘆，忽覺旁邊有道目光正盯著她。雁回轉頭一看，那倚牆而立的，正是天曜。

雁回只瞅了他一眼，便覺得心跳有點快了，她連忙挪開了目光，一邊往閣樓下走，一邊道：「看來無息香囊還是當真頂用的嘛，你在門外聽牆腳聽了多久了？我一點都沒感覺到你的存在。對了，你來做什麼？」

天曜張了張嘴，他想說，他今早一醒來，沒有看見雁回，於是便滿院子來找她了，聽聞樓裡姑娘說雁回來了，他就想也沒想地找了過來。

但這句話在喉嚨裡轉了轉——他想起剛才聽見的雁回稱他為「牛皮糖」，於是將這番話嚥了下去。

好在雁回並沒有過多糾結這個問題，天曜沒回答，她便跳了過去，兩步走到他前面，肅著神色與他談正事：「剛才我和弦歌的話，你聽到多少了？」

「都聽到了。」

「哦。」雁回想了想。「那就沒什麼要跟你交代的。接下來，你就琢磨琢磨，空的這幾天，要做些什麼事吧。」

第二天雁回一覺睡到大天亮，還沒來得及去想今天要做點什麼，忘語樓的丫鬟就來敲她的房門，將她帶去見弦歌。

雁回前腳剛跟著小丫鬟出門，旁邊房門「吱呀」一聲就開了，天曜恰巧從門裡走了出來。

忘語樓給他的衣裳比他先前在小山村裡穿的那身破布要好上太多，找回龍骨之後天曜的身形也一天一天地漸漸長開，現在雖然離壯實還有點距離，但已不再讓人感覺單薄了。

正眼一瞅，全然是一副翩翩公子，長身玉立的模樣。

雁回看了一眼，立馬轉頭，嘆了聲氣，還揉了揉心口：「這破藥怎麼還沒消……」

天曜聞言，目光只在她臉上停留了一瞬，但也沒有什麼多的反應，只問：「去哪兒？」

雁回扭著頭不看他：「還擔心我丟下你跑了啊！」她頓了頓。「不過正好，弦歌這叫我過去可能是有事和我說，一起去吧，省得回頭我還得再和你說一遍。」

天曜點頭。兩人便一同去了弦歌的閣樓。

一踏進門，繞過屏風，弦歌見天曜與雁回同來，倒也沒什麼意見，只對雁回晃了晃手中的紙：「昨天我還在猜素影真人這兩日會有麻煩，卻沒想到這麼快，她的麻煩便找上身了。」

雁回轉頭看了天曜一眼，但見他臉上神色平淡無波，便問：「什麼麻煩呀？」

「素影真人愛上的那書生陸慕生，在你們上次去鬧天香坊的那個晚上，在閣樓裡尋了死，割斷了自己的喉嚨。」

雁回聞言一驚：「那書生死了？」

「這倒是沒有，虧得素影真人趕回去趕得快，以仙氣保住了那書生半條命。但奈何那書生是對自己下了狠手，即便是素影真人，想要將他救活也不容易，這永州城裡不多的仙草，昨日能調去的也都調去天香坊了。可好似那陸慕生也沒什麼起色，所以昨日連夜，素影真人便帶著那半死不活的書生回了她的廣寒門去醫治了。」

聽到這個消息，雁回不由得眼睛一亮：「既然如此，那書生傷得這麼重，她一時半會兒是不會再回這永州城來的嘍？」

弦歌輕笑：「這是自然。」

雁回這裡還在琢磨，身後的天曜問了一句：「那狐媚香可還在生產？」

「自是不能停的，好些達官貴人在天香坊訂了香，鳳銘還得趕著時間製好了送去。」

如此說來，天曜的龍角肯定還在天香坊裡。

雁回猜素影真人之所以會親自前來天香坊，一個是想盡快拿到那狐媚香，還有一個，大概就是來看看龍角的吧。畢竟上次天曜找回龍骨的時候，他也說了，素影不可能對他找到龍骨的事情一無所知，素影真人還是在防著天曜的。

但她這次著急那個書生，慌張離去，對龍角的保護相比平時，必定是最為薄弱的時候。

而雁回上次與天曜去天香坊，天曜便探到了他龍角所在的具體位置，這次若是能進去，他們便能直奔龍角而去。

到時候他倆若能直接將龍角偷了，那狐媚香便無法再製作。鳳銘他們抓著的那些狐妖自然也再無用處，可能還不用他們刻意去救，鳳銘或許就會自己把那些狐妖放了。

雁回如此一合計，轉頭看了天曜一眼，四目相接，幾乎是心照不宣，她就能明白，天曜現在心裡的想法和她一模一樣。

於是雁回立即開了口：「上次我召集去鬧事的狐妖魂魄們估計被素影真人打得夠嗆，這兩天都沒見到他們身影，這次估計是用不上了。弦歌，妳在天香坊裡安插的線人有沒有辦法在今晚……」

雁回話還沒說完，弦歌便笑了笑：「還用妳說？這不已經給妳安排好了嗎？喏——」說著，弦歌從袖子裡摸出了兩把權杖。

雁回看著弦歌簡直跟看菩薩一樣充滿了崇拜：「弦歌，妳真是神通廣大！」

見雁回如此驚嘆的模樣，弦歌笑得嫵媚：「妳以為我叫妳來幹麼？只向你們通知這個消息嗎？權杖拿去，別在腰間，一人一個，讓你們能在這大白天，正大光明地從正門進去。別再像做賊一樣了。」

雁回一把拿過兩塊權杖：「弦歌，妳等著，待我有朝一日變成了男兒身，我就踩著七彩祥雲來娶妳！」

聽著雁回如此狗腿的話語，天曜實在沒忍住斜眼瞥了她一眼，卻不承想瞥到了雁回拿著權杖像小孩一樣開心的笑臉。

她塞給他一塊，嚴肅地吩咐：「好好拿著，不許弄掉了啊！」

真是……以為他和她一樣像小孩嗎……

弦歌抿了口茶：「哎，上次是誰說，要不是看在我漂亮的分兒上，就要打我來著了？」

「那是我說的渾話呢。我這就去了啊！告辭！」省得回頭拖延了時間，讓素影又派人來給龍角加固個封印什麼的，那才是麻煩。雁回想著，忙不迭地出了門，還是她風風火火的一貫作風。

天曜這邊正想要跟上，聽得身後的弦歌開口：「這位小哥。」天曜回頭，但見弦歌飲了口茶，道：「記得要護著她一點啊。」

護著雁回？

這還是天曜從來沒有想過的事情，從與雁回相識之後，天曜一開始對雁回想的都是怎麼利用，怎麼算計，怎麼讓她做他想讓她做的事，到後來，他讓她同情他，然後護著他，和他一同去做別的事。

這期間，雁回一直是站在保護者的角度幫他突破絕境，救他於危難之中。

雁回好像並沒有哪一刻表現得可以讓他去保護。

於是天曜聽到這句話，愣了愣，便也沒有回答，這時下面的雁回已經開始叫了：「天曜，你在磨蹭什麼呢？跟上來。」

天曜便禮貌地點了個頭：「告辭。」

只留弦歌一人在房間裡，獨自飲茶。

雁回一路領著天曜走，一邊走一邊說著自己的安排：「咱們拿著權杖進了天香坊，別的啥都不要幹，直接去找你的龍角。上次你說你感覺到了龍角所在的具體方位吧，那天香坊的坊內布置圖你可還記得？進去了之後，就靠你帶路了。」

天曜點頭應了。

雁回又琢磨了一會兒，忽然想到了什麼，腳步猛地一頓。她幾乎是立刻一個轉身，一直跟在雁回身後的天曜沒能停得下來，一下撞上了雁回，雁回往後一倒，天曜一伸手便將她拉了回來。

正巧抱進了懷裡。

雁回的身體，和她的掌心一樣，溫熱得發燙。

雁回沒有動，身體變得更加燙了起來。天曜知道，她又要說她是個吃了藥的人了。於是在她開口之前，天曜便足夠理性地後退了一步，拍了拍胸膛，像是能拍掉雁回在他胸膛前留下的軟軟的觸感一樣。

天曜一抬眼，臉上沒什麼異常神色，他只盯著雁回，如同什麼都沒發生一樣，淡淡道：「又怎麼了？」

雁回臉紅了好一陣，然後深呼吸了幾次，才垂著頭盯著地面，顯得有幾分害羞：「這次要拿龍角，你不會又捅我兩刀吧！」

天曜：「……」用這樣的神態問這樣的話，真是怎麼聽怎麼不和諧。

半天沒得到天曜的回答，雁回道是他默認了。雁回一驚，抬頭望他：「你當真還要放我心頭血？」

天曜轉身就走到她前面去了：「上次放妳心頭血是為了破開五行封印，這次素影既然拿我的龍角吸取狐妖靈氣，必定已經自己解開了五行封印，不用妳的心頭血，我便可將龍角取走。」

雁回聞言，舒了口氣，但轉念一想，又有點感嘆：「素影真人為了這個書生還真是拚了命，連你的龍角都敢拿出來用，可見她對那書生著實是真感情。」

天曜聞言，只冷冷笑了一聲：「可她卻半分不考慮他人感受。」天曜聲音微低，帶著森寒。「和二十年前，到底是半分未變。」

雁回默了默，便不再提素影了：「走吧，現在先去天香坊拿到你的龍角才是正經事。」

雁回與天曜在腰間別了權杖，走到天香坊門口，兩旁凶神惡煞的守衛只看了他倆腰間的權杖一眼，便任由他們走了進去。

雁回在天曜身側笑：「我家小弦歌厲害吧。」

天曜沒理，直接轉了腳步：「走這邊。」

雁回撇嘴，吝嗇於誇獎的人真是不可愛。

帶著權杖，兩個人前面的路倒是走得輕鬆，旁邊的僕人都被訓練得十分有規矩，基本上不會往他們臉上多看一眼。但是待得走到了中庭，快靠近關押狐妖的院子，雁回便明顯感覺到，周圍人的目光會在她與天曜身上上上下下多打量幾眼。

想來再往下走只怕是越發艱難了。

她拉著天曜退到隱蔽的地方：「我覺得咱倆雖然進來了，但還是得換套這裡邊的人穿的衣服才行。至少不會一眼看起來就很奇怪。」

天曜點頭，他透過園中草木往前一探，指著正巧走進院子裡的兩個人：「便是那兩個侍衛吧，身形與妳我差不多。」

雁回立即擼了袖子：「交給我。」說著她嗖的一下就衝了出去。

天曜張了張嘴，連多說一句話的時間都沒有，他這時想起弦歌告訴他，讓他護著點雁回……那也得要他能追得上才行啊……

這方雁回剛將兩個侍衛打暈，將兩人拖到隱蔽的小角落裡，忽然之間，院外傳來了鳳銘中氣十足的聲音：「我邀請的貴賓？我何時邀請了兩位貴賓今日前來啊？」

另一個聲音連忙低聲下氣地回答：「可是……那兩個人確實戴著貴賓的牌子呀，他倆直接大搖大擺地走進來了，門口的侍衛看他們如此……便沒敢攔。」

說著這話，外面的人走進了這院子。

「混帳。」鳳銘一巴掌甩在身邊僕從的臉上。「為何不先來通知我一聲！」

那人被打，趕忙說：「小人……小人這就是來通知您的，有侍衛說，看見他倆進了這院子。」

雁回轉頭與天曜對視一眼，立即在草木之後蹲下，斂住氣息，靜觀其變。

護心 上卷

作　　者／九鷺非香
執 行 長／陳君平
榮譽發行人／黃鎮隆
協　　理／洪琇菁
總 編 輯／呂尚燁
執行編輯／陳昭燕
美術監製／沙雲佩
美術編輯／方品舒
國際版權／黃令歡、梁名儀
企劃宣傳／陳品萱
內文校對／施亞蒨
內文排版／謝青秀

國家圖書館出版品預行編目資料

護心 / 九鷺非香作 . -- 1 版 . -- 臺北市 : 城邦文化事業股份有限公司尖端出版 : 英屬蓋曼群島商家庭傳媒股份有限公司城邦分公司尖端出版發行 , 2023.04
冊 ;　公分
ISBN 978-626-356-420-6 (上卷 : 平裝)

857.7　　112002303

出版／城邦文化事業股份有限公司　尖端出版
台北市 104 中山區民生東路二段 141 號 10 樓
電話：（02）2500-7600　傳真：（02）2500-2683
讀者服務信箱：7novels@mail2.spp.com.tw
發行／英屬蓋曼群島商家庭傳媒股份有限公司城邦分公司　尖端出版
台北市 104 中山區民生東路二段 141 號 10 樓
電話：（02）2500-7600　傳真：（02）2500-1979
劃撥專線：（03）312-4212
戶名：英屬蓋曼群島商家庭傳媒（股）公司城邦分公司
劃撥帳號：50003021
※ 劃撥金額未滿 500 元，請加付掛號郵資 50 元
法律顧問／王子文律師　元禾法律事務所　台北市羅斯福路三段 37 號 15 樓

台灣地區總經銷／中彰投以北（含宜花東）　楨彥有限公司
電話：（02）8919-3369　　傳真：（02）8914-5524
雲嘉以南　威信圖書有限公司
（嘉義公司）電話：（05）233-3852　　傳真：（05）233-3863
（高雄公司）電話：（07）373-0079　　傳真：（07）373-0087
馬新地區總經銷／城邦（馬新）出版集團 Cite（M）Sdn Bhd
電話：603-9057-8822　　傳真：603-9057-6622
E-mail：cite@cite.com.my
香港地區總經銷／城邦（香港）出版集團 Cite（H.K.）Publishing Group Limited
電話：852-2508-6231　　傳真：852-2578-9337
E-mail：hkcite@biznetvigator.com

版　次／ 2023 年 4 月 1 版 1 刷